환경 청소년 소설

엄마의 깃발

엄마의 깃발

초판 1쇄 인쇄 2022년 11월 28일
초판 1쇄 발행 2022년 11월 30일

저   자 김동형
발행인 박지연
발행처 도서출판 도화
등   록 2013년 11월 19일 제2013 - 000124호
주   소 서울시 송파구 중대로34길 9-3
전   화 02) 3012 - 1030
팩   스 02) 3012 - 1031
전자우편 dohwa1030@daum.net
인   쇄 유진보라

ISBN ㅣ 979-11-90526-99-9 *03810
정가 15,000원

*본 도서는 인천문화재단 인천형 문화예술인 지원사업에 선정되어 발간되었습니다.

도화道化, fool는
고정적인 질서에 대한 익살맞은 비판자,
고정화된 사고의 틀을 해체한다는 뜻입니다.

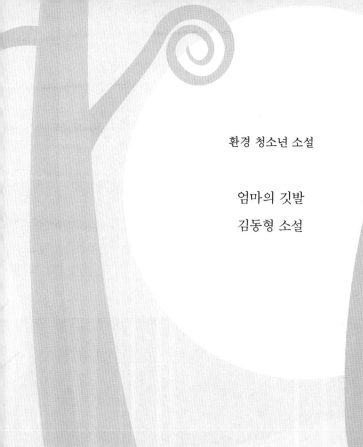

환경 청소년 소설

엄마의 깃발
김동형 소설

도화

목 차

작가의 말

우리나라는 국토의 70%가 산이라 한다. 산들이 모두 수려하고 아름다워 국조 단군 이래 한반도를 삼천리 금수강산이라 불러왔단다. 백두산 줄기에서 이어지는 태백산맥이 지리산을 거쳐 한라산까지 천지간에 조화를 슬기롭게 이루어 왔고 정기가 충만하다 하여 붙여진 이름이란다.

본 작품은 산업 문명이 발달하면서 날로 심각해지는 환경오염에 초점을 맞췄다. 우리나라는 천연적으로 좋은 환경을 타고났으면서도 이를 지키지 못했다. 오염된 환경은 우리 인간을 비롯 모든 생명들에게 많은 피해를 되돌린 반증이기도 하다.

신라 통일 후 일천이백 년이란 오랜 세월 동안 식량을 자급자족하지 못한 우리 민족 역사는 수 없는 외침과 국란, 정치부패와 폭정으로 민족의 시련을 모질게 겪으면서 이어온 뼈아픈 우리의 역사이기도 하다.

그랬던 우리 민족 스스로 이룩한 경제가 세계 10위권에 돌입했고, 숱하게 침략만을 당해오던 우리나라의 전략무기는 세계 5위권에 돌입했단다. 숭고한 업적이 아니겠는가?

할진대 일제 침략이 가져온 분단의 비극은 올해로 어언 77년사. 지금도 핵무기를 가지고 있는 북한에서 시도 때도 없이 미사일을 발사 우리의 생명을 위협하고 위협받고 있는 유일한 분단국이다. 핵무기 앞에서 아무리 첨단무기라 한들 어떻게 대응을 한단 말인가? 너무 위협적인 존재이다. 어서 통일이 왔으면 좋겠다. 반드시 우리 민족의 자결권으로 이루어야 할 통일이 아닌가?

　우크라이나 전쟁이 그러하듯이 공산주의자들이 존재하는 한 세계평화는 없을 것이란다. 지구촌 어디에서든 때아닌 전쟁으로 선량인들의 목숨을 달라고 할지 모르는 일이다. 또 헤아릴 수 없는 그런 이념 전쟁 속에 얼마만큼 생명을 바쳐야 할지 누구도 모르는 일이다. 모두가 권력을 놓고 탐하는 자들의 소행으로 불행을 자처하는 일들이다. 대만을 점령코자 하는 중국이 요즘 심상치 않다. 세계질서에 몸집이 커지는 오늘날의 중국이 세계사 어떤 사태를 가져올지 아무도 모르는 일이다. 현재 시진핑은 영구집권을 노리고 있지 않은가? 영구집권을 노리기 위하여 무슨 짓을 저지를 지 아무도 모르는 일이다. 전략무기의 일원으로 개발한 중국의 코로나가 작금에 전 세계를 강타하고 있지 않은가? 어쨌든 러시아가 그렇고 중국과 북한이 언제 어느 때 무슨 짓을 저지를지 정말로 모를 일이다. 세계사적 위험 존재들이 분명하지 않든가?

　시대적인 입장에서 본다면 국토개발 문제와 과학 문명이 발달하므로 무참하게 파괴되는 환경문제가 또한 우리들의 삶을 위협하고 있다. 현실적인 차원에서 자연과 생명은 공존할 수밖에 없는 불가피한 차원에서, 환경공해 사범은 피해갈 수가 없는 현실의 악조건이기도 하다.

　조물주가 지구상에 모든 만물의 생명체를 선물했다는 것은 지상 최고의 업적이요 정말 귀중한 존재다. 그런 고귀한 생명을 선물 받았으니 저마다의 매체는 물론 소중함을 간직한 채 더 나아가 보람된 삶의 영역에서 보존해야 할 것이다. 거기에서 인간의 존재는 더욱 위대하다. 그럼에도 불구하고 그런 생명들을 경시하고 파멸시키는 행위는 금지되어 마땅하나 현실은 그렇지가 못해 개탄하는 바다.

한 사람의 생명을 살리기 위하여 의학은 심혈을 기울이고 있는 형편에서 사람을 죽이는 핵무기는 한 방에 250만 명을 몰살시킬 수 있다니 가공할 일에 앞서 불행한 존재다.

북한의 핵무기가 우리들의 목숨을 위협하고 있지 않은가?

400여만 명의 목숨을 앗아간 6·25 민족 전쟁은 세계사 유례없는 큰 전쟁이었고 처절의 극한만큼 비극도 컸다. 다시는 없어야 할 전쟁으로 김정은은 각성해야 할 일이다.

고도로 발달한 오늘날의 대도시 문화생활에서는 전기와 물만 없어도 살아날 방법이 없지 않은가? 바로 한강 물이 그러하다. 서울, 인천, 경기 지역에 운집한 인구가 2천5백여만 명이나 된단다. 그들이 한강 물과 더불어 살아가고 있는 실정이다. 그 한강 물이 인간의 잘못된 관리로 오염이 된다든지, 관리부실로 수도원이 파괴된다면 그야말로 대혼란을 겪어야 할 일이 아닌가? 어떤 대참사가 닥쳐올지 모르는 일이다. 절실한 바람이지만 한강 물은 우리의 젖줄이다. 생명 줄이기에 그러하다. 누구나 마찬가지 소중하게 관리 보존해야 더불어 공생할 수 있다는 사실을 절실하게 떠올리며 바라는 마음이 크다.

어느 피해자의 나팔 소리

희망찬 봄의 햇살

대자연의 무한한 신비다. 힘차게 박동하는 고귀한 생명들이 야망이 꿈틀거리는 K여자고등학교 뜰 안에도 어김없이 찾아주고 있다. 참으로 웅혼(雄渾)한 존재들이 아닐까 싶다. 저마다 아름답게 피어오르는 꽃잎들과 함께 그윽한 향기가 온대지 위에 풍겨나고 있다. 이것들이 곧 계절마다 피어나는 희망찬 봄의 진의(眞意)라 할 것이다.

오늘은 세종문화회관 대강당에서 한국환경교육연합회 환경보존운동본부에서 '미세먼지와 더불어 고비 사막으로부터 날아오는 황사 현상은 물론 산업개발로 인하여 날로 심각해지는 탄소 중립으로부터 소중한 자연을 어떻게 보존을 해야 하나?' 주제를 가지고 초, 중, 고등학부에서 일반부까지 시, 도 대항 전국 웅변대회가 있는 날이다.

16개 시, 도에서 1명씩 이미 예선을 통과 선발된 연사들이 본선에서 자랑스럽고 영광스럽게 우열을 가려야 하는 뜻깊은 행사가 있다.

"다녀오겠습니다."

지도 교사 윤현옥 선생님은 교장 선생님께 정중하게 인사를 했다. 윤 선생님 옆에 서 있던 송희도 교장 선생님께 허리 굽혀 인사를 공손하게 한다.

"그래요, 수고가 많겠네요. 준비는 잘 되었고요? 그동안 지도하느라 고생도 많았을 텐데, 좋은 결과가 있었으면 좋겠네요?"

K여자고등학교 교장실이다. 자리에서 일어나면서 교장 선생님은 지도 교사 윤 선생님에게 격려를 한다. 아울러 당부도 한다.

"송희야! 너는 우리 학교의 명예는 물론 서울을 대표한 연사로서 이상과 열의를 갖고 그동안 갈고 닦아오지 않았느냐? 타 연사들과 당당하게 맞서 좋은 성적을 거둬주었으면 좋겠구나. 그렇다고 너무 성적에 연연하지는 말구 평상시 실력 그대로 의연하게 경쟁을 하도록 하거라. 그동안 누가 더 잘했느냐, 하는 것도 중요하지만 누가 최선을 다했느냐 하는 것도 중요할 터 배운 대로 익힌 대로 열심히 해다오. 오늘따라 송희가 대견스럽기도 하거니와 아주 듬직해 보이기도 하는구나."

입가에 다정한 미소를 띠며 교장 선생님은 오른손으론 송희에게 악수를 청하고 왼손으론 등을 쓰다듬어 주면서 격려를 아끼지 않는 모습이 오늘따라 더 인자하시고 다정스럽게 여겨진다. 송희는 윤 선생님의 손을 잡고 교장 선생님께 인사를 나눈 다음 밖으로 나왔다.

너울대는 새털구름 사이로 쏟아져 내리는 따스한 봄볕은 푸르고 맑은 하늘을 은빛으로 수놓고 있다. 동토 속에서 태동할 생명들에게 힘차게 열기를 뿜어주는 맑은 햇살과 함께 너울대는 대자연의 신비가 아니더냐?

교무실 밖에서는 송희의 엄마가 기다리고 있었다. 윤 선생님은 송희의 엄마까지 승용차에 태우고 학교를 출발했다.

"송희야, 긴장되지 않니?"

윤 선생님이 부드러운 미소를 띠며 송희를 바라본다.

"네, 조금⋯."

"평상시 연습할 때처럼 실력을 발휘한다면 좋은 결과를 거둘 수 있을 거야, 송희의 컨디션이 오늘 어떨는지 모르겠구나?"

엄마도 몹시 걱정되는 모양이다.

"우리 송희가 잘할까요?

"잘할 거예요, 송희가 누군데요."

엄마의 염려에 선생님이 송희를 대신해서 대답한다.

옆자리에 엄마도 송희의 등을 쓰다듬어 준다.

"하기야 중학교 때 송희의 송사 낭독은 완전 환상이었지. 그 실력으로 청중들을 감동만 시켜준다면 금상도 가능할지 몰라?"

선생님은 또 중학교 2학년 때 있었던 일을 다시 생각한다. 졸업식 때다. 송희는 떠나는 언니들에게 졸업식 날 송사를 낭독했었다.

'사랑하고 존경하는 언니들 부디 잘 가세요. 작별이란 또 다른 만남을 약속하는 자리가 아니겠습니까? 자랑스런 졸업장을 가슴에 안고 떠나시는 언니들께 이 자리에서 드리고 싶은 말씀이 있다면 먼 훗날 우리들의 만남이라면 분명 성장을 하고 난 다음이 될 것입니다. 그렇다면 그동안 각자 어떤 자리에서, 어떻게 자라고, 또 어떤 모습으로 성장을 했는가 펼쳐지는 만남 일진데 얼마나 소중한 광장이든가요? 누가 더 열심히 살아 왔는가 하는 인생의 보람도 자랑스럽게 보여 지는 만남이라 여겨지기에 그 길이 바로 우리들이 가야 할 미래요 꿈이 아닐는지요?

언니들이여! 먼 훗날이 되겠지만 바야흐로 격동하는 시대적인 흐름 속에서 분명 미래의 우리들이 이 나라 조국을 위하여 무엇을 어떻게 역할을 하여왔고 누가 더불어 약진했느냐, 시대적인 상황에서 어찌 꽃길만이 있었다 하겠습니까? 세상을 살아가는 동안 노력 없이 이루어지는 성공은 없다 하지 않습니까?

바야흐로 개발도상국에서 우리들이 헤어져 각자 열심히 노력하다 보면 이 나라 조국발전에 바로 우리가 새로운 일꾼이 될 수 있으리란 것도 분명한 사실이 아닐는지요?

우리 다 같이 웅지를 품고 열심히 더 배우면서 훌륭하게 자라나기 위하여 마음속 깊이 정진한다면 영광된 조국 건설과 함께 만남의 광장은 분명 영광스럽게 펼쳐질 것이라 믿는바, 미래의 새싹이 될 이 아우들은 기대하는 바이고 그런 날은 반드시 올 거라는 신념 아래 우리 다 같은 마음으로 다짐할 것입니다.

노력 없이 가져오는 성공은 세상 그 어디도 없을진 데 따라서 노력 끝에 가져온 성공만이 진정한 영광이 될 것입니다. 그래야 훌륭한 사회를 이룩할 수도 있을 것이고 따라서 아름답게 피어오를 꽃피는 마당에서 우리 함께 기쁜 얼굴로 웃음꽃을 활짝 피울 수 있지를 않겠습니까?

언니들이여! 우리들의 가슴엔 젊은 이상이 살아 꿈틀거리고 있다 하겠습니다. 새로운 이상은 새로운 역사를 창조할 수 있는 기회도 될 것이고, 그 높은 이상은 이 나라 조국의 하늘아래서 반드시 활짝 피어날 것입니다.

봄 이렇든 맑은 이름으로 짙어가는 계절 속에서 웅혼에 벅찬 우리들의 희망이 지금 막 움터 오르는 순간일진대 그때의 너와 나의 높은 이상을 푸른 하늘 위에다 자랑스럽고 영광스럽게 삼페인을 퍼 올릴 수 있는 그 기회는 반드시 오리라 믿을 것입니다.

마지막으로 정든 교정을 떠나는 웅비(雄飛)하는 희망찬 언니들의 발걸음마다 아름다운 꽃길이 펼쳐지기를 빌고 또 빌면서 우리 아우들은 벅

찬 가슴으로 송사를 드리겠습니다.'

마지막 대목이다. 한 구절 한 구절 카랑카랑하면서도 구성지게 낭독하는 송희의 목소리는 떠나고 보내는 사람들에게 벅찬 감동을 주었는가 하면 뜻깊은 졸업식장을 환상적으로 승화시키기도 했었다.

감동했던 졸업생들 역시 아쉬운 석별에의 눈물을 흘리기도 하였고, 담담했던 학부형들의 심금을 울려 숙연해지기도 했었다.

그때 담임도 윤 선생님이었고, 글도 윤 선생님이 지었으며, 지도를 해주신 선생님도 윤 선생님이었다. 윤 선생님은 송희와 소질과 기량도 이렇게 잘 맞는 사이가 되었다.

중학교 2학년 때였다. 엄마가 병원에서 며칠간 입원했었다. 송희가 책가방을 들고 막 방문을 나서려고 할 때다. 갑자기 아랫배를 움켜쥐고 엄마가 못 견뎌서 하고 있지 않던가? 새벽부터 복통을 일으킨 증상이다. 송희는 겁이 벌컥 났다. 엄마를 등에 업고 가까운 동네 병원으로 모셨다. 다행히 나쁜 병은 아니고 위경련이라 했다. 허나 어머니 곁을 잠시도 비울 수 없었던 송희는 며칠 동안 결석을 할 수밖에 없었다.

"엄마가 병원에 입원했습니다. 검진 결과는 위경련이라고 의사 선생님의 말씀이 있었지만 고통은 너무 심했습니다. 의사 선생님은 염려하지 말라고 하지만 그 증상이 전에 없던 일이기에 몹시 걱정이 되었습니다. 아빠가 없는 집안에서 엄마는 너무나도 소중한 분, 엄마와 단둘이 살아오는 가정에서 갑작스런 엄마의 변고에 어찌 놀라지 않을 수 있었겠습니까? 몹시 당황스럽기도 했습니다.

물론 누구에게나 때로 올 수 있는 증상이라 안심은 된다지만 힘들어하시는 엄마를 볼 때마다 가슴이 찢어지는 듯했습니다. 하여 엄마를 도와드릴 수 있는 사람은 집안에 누구도 없기에 당분간 등교는 못 할 것 같습니다. (생략…) 엄마가 퇴원하는 날 학교에서 선생님 뵙기를 송희가 말씀드리며 안녕히 계십시오."

윤 선생님은 송희의 편지를 받아보고 가슴이 찡했다. 다행히 큰 병은 아니라지만 단 두 식구가 살아가는 송희 처지가 왜 가엾지 않던가? 그런 후로 윤 선생은 송희에게 언제나 관심을 가져주었고 송희의 소질도 발견하게 되었다. 그 소질을 키워주자고 윤연옥 선생님은 마음속으로 다짐도 했다. 그때 송희 엄마는 작은 화장품 가게를 하고 있었다. 토, 일요일 같은 때는 송희가 가게를 보는 때도 없지 않다.

송희가 고등학교로 진학을 하면서 우연하게 윤 선생님도 고등학교로 승진했다. 선생님이 승진을 하게 된 이유는 지난 연말에 있었던 모 일간지 신춘문예 공모에서 동화로 당선되면서 승진의 기회를 얻었다. 한국 문단에 등용하였고, 교장 선생님께 그 실력을 인정받아 중학교에서 고등학교 국어교사로 승진을 했다.

윤 선생님은 대학 전공과목이 국문과 현대문학이다. 윤 선생님과 송희는 이렇게 만났고, 뜻도 잘 맞았으며 잘 어울리기도 했다.

그랬던 경험으로 이번에도 윤 선생님이 교장 선생님께 송희를 추천하여 우리 학교 대표로 선발이 되었다. 그걸 알고 있던 교장 선생님도 쾌히 승낙 지도 교사를 윤 선생님으로 선택을 했고 1차 서울시 예선에서 입상도 했다.

전국 웅변대회

전국 대회라선지 웅변 대회장은 생각했던 만큼 웅장하고 엄숙했다. 무대 뒷면에는 시·도 대항 전국 학생 웅변대회라는 현수막이 걸려있고 '뉴밀레니엄 환경보존운동 어떻게 해야 하나' 흰 바탕에 커다란 녹색 글씨가 확 첫눈에 띈다. 주체는 한국환경연합회요, 후원은 환경부다. 단상 좌우에는 축하 화혼이 화려하게 세워져 있어 분위기를 한층 고조시킨다.

학부형들을 비롯한 청중들이 오백 명 정도 대성황을 이루었다. 환경부 환경보존 국장님과 교육부 학무국장님을 비롯 관계 공무원들과 각 학교 지도교사들도 대거 참석을 했다. 각 환경 단체에서 온 내빈들도 단상에서 정중하게 앉아들 계셨다.

각 분야에서 선발한 심사위원님들도 엄숙하게 자리를 함께하고 있다. 단상에 있는 탁자 위에는 황금빛이 번쩍거리는 우승컵들이 줄줄이 세워져 있고 하얀 종이로 포장된 부상들도 층층이 쌓여있다.

"지금으로부터 '뉴밀레니엄 지구 환경보존 운동 어떻게 해야 하나'라는 주제를 가지고 초, 중, 고등학교 및 일반부까지 시·도별 대항 전국 학생 웅변대회를 개최토록 하겠습니다."

사회자의 개회 선언과 함께

"일동 기립."

구령에 의하여 모두 기립했다.

"단상 전면에 있는 국기에 대하여 일동 경례!"

구령이 떨어지자 저마다 웅성거리던 장내 분위기는 일시에 엄숙했다. 모두 다 가슴에 손을 얹고, 나라 사랑하는 경건한 마음으로 경례를 했다.

"이어서 나라를 위하여 목숨을 바친 순국선열과 호국 영령들을 비롯하여, 오염된 자연환경에 의하여 희생된 억울한 생명들에게 위로와 명복을 빌기 위한 묵념을 올리겠습니다."

"일동 묵념!"

일동은 모두 머리를 숙여 나라를 지켜주신 거룩한 성현들과 환경오염으로 억울하게 목숨을 잃은 분들께 진심으로 명복을 빌었다.

송희도 숙연한 채 묵념을 했다. 어머니도, 선생님도 그랬다. 그런데 어머니는 눈물을 흘리고 있었다. 눈물을 흘리고 있는 어머니의 심정을 다른 사람들은 몰라도 송희야 왜 모른다 하겠는가? 오염된 자연환경에 의하여 희생된 억울한 영령들에 대한 위로와 명복을 빈다는 대목에서 어머니는 울컥 감명을 받고 이미 저세상으로 가신 아빠를 생각하며 눈물을 흘리고 있었다.

국민 의뢰는 이렇게 끝이 났다.

"다음 순서는 환경부 장관님을 대신해서 참석하신 환경보존 국장님으로부터 격려사가 있겠습니다."

사회자의 소개가 끝나자 환경부 국장님이 단상으로 나와서 정중하게 인사를 한다.

"여기에 오신 연사를 비롯한 학생 여러분 그리고 학부형 여러분과 또 학교 지도 교사와 여러 선생님들 감사합니다. 그리고 지구환경을 지키기 위하여 불철주야 수고가 많으신 관계자 여러분들과 내빈 여러분께서도 바쁘신데 이렇게 많이 참석하여 주시고 관심을 가져주셔서 대단히 감사하다고 인사드리겠습니다.

이처럼 대단한 열기로 참여해주시고 성원해주시는 여러분들을 마주보고 있노라니, 산업이 발달함에 따라 발생하는 환경오염으로 인하여 어려움을 겪고 있는 우리 행정당국으로서도 많은 힘이 생기고, 그러므로 결코 환경오염 방지대책에 비관적인 것만은 아님을 새삼 느끼며 희망을 갖게도 합니다.

우리나라는 원유를 비롯해 산업에 필요한 지하자원은 부족하나, 국토를 아름답게 지켜나갈 수 있는 자원은 풍부하게 갖춘 나라입니다. 한 마디로 우리나라를 삼천리 금수강산이라 하지 않습니까? 삼천리 금수강산이란 말이 괜한 말이 아니라는 것입니다. 국조(國祖) 단군 할아버지 이래로 우리 배달민족은 지구의 정기가 가장 왕성하게 살아 있는 이 땅에서 살아오면서, 산은 우리의 아버지요 어머니였으며 삶의 터전이었기 때문에 삼천리 금수강산으로 이름하였다 합니다.

우리나라의 산림녹화는 세계적으로도 우수할뿐더러 천혜의 비경을 타고난 자연환경의 나라라고 하질 않습니까? 그런데 최근 들어 폭발하는 인구 증가와 함께 산업이 급속도로 발전함으로 인하여 환경을 해치고 오염시키는 여건들 또한 가속으로 증가 악화되어 가고 있질 않습니까?

우리 수도권 지역을 비롯한 전 국토에서 환경을 해칠 수 있는 여건이 폭발적으로 증가함으로써 오염을 예방하고 방지한다는 것은 쉬운 일이 아닌바 심각한 문제로 성행되고 있는 실정입니다. 더구나 미세먼지를 비롯 탄소 중립은 우리나라뿐만이 아니라 전 세계적 추세로 오염되는 환경

문제가 날로 심각하다 하겠습니다. 소홀히 할 수 없는 당면 과제에 우리 다 같이 높은 관심을 갖고 오늘 이 자리에서 여러분들의 의견과 방법을 찾아 작은 것부터 실천해 나갈 수 있는 기회를 찾아보도록 할 것입니다.

따라서 비관만 할 수는 없는 일이기에 우리 환경부에서는 환경백서를 계획 수립하여 한 단계, 한 단계씩 실행에 옮겨가고 있다는 것을 여러분 앞에 이 자리를 빌어 밝혀드립니다.

첫째로, 자연적인 환경 여건을 최대한 살려서 우리 생활에 편리하고 질 좋은 삶을 영위할 수 있도록 행정을 펼쳐나 갈 것이고

둘째로, 선진 외국에서는 환경 동향에 대한 행정 영향 평가를 어떻게 하고 있는가, 중점적으로 검토 후 좋은 점이라면 과감하게 받아들여 우리나라 환경 동향과 비교 분석하여 면밀하게 설정한 다음 우리 실정에 맞도록 연구하면서 실천해 나갈 것입니다.

셋째로, 환경을 보전하는데 관리기반을 조성하고 인프라를 단계별로 구축해 예산에 맞춰 무리 없이 실행에 나갈 것입니다.

이렇게 주요 사업계획을 수립하고 여기에 따른 세부 계획을 마련하여 연구하고 교육기반을 실천하는 데 최선을 다할 방침이오니, 앞으로 여러분들께서도 많은 협조를 하여주시기 바라고 실천 방향을 따라주시기를 당부드리면서 이것으로써 장관님의 인사 말씀을 대독하겠습니다.

끝으로 여기에 모인 연사들께서는 영광스럽게도 자기 고장을 대표해서 명예를 걸고 당당하게 출전을 하였습니다. 기회에 좋은 성적 거두어 자기 고장을 빛내 주기를 당부드리면서 격려사를 가름하겠습니다."

이어서

"이렇게 간단하게 웅변대회 식전 행사는 끝을 맺고, 지금으로부터 그 동안 여러분께서 평상시 갈고 닦으면서 쌓아온 기량을 마음껏 발휘할 수

있도록 본 행사 대망의 웅변대회를 진행하도록 하겠습니다."

사회자의 구령이 떨어지자 장내는 잠시 웅성거리기 시작했다.

"송희야 지금 기분이 어때?"

조용히 행사 진행을 치켜보시던 윤 선생님이 먼저 송희를 살폈다. 출전을 앞둔 선수에게 무거운 분위기는 나쁜 영향을 끼친다는 것을 선생님은 너무나 잘 알고 있지 않던가?

"괜찮아요."

"떨리지 않아?"

"네."

"올해는 작년보다 선수들 수준이 더 높아진 것 같구나."

송희를 가까이 바라보는 선생님도 다소 긴장이 되는 모양이다.

이때 다시 확성기가 울렸다.

"출전하는 연사들을 위해서 심사 기준을 참고적으로 말씀드립니다. 이점 연사들은 특별히 유의 참고하여 주시기 바랍니다. 시간은 초등학교 팀은 15분이고 중, 고등학생팀은 20분으로 규정하였으며 대학과 일반팀은 25분으로 하며 최고점수는 100점을 만점으로 기준하여

1. 원고 내용 40점

2. 발성 20점

3. 태도 20점

4. 반응이 20점으로 하였으니 참고하시어 만전을 기해 주시기 바랍니다.

또 여기에 출전하는 연사들은 16개 시·도에서 선발 과정을 거쳐 1명씩 선발된 64명 중에서 예선을 거친 32명의 선수들입니다. 시상은 각부에서 1명씩 동상, 은상, 금상으로 구분을 했습니다. 대상은 전체에서 1명을 선발하여 시상을 하도록 하였으니 이점 참고하여 주시고 각자 분전

(奮戰)하여 주기 바랍니다.

　그럼 지금으로부터 호명을 받은 연사는 단상으로 나와 그동안 열심히 쌓아 올린 실력을 유감없이 발휘하여 각자 좋은 성적을 올려주시기 바랍니다. 첫 번째로 대구 대표 제1번 연사 나와 주세요.”

열변을 토하는 연사들

뚜벅뚜벅 단상으로 걸어 나오는 연사는 남학생이었다. 체구는 작지만 걸어 나오는 모습은 아주 의젓했다.

"본 연사는 대구 P초등학교 6학년 김일수입니다. 본 연사가 여러분에게 '소음 제거를 어떻게 해야 되나'란 주제를 가지고 말씀드리겠습니다. 박수 많이 쳐주시기 바라겠습니다."

이렇게 시작한 연사는,

"아늑하고 쾌적한 삶의 터전을 마련하려면 먼저 소음을 제거해야 한다고 이 연사는 생각합니다.

대도시일수록 소음은 시민 생활의 기준을 많이 초과하고 있다 하겠습니다. 소음은 우리들이 가정에서나 학교에서나 공부를 하는데 많은 지장을 주기도 하고, 길을 가는데도 갑자기 '빠아앙' 울리는 자동차의 경적소리는 우리들 가슴을 깜짝 놀라게도 합니다.

학교에서 공부를 할 때도 자동차들의 경적소리, 건축 현장에서 들려오는 '뚝딱'거리는 망치 소리, 토목 건설 현장의 중장비 포크레인 등 요란한 엔진소리가 들려옵니다. 인근 주변에 있는 학교 교실에서 학생들이 공부를 하는데 시끄러워 선생님의 말씀을 들을 수도 없고 옆에 친구들하고 이야기를 하려고 해도 방해가 되어 서로 무슨 이야기인지 말귀를 알아들을 수가 없습니다. 긴급할 때 길에서 집으로 엄마에게 전화를 하려해도 소음 때문에 핸드폰 통화를 할 수가 없는 지경입니다.

더구나 공사현장이 학교 근처에 있다든지 집 근처에 있을 때도 그렇고, 도로변에 있다면 이런 곳은 소음 때문에 견딜 수가 없을 정도입니다. 특히 공항 주변에는 몇 분 간격으로 뜨고 내리는 비행기 소리로 귀가 따가울 지경이지요. 규모가 큰 건축이나 건설 공사 현장 부근에서 발생하는 소음도 말로 표현하기가 어려울 지경입니다.

중요한 것은 소음이 밤에 40dB을 넘었을 때는 사람들의 수면을 방해한다는 것은 물론이러니와 매우 시끄러운 곳에 오랫동안 있으면 난청이 될 수도 있다는 연구 결과가 매스컴을 통하여 수차 발표된 바도 있습니다.

그래서 환경 분야 중에서도 소음 진동이 항상 말썽의 대상이 된다는 것을 이 연사는 소리쳐 주장─하는─바─입니다!"

두 팔을 번쩍 들고 힘차게 외치는 연사의 모습에 따라 관중들의 박수 소리가 우렁찼다.

박수 소리가 끝날 때까지 연사는 조용히 기다리다 다시 열변을 토한다.

"때문에 소음의 크기를 줄이고 제거하려면 행정당국에서 먼저 실천해야 할 것이 있으며 그 실천 사항으로.

첫째. 소음 측정망을 더욱 확대 실시해서 민원들의 피해를 철저하게 보호해 주어야 마땅하며

둘째. 소음이 심각한 고속도로 주변 지역에 방음벽 시설을 철저하게 설치하여 주고

셋째. 도로 및 생활공간에 나무를 많이 심어서 녹지시설을 확충해 주고

넷째. 공항 주변 주택가들에 대하여 항공기 소음 발생을 주시하여 적극적인 대응책을 마련해 주어야 합니다.

기업에서 실천해야 할 사항은

첫째. 방음 방진 시설을 철저하게 갖춰야 하고

둘째. 소음을 억제할 수 있는 자동차를 비롯 기타 제품에 생산시설부터 기술적으로 대처해주고

셋째. 건설 장비 또한 저 소음 진동 제품을 사용해야 하고

넷째. 생산하는 제품의 발생 소음량을 표시해야 하며

다섯째. 자동차 운송업체는 저 소음 자동차를 생산 운행하고 주기적으로 정비해야 될 것으로 생각합니다.

시민이 실천해야 한다고 생각하는 것은

첫째. 야간에는 이웃에게 방해가 되는 소리를 내지 말아야 합니다.

둘째. 내가 소유하고 있는 자동차를 주기적으로 정비를 실시해서 차에서 발생하는 엔진소리를 줄여야 하며

셋째. 자동차를 운행할 때 가급적 경적을 울리지 말아야 하고

넷째. 특히 요란한 오토바이 엔진소리를 생각해서 가속페달을 조심스럽게 조정하고

다섯 번째. 주택가에서 자동차에 마이크 시설을 하고 물건을 파는 행위도 삼가야 한다고 주장하는바,

이렇게 국가 행정 당국과 기업은 물론 우리 시민들이 함께 우리 주변에서 일어나는 작은 것부터 큰 것까지 적극적으로 소음을 줄이기 위하여 노력 실천한다면 이런 사항들이 곧 우리의 생활을 편안하게 해주는 것이요, 또한 지구에서 생존하는 모든 생물들에게도 쾌적한 환경 분위기를

조성해 주는 방법이라 믿어 의심치 않으면서, 이제부터라도 다시 시작하는 마음으로 이 연사 여러분께 소리 높여 외—칩—니—다아!"

연사는 주먹을 불끈 쥐고 두 손을 하늘 높이 치켜들면서 목이 터져라 외쳤다. 청중들의 박수 소리가 짝짝짝 우레와 같았다. 연사 자신도 실수 없이 매끄럽게 잘했고 만족하는 듯했다. 성공적이었다.

이렇게 초등부 8명의 연사들 모두 당당하게 열변을 토하면서 끝이 났다.

"다음은 중등부 인천 대표 8번 연사 차례입니다. 출전해 주세요."

계속해서 연사들이 출전했다. 주장하는 문제가 연사들마다 달랐고, 내용도 깊고 풍부했으며 좋았다.

다소곳하게 연단으로 걸어 나오는 연사는 여학생이었다.

"저는 인천 Y여자중학교 3학년 정인자입니다. 본 연사는 인천에 살고 있으니 '노을을 즐길 수 있는 해변'이란 주제를 가지고 여러분에게 말씀드리고자 합니다. 예쁘게 봐 주세요."

미소를 지으며 까딱 고개를 숙여 인사하는 모습이 깜찍하면서도 귀여웠다.

"인천의 연안에 환경오염이 될 수 있는 필수 여건은 한강을 통해 서울을 비롯한 수도권 지역에서 흘러 내려오는 오·폐수가 바닷물을 오염시키는가 하면, 잇단 선박의 재난 사고와 수도권을 비롯한 쓰레기를 매립함으로 오염이 되고 있는 실정입니다.

더구나 뉴밀레니엄 시대의 인천국제공항과 송도 신도시 건설 등 국책 사업에 따른 대규모 간척 사업으로 갯벌의 자정 능력이 상실되고 있는 실정에서, 염류 오염에 따른 적조가 발생해 인천 연근해 양식업에 막대한 피해를 주는 등 수산 자원이 점차 고갈되어 가고 있는 실정입니다. 때문에 수산업에 종사하는 어민들의 피해 정도가 막심하며 생계의 터전을 잃고 뿔뿔이 헤어지고 있는 실정이었으나 지금은 오염의 주범이었던 송도 신도시 개발이 완성되었고 청라 신도시도 완성하므로 새로운 국제도시로 발돋움을 했습니다. 자랑스런 일이 아닐 수 없다 하겠습니다.

하지만 인천 연안은 아름다운 해안선과 수평선, 이를 배경으로 펼쳐지는 저녁노을의 아름다움은 어느 고장의 자연 멋보다도 자랑거리였습니다. 그러나 헤아릴 수 없이 밀려오는 파도가 바윗덩어리에 부서지는 해안 접경지역과 도서 지방의 아름다운 해안을 마구잡이로 매립하는 바람에 그처럼 아름답던 해안이 무참히도 파괴되었음은 부인할 수 없습니다. 해안 접근이 어려워 해변 가까운 곳에 살고 있는 시민들이 저녁노을을 즐길 수 있는 공간이 파괴됨에 따라 그 기능을 많이 상실하였다고 하겠습니다.

이런 실정을 감안하여 하루 속히 바다낚시를 즐길 수 있는 연안 수질을 향상시키고 저녁노을을 즐기며 휴식을 할 수 있는 해변에 친수 공간을 만들어야 한다 하겠습니다.

이 같은 사업을 효율적으로 추진하기 위하여서는 행정당국인 인천광역시에서 먼저 실천해야 한다고 생각하는 사항은

첫째. 인천 연안 수질 개선을 위한 종합적인 관리 방안을 수립하는 것이 먼저이고, 인천 앞바다를 살리기 위해서는 수도권 광역 협의회를 구성해서 서울시와 관계기관끼리 상호 간에 긴밀하게 협조 방안을 강구해야 합니다.

둘째. 정기적으로 연안 수질 조사를 실시하고 대책을 수립하여

셋째. 도서 지역까지도 하수 처리장을 설치해야 합니다.

넷째. 해변침수 공간 확보를 위한 계획을 수립하고 시행해야 마땅할

것입니다.

또 기업에서도 실천해야 할 사항이 있습니다.

첫째. 기업마다 해변 가꾸기 운동을 전개해야 마땅하고

둘째. 해양 오염 방제 처리 기술을 개발해야 합니다.

셋째. 오·폐수를 바다에 마구 버리지 말아야 할 것이며

넷째. 선박의 정기적 점검을 실시하고 유료유출 방지대책을 수립해야 합니다.

시민이 실천해야 할 사항도 있습니다.

첫째, 내 고장 연안 살리기 운동을 전개하여

둘째, 연안 수질 감시 및 보전 활동을 전개해야 합니다.

셋째, 시민 단체에서도 해양 감시 활동에 적극 참여해서

넷째, 해변침수 공간을 깨끗이 사용해야 합니다.

이와 같이 세부적으로 계획을 세워 착실하게 실천을 한다면 우리 인천시민들은 좋은 환경 속에서 자연을 만끽하면서 황혼이 깃드는 서해바다를 아름답게 마음껏 즐길 수 있다는 사실을 확신하면서 여러분에게 이 연사는 소리 높여 외ㅡ침ㅡ니ㅡ다아!"

연사는 주먹을 불끈 쥐고 하늘을 향해 양손을 번쩍 들고 흔들었다.

역시 청중들의 박수 소리가 짝짝짝짝 길게 들렸다. 연사 자신도 만족하게 생각하는지 당당하게 퇴장한다.

"송희야 너는 저 연사가 외치는 내용에 대하여 어떻게 들었니?"

"내용이 좋았던 것 같아요. 또 문제를 제기하는 것도 아주 좋았고, 해결하는 방법도 좋았던 것 같아요. 병 들어가는 지구를 치료하는 방법 중에서 한 가지 바다 수질 오염에 대한 문제를 제기했던 점도 좋았고 자세한 설명도 되었다고 여겨집니다."

"그래 송희가 아주 잘 이해한 것 같다. 선생님도 그렇게 이해를 했단다."

"그리고 중학교 학생답지 않게 카랑카랑한 목소리, 곧은 몸가짐은 연사로서의 재질이 충분히 있다고 봐야 하지 않겠느냐?"

"송희야 단상에 올라가면 먼저 청중들과의 눈싸움에서 지면 안 된단다. 오백여 명이나 되는 많은 청중들이 모두 너한테 집중되는 눈빛을 네 두 눈으로 완전히 그들을 사로잡아야 해. 만약에 지면 목구멍에서 말이 콱 막혀 버리게 된단다. 그땐 눈앞이 캄캄해지고 머리가 빙빙 돌게 마련이지. 그렇게 청중들에게 말려들기 시작하면 아무것도 생각이 안 나는 거야.

그러니까 우선 가슴을 쫙 펴고, 눈을 똑바로 뜬 다음 쫙 청중들을 훑어본 후, 목소리를 가다듬고, 당당하게 천천히 발성을 시작하면 된다. 또 청중들이 나보다 환경에 대하여 실력이 낫다고 생각해서도 절대 안 돼. 다들 나보다 모른다고 생각하고 내가 저 사람들을 가르친다고, 설명하며 강연을 하고 있다 생각하란 말이다. 그래야 자신감도 생긴단다. 알겠니? 대중을 상대로 연단에 오르는 연사는 언제나 우월감과 더불어 자신감이 있어야 한단 말이다. 대중을 두려워하는 연사는 절대 성공할 수가 없단다. 대신에 대중에 눈길을 사로잡는 배짱이 있는 연사로서 자기 뜻을 주장하다 보면 오히려 평상시보다 더 신나고, 플러스알파의 실력도 나오게 마련이란다."

"네 선생님."

"다들 잘하는구나. 우리 송희도 잘해야 될 텐데. 서두르지 말고 침착하게 해, 물론 우리 송희는 잘해 낼 거야."

엄마도 긴장을 하고 다른 연사들 하는 것을 유심히 바라보다가 생각이 났던지 송희에게 격려를 한다.

초등학교 저학년 부에서부터 중등부까지 끝이 났다.

"다음은 고등부 서울 대표 12번 차례입니다. 유송희 연사가 '피해자의 나팔 소리'란 연재를 가지고 출전할 것입니다. 유송희 양 나와 주세요."

사회자의 마이크 소리가 더 크게 들리는 기분이다. 송희 차례다.

"송희야 평상시처럼 잘해, 알겠지. 송희 화이팅!"

선생님이 송희의 손을 꼬옥 잡아주며 속삭이듯 격려를 해준다.

"연습할 때처럼 잘해라."

송희는 어머니의 눈빛을 보았다. 간절한 그 표정을….

"걱정 마 엄마!"

송희는 천천히 무대로 올라갔다. 단상 위에 우뚝 선 송희는 몸자세를 꼿꼿하고 단정하게 가다듬은 후 청중들을 내려다보며 좌, 우로 쭈룩 훑어본다. 그리고는 한 박자를 쉰다. 그 모습을 바라보는 선생님과 엄마는 평소보다 송희가 오늘따라 의젓하고 근엄하며 크게 보인다 했다.

"송희는 잘할 거예요, 너무 염려 안 해도 될 겁니다."

선생님이 엄마를 안심시켜준다.

드디어 송희는 무겁게 입을 열었다.

"여러분! 저는 서울 K여자고등학교 2학년 유송희입니다. 많은 연사들이 앞에서 파괴되는 지구환경 어떻게 살려야 되나, 하는 여러 가지 내용에서 문제 제기와 더불어 타당한 치료 방법까지 말씀 많이 들었습니다. 그런데 제가 감히 무슨 말을 해야만 좋을지 망설임 없지 않지만 그러나 환경이라면 저에게도 할 말이 너무나도 많습니다.

늘 많은 연사들이 주장했듯이 미세먼지와 이산화탄소 중립 등은 우리가 천 번 만 번을 외쳐도 해결될 방안은 아직 없다 하겠습니다. 날로 고속화하는 과학 문명에 따른 대체방법이 아직 미흡한 현실 안타까운 일이 아닐 수 없다 하겠습니다. 그러나 지구가 존재하는 한 먼 앞날에 이르기까지 우리 인간이 반드시 해결할 숙제로 남아 있다는 것입니다. 때문에 당장 쉬운 것부터 실천을 하고 해결을 할 당면 문제로 저는 '죽어 가는 생태계 우리가 살려요'라는 주제를 가지고 여러분께 함께 해결하고자 이 자리에 감이 섰습니다.

먼저 이 연사가 전제해서 말씀드리고자 하는 것은, 인간에게 피해를 당한 자연은 반드시 우리 인간에게 보복을 한다는 것입니다. 바로 우리 가족이 그 피해자요, 저희 아빠가 자연에 보복당한 그 실례가 되겠습니다. 사람은 자연을 오염시켰고, 오염된 자연은 우리의 생명에게 반드시 보복을 한다는 것입니다.

저희 아버지께서는 자연에게 피해를 준 사실이 절대 없습니다. 그런데 저희 아버지는 희생된 것입니다. 자연은 무차별적으로 보복을 하기 때문입니다. 아버지는 친구들과 술 한 잔을 하기 위하여 어패류를 먹고 비브리오 패혈증으로 어울하게 세상을 떠났습니다."

송희의 볼에서는 주르르 눈물이 흐른다. 그러나 목소리는 아주 차분하고 냉랭했다. 송희의 모습을 보는 엄마도 가슴이 울컥한다. 갑자기 청중들이 숙연해진다.

"흥분해서 울면 안 되는데!

송희를 지켜보던 선생님이 걱정을 한다. 그러나 송희는 동요 없이 다음으로 침착하게 이어져 갔다.

"우리나라는 삼 면이 바다요, 평야보다는 산이 전 국토의 70%를 차지하고 있으면서 청명한 하늘 아래 천연적으로 좋은 자연의 조건을 가진 나라입니다. 더구나 푸르고 드높은 가을 하늘은, 세계의 모든 사람들이 감탄을 아끼지 않고 동경하는 정도이고요. 산림녹화 또한 우리나라만큼 세계에서 잘된 나라도 드물답니다. 캐나다나 인도네시아 같은 나라들은 자연림이라 하겠지만 우리나라 같은 경우는 우리의 손 우리의 노력으로 가꾼 나라입니다. 그러기에 우리나라 살림은 더욱 자랑스럽고 소중하다는 것입니다.

6·25전쟁을 겪고 난 우리나라 백성들은 부족한 식량과 연료 수급 때문에 무수한 고통을 겪어야만 했습니다. 그럴 때 식량은 우방국을 비롯한 미국의 도움으로 잉여농산물을 무상으로 원조를 받아서 겨우 충당을 했다지만, 연료는 우리 스스로 자급해야 할 형편이었습니다. 석유 한 방울 나지 않고, 무연탄 개발도 낙후된 형편의 가정에서 사용해야 할 연료는 오로지 나무밖에는 없었답니다. 그러니까 산에 있는 나무를 무차별적으로 벌목 아궁이에 태워 밥을 지어 먹고 군불을 지폈으니 온 산야는 벌건 민둥산이 되고 말았다 하겠습니다. 심지어 뿌리까지 캐다가 아궁이 연료로 사용을 했습니다.

그렇게 벌거숭이가 된 산은 장마철 소나기만 내렸다면 무차별 홍수가 터져 마을을 덮쳤고, 강이 범람하여 둑이 터지는 바람에 논밭의 곡식들은 대책이 없이 씻겨 나갔으니 불을 보듯 자연재해와 함께 흉년은 뻔했습니다.

자원이 되어야 할 소중한 물은 저장할 수가 없어 막바로 바다로 흘러 버려질 수밖에 없었으므로, 비가 충분히 와도 해마다 흉년이 들어 보릿고개에서 배고픈 설움을 겪어야 했습니다. 자원을 활용할 국민적 기능이 부족했기 때문입니다.

그렇게 열악한 형편에서, 맨몸으로 오로지 수류탄 한 개를 들고 적의 탱크로 기어 올라가 적과 함께 자폭하면서까지 나라를 지켰던 군인들이 5·16 군사혁명과 함께 정치를 하면서 달라지는 것들이 많지 않았겠습니까?

그중 경제개발과 함께 강력한 산림녹화 사업으로 산에 나무를 심고 정성껏 가꾸면서, 오늘날에는 세계에서도 자랑할 만큼 산림녹화사업으로 경치 좋은 산을 이처럼 일구었으니 얼마나 다행스런 일입니까. 이는 기적이 아니라 우리의 노력과 자구책으로 일구어낸 성과가 아니라고 누가 감히 부인하겠습니까?

이토록 좋은 환경을 물려받은 우리 정치인을 비롯한 우리 국민들까지 보존관리에 그동안 많은 노력은 했다지만 아직도 식수는 생수에 의존하고 있다는 것입니다. 식수로 수돗물을 이용하기까지는 시민의식이 멀다는 것입니다. 오늘날까지 이천만 수도권 시민들이 먹고 살아왔고, 먹고 살아가야 할 한강 물이 아직도 공장이나 축산 폐수로 오염이 되고 있다는 것이 현실이 아닙니까? 물론 정부나 시민들의 그동안 노력으로 한강 물이 많은 정화는 되었다지만 그래도 좀 더 노력해야 할 대상이라 하겠습니다.

모든 생태계의 원리는 물과 함께 생존을 같이하고 있다는 것이 현실입니다. 물이 없으면 생태의 원리는 존재할 수 없습니다. 물이 죽으면 모든 생태계도 공멸하게 마련입니다. 다행히도 우리나라의 경우는 충분한 물의 자원을 가지고 있습니다. 물이 충분하다는 것은 그 무엇에 비교할 수 없을 정도로 우리 민족은 하늘에 복을 받은 결과나 다름없습니다.

그런데 우리는 물에 대한 고마움을 모르고 있을 뿐만이 아니라, 반대로 고귀한 물을 낭비와 더불어 우리 스스로 오염시켜 물의 생명을 죽이고, 생태계가 무참히 파멸하면서 죽어 가고 있는 실정입니다. 정말 위험천만한 일이 아닐 수 없습니다. 이런 실정은 몰지각한 일부 사람들의 무지로부터 오는 인류의 적대 행위가 아니라고 누가 감히 부인할 것입니다.

　한때는 독약과 다름없는 공장 폐수와 축산 폐수를 흘려보내서 한강 물을 오염시켰으니 때로는 물고기가 하얗게 떼죽음을 당하는 경우도 있지 않았겠습니까? 이런 현상이 우리 인간들이 저지른 죄악이 아니고 무엇이라 변명할 것입니까?"

　송희는 머리 위로 두 손을 힘차게 뻗어 당당하게 박수를 요청했다. 청중들은 짝짝짝짝, 우레와 같은 박수가 온통 식장을 꽉 메운다.

　박수가 끝날 때까지 침착하게 기다리던 송희는 목소리를 가다듬고 무겁게 다시 시작했다.

　"여러분! 우리들의 젖줄인 한강 물은 서울 시민은 물론 수도권 일대 이천만 시민이 마시며 살아가는 자원일진데 그 자원이 오염되면 드디어는 독약이 되어 우리들의 목숨을 달라고 할지 아무도 모릅니다. 우리의 목숨은 하나밖에 없는 소중한 생명입니다. 불구하고 그런 소중한 우리의 목숨을 잃게 된다는 것입니다. 그렇다면 얼마나 억울하고 비참한 일이겠습니까?

　여러분! 지수화풍(地水火風)이란 말이 있습니다. 생물이 살아가는데 4대 요소로서 땅과 물과 불과 공기를 말합니다. 이는 우리가 주식으로 사용하는 쌀보다도 더 중요하다고 할 것입니다. 이것이 존재하지 않는다면 지구에 존재한 65만 종의 생물들이 생존하는 자연의 법칙에 따라 존재할 수가 없다는 것입니다.

　다행히도 우리나라는 수도권을 비롯해 전 국토가 물의 자원이 풍부한 지리적인 특성을 가지고 있다 할 것입니다. 불구하고 산업과 도시 개발 과정에서 점차 물을 오염시키는 생활환경 속에서 스스로 퇴행시키고 있으니 얼마나 위험한 일이겠습니까? 그래서 우리의 젖줄인 한강 물에 대한 불신감을 스스로 떨쳐버리지 못하고 수돗물을 외면한 채 생수를 선호하는 것이 오늘날 우리 시민들의 자화상이 아니겠습니까?

무엇보다도 우리가 먹는 물은 생명수이기에 가장 위생적이고 가장 안전이 보장되어 마땅할 것입니다. 더불어 맑은 물을 공급하는 것은 필수조건이기에 먼저 자원을 아끼는 차원에서 물을 소중하게 관리 간직하자면 기초생활에서 당연히 습관이 이루어져야 한다는 것입니다.

때문에 양질의 물을 충분히 공급하려면 각종 시설을 관리 운영하는데 철저를 기해야 할 것인바 우선 행정당국에서 실천해야 할 방안으로는

첫째. 수돗물에 대한 시민만족도를 정기적으로 조사 관리하고

둘째. 시민 건강을 최우선적으로 감안하는 정수 처리방법을 찾아야 합니다.

셋째. 지하수와 약수터를 엄격히 관리 감독해야 할 것이며

넷째. 물 사용량을 줄이기 위하여 절수 종합대책을 세우고

다섯째. 정기적으로 공업용수와 생활용수를 분리하되 누수율을 줄이기 위하여 낡은 송수관과 배수관을 교체하는데 장, 단기 계획을 세우고 실천해야 할 것입니다.

여섯째. 황사와 미세먼지는 과학적으로 인공비를 개발하는 데 총력을 기울여야 할 것입니다. 고도로 발달하는 오늘날의 과학 문명은 앞으로 분명 인공비도 개발할 것으로 믿어 의심치 않습니다.

또 기업에서 실천해야 할 사항으론

첫째, 생성 공정을 절수형으로 바꿔 폐수 재활용을 위한 설비를 도입하고

둘째. 효율적인 시스템의 절수형 제품을 개발하여

셋째. 일정 규모 이상의 건물 내에 중수도 시설을 설치해야 합니다.

넷째. 따라서 수자원 고갈에 대비한 경제적인 해수에 담수화 기술을 개발 보급해야 합니다.

우리 시민 스스로가 실천해야 할 사항으론,

첫째. 다주택 시설의 물탱크 청소에 철저를 기할 것이고, 오래되고 낡은 물탱크는 교체해야 하고

둘째. 약수터 주변을 깨끗하게 유지하여

셋째. 절수형 설비를 적극 활용해야 합니다.

넷째. 설거지 양치질 세수를 할 때 물을 받아서 하고

다섯째. 가정 내 각종 수도 설비의 누수를 철저히 막아야 합니다.

이렇게 철저하고 확고한 의지로 정부와 국민들 차원에서 노력한다면 5·16 혁명 후 민둥산에 산림을 녹화시켰던 업적처럼 충분한 자원을 바탕으로 시민의 생명과 건강을 지킬 수 있으며, 즐겁고 명랑한 삶을 영위할 수 있다고 이 연사 목이 터져라 주장하는 바입니다."

숨을 죽인 듯 조용하던 장내는 기립박수까지 터져 나오면서 웅성거리기 시작했다. 송희는 담담하게 박수 소리가 끝날 때까지 청중들을 내려다보고 서 있다.

"선생님! 우리 송희가 잘하는 건가요?"

엄마는 선생님을 바라보며 어딘가 초조한 마음으로 물어본다.

"네 잘하고 있습니다. 썩 잘하고 있어요."

선생님은 서슴없이 대답하며 단상에 있는 송희를 올려다본다.

박수 소리가 끝나자 송희는 다시 목에 잔뜩 힘을 주고 무겁게 목소리를 깔면서 시작한다.

"이렇게 당국과 기업 또는 시민들이 삼위일체의 정신으로 자연을 보

전하며 오염 물질들을 철저하게 방지해 나간다면, 낙엽은 떨어져도 가지는 살아 있듯이, 우리 시민들이 더 좋은 환경에서 생활해 나갈 수 있다는 현실을 여러분에게 호소하는바 동시에 지구환경까지도 되살릴 수 있다고 확신하며 불타는 성취와 정열로 여러분에게 이 연사 강력하게 강력하게 호소하겠습니다!"

송희는 두 주먹을 불끈 쥐고 하늘을 향해 팔을 높이 치켜들면서 사자후 한다. 또다시 장내는 우레와 같은 박수 소리로 흥분에 가득 찼다. 여기저기서 웅성거리기 시작했다. 송희는 다소곳이 청중들에게 인사한다. 웅변할 때와는 전혀 다른 천상(天常) 수줍은 소녀의 모습이었다.

송희는 별다른 실수도 없었던 것 같다. 원고 암기에도 더듬거렸다거나 멈추지 않았고, 카랑카랑한 음성에 발성도 보편적으로 잘했고, 태도도 당당했다. 반응도 그 정도면 잘 받은 셈이다. 평상시 실력 충분히 발휘했다고 봐야 한다.

송희가 선생님과 엄마가 있는 자리로 돌아왔다.

"송희야 수고했다. 아주 잘했어."

선생님이 먼저 송희의 손을 잡아주며 칭찬을 해준다. 엄마도 송희의 등을 쓰다듬어 주면서 칭찬을 한다.

"잘했어 송희야, 우리 송희가 아주 장하다. 어쩜 그렇게 의젓했더냐!"

"다음은 일반부 18번입니다. 출전해 주기 바랍니다."

사회자의 마이크 소리가 나오면서

체격도 크고 건장한 S대학교 남학생이 무대 위로 듬직하게 걸어 나온다. 단상 앞에 나오자 공손하게 머리 숙여 청중에게 인사를 한다. 그런 다음 장내를 쫙 한번 훑어보고는 입을 열었다.

"저는 S대학교 3학년에 재학하고 있는 한길수입니다.

'대기오염 물질과 발생 종류에 대하여'란 주제를 가지고 여러분과 같이 생각해 보고자 합니다.

　대기오염 물질을 배출하는 원인은 첫째 자연적인 기후변화 요인과 우리 인간이 마구 배출하는 두 가지 원인이 있다고 하겠습니다. 자연적으로 발생하는 경우는 미세먼지 현상과 이산화탄소로서 먼지나, 가스를 발생하는 화산재, 유전지대의 천연가스, 황사 현상들이라 할 것이고, 또 식물들의 꽃가루 등이 있어 그 종류와 형태가 매우 다양하게 나누어진다고 할 것입니다.

　무엇보다도 오늘날 심각하게 문제가 되고 있는 미세먼지와 이산화탄소 그리고 탄소 중립 등의 대기오염 주범이 대부분 사람들의 무지와 안이한 무관심에 의하여 발생한다는 사실입니다. 주로 사람들의 생활은 생산 활동과 에너지 소비 활동으로 볼 수 있기에 이런 원인과 형태가 매우 복잡하고 다양하며 심각하다 할 것입니다.

　다시 면밀하게 말씀드려서 화력 발전소에서 뿜어 나오는 매연, 폐기물 소각 시설, 대규모 공장 굴뚝에서 나오는 매연물질들과 주택의 난방 시설과 같이 소규모라 하지만 배출 원인이 모여 발생하는 것도 많은 양이라 하겠습니다. 또 제일 심한 경우는 자동차, 기차, 비행기, 선박 등 교통수단으로 이용되는 것들과 공장에서 배출하는 양이 큰 부분을 차지하고 있다는 것입니다. 대기오염 물질의 종류로는 약 78%의 질소와 21%의 산소로 구분되어 있다는 것이고, 그중 대기를 오염시키는 물질 중 대기에 잔존하는 화학적 물질 이외의 물질들이 수없이 함유되어 있기 때문이랍니다. 이런 물질들이 태양의 적외선과 함유되어 일어나는 반사적 작용이 바로 오존층이 생기는 원인이 되고, 그래서 태양과 지구 사이를 가로막아 기후변화를 일으키면서 지구에 존재하는 모든 생물이 병들게 하고 나아가 생명을 앗아가는 결과를 가져오게 되므로 종래 지구의 생물들은 다 같이 멸망할 수밖에 없다는 것을 말씀드리는 것입니다.

첫째로 스모그가 없는 청명한 하늘 아래서 모든 생물들이 오염되지 않은 맑은 공기를 마시며 자연환경을 만끽하며 살아갈 수만 있다면 얼마나 좋은 일이겠습니까. 깨끗한 공기는 인간의 건강과 삶에 필수적인 조건입니다. 그런데 산업이 발전함으로 인하여 공장에서 배출되는 매연과 악취, 이천만 대가 사정없이 뿜어내는 자동차 행렬들의 매연, 그리고 인접 국가 중국의 고비 사막으로부터 불어오는 황사 현상으로 인하여 질소산화물, 탄산수소 등이 생성됨에 따라 오존이 0.01ppm이 발생하게 되면 우리의 인체에 미치는 악영향은 폐렴, 천식 등의 질환이 10%나 증가한다는 것입니다.

거기에다 산성비와 미세먼지 등, 탄소 중립이 겹치고 있으니 그 피해는 더욱 심각하므로 우리의 삶과 인체 건강을 크게 위협하고 있는 존재가 된다고 이 연사 소리 높여 외치는 바입니다.

때문에 이를 해결하는 방법으로, 당국에서 대기오염을 시험 측정한 결과 80%를 차지하고 있는 발생량이 유료 쪽에 있다 하니 이를 청정 연료로 전환한다면 우리의 삶과 건강은 크게 호전되리라 믿습니다.

둘째로 자동차 매연으로 인한 폐암 발생 사망률이 최근에 105%나 증가했고, 그 배출가스 물질은 질소산화물, 탄산수소, 미세먼지가 오염의 주원인이라고 보건복지부와 환경부가 한국중앙 암등록 연례보고서에서 분석 결과를 발표했다니 사실이 아닐는지요? 이런 수치들이 얼마나 우리 삶에 불쾌감을 주며 건강에 해를 끼치는가 확연하게 알 수 있다 하겠습니다.

미세먼지는 폐 깊숙이 들어가 각종 호흡기 질환을 일으키기도 합니다. 우리가 현재 살고 있는 대기에 미세먼지가 10ug/m3 증가할 때 사망자 수가 100명당 1~8명 정도 증가하는 것으로 통계상에서 말하고 있습니다. 또한 중부 지역에서는 호흡기 질환자 수가 100명당 7명 정도로 증가하는 것으로 알려졌습니다. 때문에 이토록 우리 건강 생활과 생명에 결정적으로 피해를 주는 비산먼지와 미세먼지 그리고 황사 현상을 줄여, 쾌적하고 맑고 푸른 하늘 아래서 살아가려면 먼저 행정 당국에서 대책을 마련해야 할 것이 있습니다.

첫째. 도시 지역의 먼지 오염도를 지속적으로 측정을 하고 있으나 아직은 미숙한 실정이기에 좀 더 체제를 갖추고

둘째. 먼지 발생 공장에 대한 관리를 일상적으로 점검해야 합니다.

셋째. 시민의 신고를 활성화하기 위한 행정을 마련해야 하고

넷째. 주요 도로변의 물청소도 강화해야 합니다.

다섯째. 기름 한 방울도 나지 않는 우리나라에서 에너지를 아끼는 차원과 매연을 방지하는 의미에서 청정 연료를 사용할 수 있도록 자동차를 전량 개조하여 생산할 수 있도록 정책을 마련해 기업에서 생산할 수 있도록 당국에서 적극 지원을 해주어야 할 것입니다.

여섯째. 인공 비를 개발해서 필요에 따라 적절한 시기에 지구 곳곳에 뿌려준다면 미세먼지나 탄소 중립 관계는 간단하게 해결되리란 희망도 가져봅니다. 과학 문명은 인공 비를 개발할 것입니다. 그리고 천둥 · 번개가 마찰하는 엄청난 그 에너지를 받아 쓸 수 있는 기술 개발 시대가 곧 올 것으로도 믿습니다.

기업에서도 실천해야 할 사항으론

첫째. 방진 시설의 효율을 향상시키기 위하여 노력하여야 하고

둘째. 차량의 적재함을 개선하고 짐을 많이 싣지 않도록 해야 합니다.

셋째. 공사장에는 방진막을 설치하여 먼지가 발생하지 않도록 해야 할 것이며

넷째. 고물차는 제때에 수리하여 매연이 발생하지 않도록 해야 합니다.

다섯째. 기업에서는 청정 연료를 사용할 수 있는 자동차를 저렴한 가격으로 대량 생산 널리 공급하고 전기자동차도 적극 공급하여 가솔린 자동차를 전량 대치할 수 있도록 해야 됩니다.

시민 스스로 실천해야 할 사항으론

첫째. 자기 집 주변에 도로를 항상 깨끗이 해야 하고

둘째. 도로 청소를 위하여 간선도로에 주차를 삼가 해야 합니다.

셋째. 먼지를 많이 발생하는 사업장을 철저히 가려 단속해야 합니다.

때문에 우리가 살아가려면 우선 지구가 병들지 않도록 우리가 예방하고 치료하면서 이 무서운 오존 현상을 억제시켜야 합니다. 본래 지구의 환경은 티 없이 맑았습니다. 그 맑은 지구를 바로 우리가 오염시켰으니 마땅히 우리가 정화를 해야 하고 책임도 감수해야 합니다.

이것은 모두 우리 인간사회가 저질러 놓은 죄악입니다. 또 우리는 지구를 파괴하는 행위를 지금까지 저질러 왔음을 깨달아야 합니다. 그러기에 우리는 앞으로 파멸해 가고 있는 지구를 다시 살려야 할 의무와 책임이 있고, 그것은 우리가 살아가는데 가장 중요한 필수조건이요, 사명이라 하겠습니다. 하물며 중국의 고비 사막으로부터 날아오는 황사 현상과 더불어 탄소 중립은 앞으로 우리가 반드시 해결해야 할 과제가 아닐는지요?

그래서 우리가 저질러 놓은 모든 공해 물질을 이젠 우리 스스로가 해결해야 할 당면 문제라 이 연사 또다시 목이 터져라 여러분께 호소-하는-바-입니-다!"

양손을 번쩍 들어 주먹을 쥐고 소리 높여 외치는 연사는 아주 자신만 만했다. 더불어 과학적인 차원에서의 내용은 일반부답게 고차원적이었다.

장내가 떠나갈 듯한 우렁찬 박수 소리가 그칠 줄 모르고 멀리멀리 퍼졌다. 전국에서 내놓으라 하는 연사들이 예선을 거쳐 출전을 했지만 그 실력들 또한 막상막하였다. 모두가 우열을 가리기가 어려울 정도다. 실수하는 연사들도 없었다. 처음부터 끝까지 자리를 뜰 줄 모르는 청중들 또한 대단한 열기로 성원을 해주었다. 그만큼 오늘날 지구환경의 심각성을 몸소 체험하고 해결해 나가야 할 지상명령으로 인식들을 하고 있다는 것은 사실이다. 이것은 불가피성의 공감이다. 물론 시대적인 입장에서 많이 개선도 되었다지만 백 번 천 번을 외친다고 해결이 되겠는가? 연사들의 주장처럼 현재 진행 중인 사안들도 있다지만 진행되어야 할 사안들은 더욱 많지 않던가? 노력을 한다 해도 미세먼지나 황사 따위는 고질적인 오염 물질로 오랜 세월을 요구하는 지구환경의 골칫거리면서 개선 방안의 숙제라 할 것이다.

영광의 대상

이렇게 32명이나 출전한 연사들의 열변은 끝이 났다. 웅변이 끝나자 장내는 불난 호떡집처럼 갑자기 소란해졌다. 관중들은 자기들 나름대로 수군거린다. 5번이 잘했다, 18번이 잘했다 등으로 점수를 말했고 우수상은 몇 번이고, 최우수상은 몇 번이며, 대상은 몇 번일 것이라고들 수군거려 댔다.

연사들마다 주장하고 발표한 내용들이 다양했다. 오존층이 파괴되는 현상에 대해 주장하는 연사도 있었고, 산성비를 주장하는 연사도 있고, 화학 물질로 인해 유발하는 공해에 대하여 주장하는 연사도 있었고, 미세먼지와 탄소 중립은 물론 또 수질 오염으로 인하여 우리가 먹고 마시는 수돗물에 위험성을 주장하는 연사도 있었으며, 전쟁으로 인하여 핵무기가 폭발할 때 인종 말살에 대한 무시무시한 형상을 주장하는 연사도 있었다.

어쨌든 지구를 병들게 하는 환경오염에 대한 이론과 지식들이 모두 쏟아져 나왔는가 하면, 병 들어가는 지구를 치료하는 방법도 다양하게 나왔다. 이는 지구가 존재하는 한 영원토록 우리 인간들이 지켜나가야 할 문제들이다. 정말 값진 한 마당이었다는 것은 틀림없다. 특히 초등학생이 어른스럽게 수준 높은 내용들을 가지고 소리 높여 외쳤다는 것이 큰 성과였다고 호평이 놀라웠다. 한 마디로 대회는 성공적이었다는 것이다.

더구나 심사위원들을 비롯하여 심사위원장님의 심사 총평도 아주 좋았다.

"초등학생들이 주장한 문제들이 다소 격에 맞지 않는 높은 수준의 내용들을 다루었다고 하나, 요즘은 빠른 뉴스와 정확하고 실질적인 내용들을 방송과 신문들이 수없이 기사화로 다룬 내용들이기에 초등학생들도 충분히 이해하고, 또 충분히 보고 느낄 수 있는 내용들로서 그게 흠이 될 수는 없다는 평이었습니다.

또 당국이 해야 할 일들과 기업들이 해야 할 일들을 구분했으며, 우리 시민들이나 우리 학생들이 공동 의식으로 다 같이 참여하여 우리들이 직접 나서서 해야 할 일들까지 조목조목 알기 쉽고, 세밀하고, 깊게 공부를 많이 해서 이렇게 발표해 주었다는 것은 이번 대회에 특징이며, 많은 내용들을 예리한 관찰력으로 들춰내어, 널리 환경문제를 다루고 보급했다는 것은 커다란 성과라 할 것이며, 아주 높이 평가되어야 한다고 생각합니다.

지구를 살리는 환경보존 운동에는 누구나 마찬가지 다 같이 참여해야만 된다는 주장은 시대적인 차원에서 당연하고도 마땅했다고 생각합니다. 특히 인공 비로 환경오염에 대체한다는 문제는 처음으로 제기된 문제라서 새롭고 기발하기도 합니다.

이번 대회에 출전해 주신 학생들이 모두 잘했으니 모든 분들에게 다 상을 주고 싶은 생각은 심사위원장인 저를 비롯 심사위원 모두의 의견이지만 대회 규정이 있는 만큼 그렇게 할 수는 없고, 부득이 우열을 가리자니 등외로 떨어지는 분들도 많았습니다.

그리고 입상하지 못한 연사들에게 다시 한번 말씀드리지만 여러분은 결코 실력이 부족해서가 아니라는 점입니다. 다만 운이 없어서 등외로 밀려났다고 생각하면 정확한 표현일 것입니다. 앞으로 결코 실망하지 말고 더욱 정진하여 훌륭한 연사가 되어 주기를 당부드리고 밀레니엄 시대에 걸맞게 지구환경 문제에 대하여 널리 널리 홍보하여 주시기를 간곡히 부탁드립니다.

그리고 오늘 상을 타는 학생들은 오늘의 이 영광을 결코 자만하지 말고 겸손한 마음으로 자나 깨나 지구환경에 대하여 더욱 공부하고 연구하여 주십시오. 아울러 결코 오늘이 헛되지 않은 보람찬 대회가 되도록 기회를 살려주시기 바랍니다. 오늘날 지구환경이 많이 좋아졌다고는 하겠지만 조금도 자만하지 말고 지속적으로 관리해야 하고 설령 오염이 되었다손 치더라도 너무 낙망하지 말고, 꼭 우리가 해결하겠다는 꾸준한 노력과 의지로, 계속해서 지구환경 운동에 적극 참여하여 주기를 당부드리면서 간단하게 심사평을 말씀드렸습니다."

심사위원장님은 진지하게 총평을 해주었고 칭찬도 아끼지 않았다.

"시상은 각 부별로 동상, 은상, 금상으로 할 것이며 대상은 전체에서 가장 잘되었다고 평가되는 한 사람만 선정할 것입니다. 그리고 성적 발표를 하기 전에 노파심에서 말씀드리지만 혹시 시상권에 못 들어간 학생들도 있겠으나 결코 그 학생들이 시상권에 들어간 학생들보다 실력이 부족해서 떨어진 것이 아니라는 사실을 재삼 밝히면서 떨어진 그 학생들에게도 앞으로 열심히 정진하여서 다음에는 반드시 영예의 기쁨을 누리기를 또 당부드리겠습니다."

사회자도 격려를 잊지 않고 칭찬을 해주었다.

드디어 사회자는 초등학교 부분에서 격려상부터 호명을 하기 시작하였다.

"동상에는 목포 P초등학교 오상호 어린이가 '비틀거리는 지구 우리가 일으켜요.' 연제를 가지고 끼를 자랑한 것이 당선이 되었습니다. 박수로 환영해 주시기 바랍니다."

호명할 때마다 청중 속에서 우레와 같은 박수 소리가 터져 나왔다. 아낌없는 박수 소리요, 영광이었다.

"은상에는 초등학교 고학력 부분 '오존층을 퇴치하자'라는 연제를 가지고 열심히 부산에서 이곳 멀리까지 와서 출전해 준 오길준 군입니다. 금상에는 대구 P초등학교 5학년 김일수 어린이가 '소음 제거 어떻게 해야 하나'라는 연제를 가지고 열변을 토한 것이 영광스럽게도 뽑혔습니다. 박수로 맞이해 주세요!"

청중들은 박수를 아끼지 않았습니다. 함성소리도 대단했습니다.

"다음은 중등부에 성적을 발표하겠습니다. 중등부 동상은 경기도 대표 J중학교 이길상 군입니다. 은상은 강원도 대표 춘천 C여자 중학교 이길자 양입니다. 금상은 인천 Y여자중학교 3학년 정인자 학생이 '노을을 즐길 수 있는 해변'이란 제목을 가지고 금상을 차지하였습니다. 박수로 맞이해 주세요."

역시 청중들의 박수 소리는 우레와 같았다. 다 같이 공감하는 지구환경에 대하여 아낌없는 격려와 찬사였다.

이젠 송희가 출전한 고등부다. 여기에서 송희가 선정이 되어야 한다.

송희도, 선생님도, 어머니도 긴장이 되었던지 서로 할 말을 잊었다. 색색 숨소리만 그저 들릴 뿐이다. 송희는 손바닥에서도 땀이 흘렀습니다. 사회자는 동상부터 호명했다.

"다음 고등부입니다. 동상에는 제주도 M고등학교 2학년 김재남 군입니다. 은상에는 울산 Y여자중학교 유미선 양입니다. 금상은 대전 D고등학교 3학년 김동수 군이 '대기오염 물질과 발생 원인에 대하여'란 주제로 영광의 금상을 차지했습니다. 박수로 환영해 주시기 바랍니다."

청중들은 한마음 한뜻으로 기뻐해 주었다. 지구환경을 지키자는 뜻에는 너와 내가 따로 없다는 뜻이다. 여기에 모인 500여 명 중 이 운동에 반대하는 사람은 한 사람도 없다. 이런 현상은 거짓 없는 지구 환경보존에 다 같이 공감하고 참여하고 있다는 뜻이다.

순간 모든 청중들이 열렬하게 박수로 환영하지만 송희는 얼굴이 새파랗게 질려 고개를 푹 떨구었다. 엄마도 옆에서 어처구니가 없다는 표정으로 멍하니 시상대를 응시하고 있고, 윤 선생님은 송희의 손을 고옥 잡고

"송희야 괜찮아, 우리 너무 실망하지 말자!"

위로를 해주었다.

"송희야 내년에 또 대회가 있으니 그때 출전하면 돼, 그러니 너무 아쉽게 생각하지 마. 송희야 힘내라 으응. 실망은 금물이란다."

엄마도 실망하는 송희가 안타까웠던지 몹시도 당황하며 송희를 위로한다.

송희를 위로하는 어머니도 이미 눈물을 흘리고 있었다. 너무나도 실망이 컸다. 송희도 자꾸 눈물이 쏟아진다.

"우리 송희가 설령 금상은 못 된다 해도 등수 안에는 충분하다고 생각했는데 웬일이야!"

송희의 손을 고옥 잡아주며 선생님도 못내 아쉬운 표정이다.

"웅변에 대하여 잘은 모르지만 제가 생각하기는 우리 송희가 아주 잘한 것 같은데 떨어지다니 정말 아쉽네요."

도저히 이해가 안 된다는 표정으로 엄마가 선생님을 바라보며 무슨 이야기든 윤 선생님의 말을 듣고 싶은 모양이다.

송희와 선생님, 그리고 어머니 세 사람은 침통한 분위기이었으나 청중들의 박수 소리는 여전히 장내를 축제 분위기로 띄웠다.

"다음은 일반부 시상을 하겠습니다. 은상은 '한순간에 지구를 멸망시키는 핵무기 개발을 저지하자'라는 연제를 가지고 열변을 토해주신 H대학 유경수 군이고 금상에는 미세먼지와 일산화탄소에 대한 문제점을 제기한 S대학에 '대기오염은 인간의 적'이란 주제를 가지고 열변을 했던 한길수 군입니다. 축하합니다. 짝짝짝! 다음은 영예의 대상을 발표하겠습니다."

웅성거리던 장내 분위기는 다시 쥐 죽은 듯이 조용해졌다. 대상을 발표한다니까 청중들의 관심은 더욱 높은 듯 숨소리조차도 멈췄다.

"각 부별로 동상에서 금상까지 선정하는 데도 어려움이 많았지만 대상을 가리는 데는 더욱 어려웠습니다. 너무나도 여러분들의 실력이 좋았던 때문입니다. 특히 내용 면에서 최우수상에서 대상의 차이는 그야말로 0,1미리 차이요, 애석하게도 등외로 밀려난 학생들과도 몇 점 차가 아니었다는 것을 다시 한번 말씀드리고, 그 학생들에게 다소 미안한 감 없지 않음을 사전에 밝혀 둡니다.

우선 대상을 선택하는데 고심하며 중점을 두었던 점은, 내용은 다들 훌륭했기에 그 부분에서는 가릴 수가 없었습니다. 그리고 태도에서도 모두들 나무랄 데가 없었다 하겠습니다. 또 반응에서도 별 차이가 없었습니다. 다만 대상으로 선정하는데 참고가 되고 우열을 가릴 수 있었던 것은 그래도 원고 내용과 발성 부분이었습니다. 우선 목소리가 맑고, 고음과 저음을 적절하게 발성하면서 흐름을 누가 잘 탔느냐는 점이었으며, 호소력으로 청중들에게 얼마만큼 공감을 주었느냐, 하는데 심사 기준을 맞췄습니다. 특히 대상을 가리는데 주목했던 점은 환경오염에 피해 가족으로 출전을 해서 여러분들에게 뜨거운 공감을 얻었다는 점이 평점을 가리는 가운데 다소 보탬이 되었다는 사실도 숨김없이 말씀드리겠습니다.

또 초등부나, 중등부에서 선택해 볼까 했지만 부득이 그럴 필요가 있을까 싶어 심사위원들의 엄정한 심사로 그 또한 피했습니다."

이렇게 뽑은 대상은, 하고 사회자가 잠시 망설이다가 '피해자의 나팔소리'라는 연제를 가지고 열변을 토해준 서울 K여자고등학교 2학년 유송희 양입니다. 다 같이 박수로 맞이해 주세요! 하고는 사회자도 흥분했는지 힘껏 박수를 한참 동안 친다.

장내는 완전히 흥분의 도가니였다. 모든 청중들이 일제히 기립까지 해서 유송희 양의 영광이 내 영광인 것처럼 박수로 축하해 주었다.

"유송희 양 단상 앞으로 나와 주세요?"

마이크를 통해 발표하는 사회자의 목소리도 약간 떨리는 소리가 흥분했나 보다. 누구라 할 것 없이 장내에는 우레와 같은 박수 소리가 그칠 줄 모르고 청중들 속에서 울려 나온다. 대단한 열기였다.

엄마는 자리에서 벌떡 일어나 계속 박수를 치고, 선생님은 송희를 고옥 껴 안고 어쩔 줄을 모르고 몸을 부르르 떨었다.

"송희야 장하다. 우리 송희 정말 장하다!"

몸부림치듯 흥분을 한다. 송희는 고등부를 발표하고 나서 실망하며 눈물을 흘리던 때와는 달리, 정신이 얼떨떨한지 멍하니 선생님 가슴에 푹 안겨 있었다.

좀처럼 흥분을 가라앉지 못하고 송희는 윤 선생님 품에 한동안 안겨 있다가 일어날 때는 눈가에 눈물이 촉촉이 젖어 있었다. 모두들 감격했다.

아빠의 그리움

송희 아빠 유수형의 고향은 강원도 고성이다. 세 살 때이다. 6·25 동란과 함께 엄마 등에 업혀 아빠와 남으로 남으로 내려오다가 정착한 곳이 충남 아산에 위치한 어느 산등성이 아래 작은 마을이다.

어린 시절부터 외지에서 들어와 더구나 땅 한 평 없는 가정생활에서 아빠마저 일찍이 돌아가시는 불운을 맞이했으니 홀어머니 밑에서 지독히 가난한 생활은 어쩔 수 없이 겪어야 했단다.

송희 아빠 소년 유수형이 탕정초등학교 5학년 시절 초여름이다. 도시락도 못 가지고 가는 형편에 여섯 시간 동안 공부를 마치고 저녁에 집에 돌아오자면 무척 배가 고팠다. 친구 영길과 터덜터덜 산모퉁이를 걸어오는데 길가에 참외밭이 있었다. 노오란 참외가 무척 많이 열렸고 꿀꺽 목구멍에 침이 넘어갔다. 갑자기 배가 더 고팠다.

"야, 너 배 안 고프니?"

영길은 갑자기 배고픈 타령을 했다.

"너는 도시락을 먹었잖아?"

"그래도 배가 고파. 야, 우리 딱 하나씩만 몰래 따먹을까?"

"들키면 큰일 날라구!"

"들키면 도망가면 되지 무얼 그러냐, 그까짓 거 죽기 살기지!"

그런 소리를 하다 보니 배에서 쪼르륵 소리가 절로 났다. 따먹자고 꼬 셔대는 영길의 유혹을 거절하기란 쉬운 일이 아니다.

잽싸게 행동을 개시했다. 참외밭에 들어간 수형은 더도 아니고 딱, 하 나만 따 가지고 얼른 뛰어나왔다. 영길은 빠르게 두 개를 따 가지고 나왔 다.

솔풍 나무 밑에 앉아서 먹으려고 산으로 들어가려는 순간에 저쪽 밭 에서 일하던 참외밭 주인이 나타났다.

"너희들 거기 있어 인마, 도망가면 죽여 버릴 거야!"

사십 대 아저씨가 부리나케 쫓아온다. 소년 아빠와 영길은 겁에 질려 허겁지겁 도망을 했다. 각자 헤어져서 따로 도망을 했다. 방법은 좋았다. 죽을힘을 다하여 힘차게 뛰는 데까지 뛰었다. 뒤도 안 돌아보고 열심히 뛰었다. 잡히면 약이 바짝 오른 주인아저씨에게 맞아 죽을 것만 같다.

산속을 얼마를 뛰었는지 모른다. 그런데 갑자기 목덜미를 올가미로 낚아채는 느낌이었다. 소년은 그 자리에서 나뒹굴어졌다. 주인아저씨는 소년의 멱살을 한 손으로 움켜잡으며 일으킨다. 그리고는 소년의 따귀를 사정없이 내갈긴다. 잔인할 정도다.

소년은 그 자리에서 고꾸라졌다. 주르르 코피가 터진다. 소년이 일어 나면 주인아저씨는 또 때린다. 그렇게 몇 차례를 연속했는지 모른다. 수 없이 맞았다. 좀처럼 주인아저씨는 분이 안 풀리는 모양 같다. 재수 없게 수영이만 잡혔다.

주인아저씨는 두 갈래로 도망하는 녀석들 중 영길이 쪽이 아니라 하필 소년 쪽이었다. 소년은 달리기도 빠른 편이 아니다. 또 나무숲 사이로 요령있게 잘 보이지 않도록 영길처럼 도망을 했으면 좋았을 걸 소년에겐 그런 지혜도 없었는가 보다. 사정없이 한바탕 때리고 난 후로도 주인아저씨는 분이 그치지 않는 모양이다.

"이놈의 새끼 너, 유치장에 한 번 가봐, 맛이 어떤가?"

"아저씨 잘못했어요. 제발 용서해주세요, 예, 아저씨!"

소년은 파리 새끼처럼 두 손으로 싹싹 빌었다.

그러나 소년의 멱살을 잔뜩 움켜쥔 주인아저씨는 지서 쪽으로 소년을 끌고 가기 시작했다.

"정말 아저씨 잘못했어요, 한 번만 용서해 주세요, 다시는 안 그럴 께요."

어린것이 아무리 빌고 빌어도 주인아저씨는 막무가내였다.

"안 돼, 싸기지 없는 새끼야, 너 같은 놈은 감옥살이 좀 해야 정신을 차릴 꺼야."

찰싹찰싹 연속 따귀를 때린다. 코피가 줄줄 흐른다. 심지어는 발길질까지 한다. 인정사정이 없다. 더구나 소년은 유치장에 가면 큰일 나는 줄 알았다. 지서로 끌려가면 무조건 감옥에 가는 줄로 소년은 알고 있었다. 잘못했다고 계속 빌었다.

"아저씨 용서해 주세요? 이렇게 빌겠습니다!"

"그럼 너의 엄마한테 가자 이놈아. 그래야 참외 값을 받을 게 아니냐."

마을로 끌려간다는 것도 창피한 일이지만 차라리 감옥으로 가는 것보다 동네로 끌려오는 편이 나을 것 같았다. 사실 엄마가 안다고 해도 소년에겐 별로 도움이 되는 것은 아니라고 생각했지만 그래도 유치장 가는 것보다는 나을 것 같았다.

울며 끌려오는 소년을 본 동네 아줌마들이 하얗게 몰려들었다. 웬일인가 깜짝 놀란 어머니도 나와 있었다. 완전 큰 구경거리였다.

"왜 그래요, 누가 이렇게 때렸어요?"

엄마가 앞으로 나섰다. 엄마의 표정도 많이 일그러져 있었다. 코피가 터져 붉은 피가 얼굴에 범벅이 되어 있는 아들을 본 어머니도 무척 속이 상했던 모양이다.

"이놈이 우리 밭에서 참외를 따 먹었어요."

주인아저씨도 당당한 기세다. 잃어버린 사람이야 당당할 수밖에 없었다.

"그래요, 그럼 우리 애가 참외를 도대체 얼마나 따먹었다는 겁니까?"

그때 소년은 주인아저씨의 느슨한 손목을 확 뿌리치고 빠져나와 얼른 어머니의 뒤로 숨었다. 어머니는 병아리 새끼들을 품은 어미 닭처럼 치마폭으로 소년을 품는다.

주인아저씨는 잠시 머뭇거린다.

"지금 훔친 건 하나요."

"그까짓 참외 하나 따먹었다고 아이를 이렇게 때렸습니까?"

소년은 일찍이 그렇게 엄격한 엄마의 표정을 본 적이 없다. 엄마는 가난한 가정에서 자식들을 거느리고 어렵게 살아오다 보니까 밖에서 자식들이 매를 맞고 들어와도 그저 못 본 척 상관을 안 했다. 자식들을 사랑하는지 아니면 사 남매를 거느리자니 부담스러워 귀찮게 생각하는지 그 맘을 알 수가 없었다. 아무튼 가난한 탓으로 동내 아줌마들 중에서도 기가 죽어지내는 엄마였다.

자식들 또한 어머니의 역성을 바라지도 않았다. 이렇게 어머니는 모든 것을 포기하고 억제하면서 살아오고 살아가는 식이다. 자식들을 사랑하는지 미워하는지 늘 표정이 없다. 자식들이 어떻게 돼도 시늉을 들어주는 일 없고 사랑하는 일도 없다. 맨발로 돌아다니다 나뭇등걸이나 가시가 박혀서 울고 들어와도 어머니는 마음 상해하는 일 없고 밖에서 상처가 나서 들어와도 약도 없다지만 피를 닦아주고 거즈는 없을지언정 헝겊으로 감싸주는 일도 없다.

그저 본 것도 못 본 채, 아는 것도 모르는 채 그렇게 외면하며 살아오는 가난한 주부의 처지다. 아들이 남의 참외를 따 먹었으니 크게 잘못을 하였으나 손해 배상을 물어줄 능력도 없고 역성을 들어줄 어머니도 아니었다. 그런 어머니가 오늘은 이상할 정도였다.

"처음이 아닙니다. 참외가 왜 맨날 없어지나 했더니 바로 이놈들 짓이 아닙니까?

주인아저씨는 그동안 얼마나 잃어버렸는지는 모르나 잃어버린 손해를 모두 소년에게 덤터기 씌우려고 하는 태도다.

"우리 애가 맨날 따먹는 것을 봤습니까?"

"지금 봤잖아요."

"이것만 가지고, 우리 애가 맨날 당신네 참외를 따 먹었다고 단정할 수 있어요?"

"있지요."

"아저씨 말 다 했어요?"

"증거가 있잖아요."

"이게 증거입니까?"

"그럼요."

"그래 어떻게 하겠다는 겁니까?"

"물어내야지요."

"그래 얼마를 물어내라는 겁니까?"

주인아저씨는 잠시 망설인다. 동네 아줌마들은 두 사람 간의 다툼을 호기심을 갖고 지켜보는 태도다. 어떻게 시비가 끝나는가 흥미롭게 다만 지켜볼 뿐이다.

"말해 보세요?"

엄마가 다그치자 머뭇거리던 주인아저씨는

"쌀 한 가마는 물어내야죠."

"어 우 유…!"

내내 지켜보던 동네 아줌마들이 옆에서 야유를 한다.

"그래요. 참외 하나 따먹었다고 쌀 한 가마를 내라고요, 주지요. 대신에 우리 아이 때린 것 진단을 끊어서 고소를 할 테니 그렇게 알아요?"

"엄마는 무서워서 치마폭에 싸여있는 소년을 앞으로 내세워 입술이 터지고 코피 터진 것을 주인아저씨를 비롯 동네 아줌마들한테 내밀어 보여준다. 볼 따귀도 벌겋게 많이 부었다. 사실 많이 맞았다. 그 정도이니까 어머니도 분을 참지 못한다.

"그까짓 참외 하나 따먹었다고 어린애를 이처럼 때려도 되는 건지 어디 한번 해보자구요."

주인아저씨는 머뭇한다. 다시 한번 소년을 물끄러미 바라보고는 그때서야 자기가 너무했나 싶었던지 다소 기가 죽는다.

"내가 혼자 산다고 깔보는 것 같은데 그래 끝까지 해보자구요!"

엄마의 눈에서는 눈물이 핑 돌았다. 어떤 중대 결심을 하는 듯했다.

"이제 됐으니까, 손해 배상을 청구하던지 당신 가서 맘대로 해요."

엄마는 비통함을 느꼈다. 아저씨는 단호한 엄마의 태도에 엉거주춤한다.

"아저씨 내가 먼저 진단서 떼 가지고 지서에 가서 고소할 거예요. 아저씨도 우리 애를 지서에 고발한다고 했지요? 그래요, 서로 고소하면 되겠네요. 내일쯤 경찰서에서 다시 만납시다."

소년의 손을 잡은 엄마는 꼬옥 힘을 주며 부르르 몸을 떤다. 분노를 참지 못하는 그런 모습이다.

"가자 집으로!"

엄마는 소년을 데리고 획 돌아섰다.

"너무 했어 쯔쯔 쭛."

동네 아줌마들도 엄마에게 동정을 한다. 그러면서 흥미있게 구경하던 아줌마들이 다들 돌아서려는데

"이 봐요, 아주머니!"

참외 아저씨가 힘이 풀린 채 돌아서서 가는 어머니를 부른다. 어머니는 대꾸도 안 하고 걸음을 재촉하고 있을 때다.

"아주머니 나 좀 봐요."

재차 부른다. 어머니가 돌아서자

"아주머니 제가 너무 했군요, 사과하겠습니다. 미안합니다."

"아뇨, 그럴 필요 없어요. 아저씨는 아저씨 맘대로 하고, 나는 나대로 할 테니 그리 알아요."

그리고는 냉정하게 어머니가 돌아섰다.

"아주머니 미안해요. 이것 가지고 저 애 약이나 사 먹여요. 많지는 않아요."

아저씨는 주머니에서 꼬깃꼬깃한 지폐 몇 장을 꺼내 들고 손을 내밀면서 엉거주춤한다.

"그만두세요."

어머니는 냉정하게 돌아섰다. 그날 어머니는 소년을 집으로 데리고 온 다음 부엌에서 얼마를 울었는지 모른단다. 잘 사는 가정의 자식이요, 지 아버지만 살았다면 참외 한 개 가지고 그자가 그따위 행패를 부렸겠느냐는 비애감이었다.

그런 어릴 적 경험을 가진 할머니가 며느리 송희 어머니에게 이야기를 할 때마다 아빠는 눈물을 글썽거렸고, 그런 남편의 모습을 송희 엄마는 뼈를 가는 심정으로 보면서 살아왔다고 한다. 어쨌든 그 후로 송희 아버지는 일생동안 참외를 먹지 않았다고 하니 얼마나 한이 맺혔는가 짐작이 갔다.

혼자서 여러 남매를 거느린 송희 할머니는 해수병(천식)까지 겹쳐 몸이 약했다. 제대로 먹지도 못해 뱃골은 항상 등창에 붙어 있었다. 체질이 약해 남들과 같이 억세게 노동일을 할 수도 없었다. 큰아들이 또한 게으르고 무능했다. 농사터도 많지 않다 보니 농가에서 가난은 뻔했다. 늘 양식 걱정에 시달려야 했다. 누구나 마찬가지 가난한 살림을 꾸려나간다는 것은 보통 힘든 일이 아니었다.

깊은 겨울이었다. 나무(연료 대용)를 하러 산에 올라갔던 할아버지가 우연하게도 죽어있는 꿩을 한 마리 주워왔다. 할아버지는 횡재했다고 생각했다. 할아버지가 집에 가지고 돌아온 꿩을 받아든 할머니는 꿩을 요리해서 자식들에게 맛있게 먹였다. 모처럼 온 가족이 포식을 했다.

살코기는 자식들에게 먹이고 내장을 먹었던 할아버지는 몇 시간 후부터 복통을 일으키기 시작하더니 애석하게도 끝내 숨을 거두고 말았다. 싸이나(꿩을 잡는 독약)를 먹고 죽은 꿩이었다. 아까워 버리지 못하고 내장을 당신이 먹고 그렇게 비참한 꼴을 당하셨다. 독이 온몸으로 퍼졌다. 할머니도 내장을 먹었지만 적은 양이었던지 통증은 느꼈을망정 무사했다.

　겨울철에 시골에서는 흔히들 싸이나로 꿩들을 사냥하는 경우가 많다. 콩 속을 칼로 파서 약을 넣어서 논바닥에 뒤집어 놓으면 먹이를 찾는 꿩들이 그 싸이나를 먹고 산으로 날아가서 죽은 것을 할아버지가 주워온 것이다. 태평양 전쟁이 한창이던 4~50년대 시골 사람들의 사냥 방법이다. 내장만 버렸어도 괜찮았을 것이다. 그런데 내장을 아까워서 버리지 못하고 설마 하는 마음으로 먹었다가 변을 당했다.

　이 모두가 가난이 가져오는 비극의 부작용이었다. 그때 아빠 나이가 어린 소년 시절이었다. 이런 환경에서 송희 아버지는 어쩔 수 없이 고향을 떠날 수밖에 없었다. 고향이 싫어서 떠난 것이 아니라 가난한 아버지 인생에서 고향을 지키며 살았다 해도 별로 뾰족한 수는 없었을 것이다.

　제이 고향이라 부르던 아산 땅을 떠난 아버지는 공장 일을 하면서 야간일망정 학교도 열심히 다녔고. 직장도 열심히 다녔다. 어느 회사 중견 간부까지 올랐으니 아버지는 노력한 만큼 대가를 얻어낸 셈이다.

　어릴 적 고생하며 살았던 송희 아버지는 초등학교 동창 친구들과 동창회 모임에도 자주 참석을 했다. 초대를 받는 때도 있고 그들과의 모임도 가졌다. 고향이 멀지 않은 이점도 있다. 서울에서 시내를 빠져나와 고속도로를 이용하면 두 시간이면 고향에 충분히 도착한다. 당일로 얼마든지 왕래할 수가 있는 거리이었다. 그래서 고향을 자주 찾았다. 어린 시절을 생각해서 고향을 아버지는 남다르게 생각했다.

　고향 초등학교 동창 모임에 다녀온 아버지는 사흘 후부터 처음에는 열이 온몸에 오르고 설사를 하면서 식중독 증세가 나타나기 시작했다. 동네 의원에서 식중독 증세로 진단을 받고 주사를 맞고 약도 이틀 동안 복용했다. 별 효과가 없는 듯했다. 다리에 붉은 반점이 생기기 시작하면서 다시 병원을 찾아갔다.

서해안 고속도로를 달리다가 톨게이트를 빠져나올 무렵이면 아산만 방조제가 있고 그 방조제 주변에는 횟집들이 집성촌을 이룬다. 거기에서 조금만 더 가면 삽교천 방조제도 있다. 삽교천은 아산만 보다 더 요란할 정도로 회 종류와 매운탕 등 해물 먹거리들이 즐비해 아산만 삽교천 일대가 모두 횟집들로 관광 명소를 이루던 곳이다,

"뭘 드셨나요?"

"모둠회도 떠서 먹고 서비스로 딸려 나온 멍게까지 술안주로 먹거리가 풍부했습니다."

고개를 갸우뚱하는 원장은 종합 병원으로 가보라고 권고를 한다. 조금은 어두운 표정이었다.

그날 동창들 모임을 공식으로 끝내고, 줄줄이 횟집들이 늘어선 아산만으로 이차로 술을 마시러 갔었다. 그중에서도 가까이 지내는 몇몇 친구들끼리 생선회를 먹는다고 활어 횟집을 찾아갔다. 아버지 고향 사람들이 아산만이나 삽교천으로 회들을 먹으러 가끔들 간다. 아버지 고향에서 아산만이나 삽교천까지는 가까운 거리가 아닌데도 특별한 손님 대접을 하려면 겸사 겸사로 어울려들 갔다. 고향 마을이 고속 전철 역세권에 들면서 정부에서는 농공 지역으로 지정됐다. 순수한 농촌 마을이 개발 붐을 타면서 땅값이 하늘 높은 줄 모르고 치솟았다. 집집마다 승용차를 타고 다니는 호황에 기회를 맞은 사람들이 취미 생활에도 인색하지 않았다.

그날은 아빠가 친구들 간에 특별한 손님 대접으로 끼리끼리 몇 사람이 따로 아산만으로 갔다. 승합차 한 대에 예닐곱 명이 타고 갔었다. 식사를 하면서 술 한 잔씩도 걸쳤다. 이것이 잘못되었다. 그중에 두 사람은

멀쩡하고 아버지까지 세 사람이 입원했다. 그런데 너무나도 아버지는 운이 나빴다 할까? 같은 일행들은 며칠 입원하고는 건강하게 퇴원했는데, 아버지 혼자만 잘못되었다. 아버지가 일행 중에 제일로 몸이 약한 것도 아닌데, 왜 아버지만 그랬는지 알 수가 없다.

종합 병원에서 주치의가 진찰도 하고 정밀 검사도 했다. 병원을 찾아가던 날 그날로 당장 주치의의 지시가 떨어지면서 입원했다. 다급했던 모양이다.

"비브리오 패혈증세입니다. 오늘부터 전문적인 입원 치료를 받아도 어려워요. 서둘러야 합니다. 균이 혈관 속으로 쫙 퍼졌어요."

"이게 무슨 병이라고요, 왜 이런 병이 생기나요?"

송희 어머니가 걱정스럽게 의사에게 물었다.

최근에 공업단지가 생기면서 거기에서 배출되는 오염 물질로 인하여 갯벌이 죽어가고 있다고 한다. 따라서 생태계가 터전을 잃어가고 어패류와 물고기들이 죽어가고 기형 물고기들이 수없이 생긴단다.

자원이 고갈되는 상태에서 생계가 어려워지는 어민들이 마구잡이로 어획을 하다 보니 그런 현상이 나타난단다. 그렇게 어획된 물고기와 어패류 등이 시장에 함부로 유통되지 않던가? 내용을 모르는 업주로부터 고객들의 식단에 함부로 올려지게 된다.

이런 과정을 거친 결과는 뻔하다. 느닷없이 호흡기 질환이 생기고 원인 모를 피부병이 생기는가 하면 백반증 증세까지 발생한다. 이토록 엄청나게 무서운 현상이 벌어지며 환경호르몬 현상이 생겨나도 주민이나 소비자들은 원인조차도 모른다는 것이다. 발암물질까지 발생하여 고귀한 인명이 이처럼 다치고 죽어가도 그 원인을 모르니 어디에 하소연도 못 하는 실정이다. 파괴된 자연 현상과 함께 우리 인간도 같이 파괴되고 있다는 것을 모르고, 그 오염된 생선 및 어패류를 사람들은 함부로 먹고 즐기고 있다는 것이다.

오염도는 과일까지다. 사과나 배 종류 등이 제대로 여물지를 못하고 썩어가고 생명력이 강한 대추까지도 썩어서 조기에 떨어지고 있다.

백반증 같은 무서운 오염도 발생률이 3%까지 높다니 심각하다 못해 비상사태가 아닐 수 없다. 그런데도 더 무서운 것은 방지대책이 없다는 것이요, 원인조차 모르고 있다는 것이다. 한 마디로 죽어가는 소비자 자신이 어느 칼을 맞고 죽는지조차 모른다는 것이다.

"오염된 생선과 어패류를 먹어서 그렇습니다."

"그렇다고 이렇게 갑자기 심각할 수가 있나요?"

"아주 무서운 증상입니다. 걸렸다 하면 치사율이 20%입니다."

아버지는 설사를 하고 토악질을 하고 복통을 느끼기도 했다. 그러더니 반점이 생기는 다리의 피부색이 퍼렇게 변해간다. 의사의 말로는 살이 썩어가는 증상이란다. 얼굴까지도 노랗게 핏기를 잃고 있었다. 기력과 생기도 잃어가고 있었다.

"아주 방법이 없는 것은 아닐 꺼 아닙니까?"

어머니는 의사 선생님에게 사정을 했다.

"어떻게라도 살려주세요! 이대로 방관할 수는 없잖아요, 선생님!"

엄마는 의사 선생님의 옷자락을 잡고 매달렸다. 자꾸 늘어지는 아빠의 몸 동아리를 내려다보며 엄마는 절치부심했다.

"최선을 다하고 있습니다."

"이 병이 그토록 무서운 거예요?"

"글쎄요, 좀 더 두고 봐야겠지만 무섭다는 것은 사실입니다."

"그래 지금 증상이 어떻다는 거예요?"

"비브리오균이 혈관 속으로 쫙 퍼졌어요."

"그러면 치료 시기를 놓쳤다는 건가요?"

"그렇다고 봐야 할 겁니다.

어머니는 몹시도 당황한다.

"강도 높은 항생제를 투여하고 있습니다만 그래도 잘 잡히지 않고 있습니다."

"안됩니다, 이대로 죽게 내버려 둘 수는 없습니다."

엄마는 의사 선생님에게 떼도 써 보았지만 그런다고 되는 것이 아니었다.

"죄송합니다. 시원한 답변을 못 해 드려서."

답변을 망설이는 주치의 태도로 봐서, 희망이 없다고 생각하는 어머니의 어깨가 축 늘어진다. 옆에서 보는 송희의 눈에도 그 모습이 보일 정도다. 패혈증은 이렇게 무서운 병이다. 오염된 어패류에서 발생하는 비브리오균은 불과 며칠 사이에 인간의 생명을 마치 사탕 빨아 먹듯이 앗아간다.

환경오염은 반드시 우리 스스로가 파수꾼이 되어 지켜야 한다. 조물주가 인간에게 선물로 보내준 고귀한 자연은 우리나라 우리 민족에게 위대한 복을 준 것이 아니겠는가? 이런 위대한 천연적 환경을 두고 우리는 감사할 줄 모르고 우리 스스로 배척하고 있는 실정이다. 이는 염려할 단계를 넘어 심각하다. 우리에게 각성해야 할 우선적 조건이며 실천 방안의 제일 조건이라 할진대 이를 우리는 방심하고 있는 입장이다.

'고귀한 자연을 보전하는데 너와 내가 따로 있을 수 있겠는가. 도둑을 지키는 진돗개처럼 우리 스스로도 그런 마음의 자세로 지켜야 된다고' 독백하는 어머니의 표정은 비참하게 돌아가신 아버지를 생각하는 듯했다.

별다르게 힘도 써 보지도 못하고, 치료다운 치료 한 번 제대로 해 보지도 못한 상태에서 아버지는 떠나고 엄마는 보내야만 했다. 그런 엄마를 볼 때마다 송희도 슬펐다. 세 식구가 살던 집에 아버지의 빈자리는 너무나도 컸다. 저녁이면 현관문이 꽉 차도록 떡 버티고 들어오는 아버지가 오늘도 마찬가지로 들어오는 것만 같은 착각이다. 이런 현상이 얼마 동안 지속하는지 좀처럼 사라지지 않는 모습이다.

어느 산모퉁이 양지바른 곳에 아버지의 시신을 모시고 오던 날부터 어머니는 완전히 삶의 의혹을 상실하고 있었다.

사람이 저질러 놓은 오염된 자연은 생명체를 마구 죽인다. 그렇게 죽은 생명체는 또다시 사람을 죽이는 악순환으로 되돌아온다. 결국 환경오염은 인간을 비롯 무수한 생명체를 무자비하게 학살하는 결과를 가져온다. 이런 현상은 모두가 인간이 저지른 용서 받지 못할 죄악이요, 되돌려 받는 결과다.

인간이 오염시킨 죄악에 자연은 절대 용서하지 않는다. 반드시 보복하는 것이요, 보복을 하고야 만다. 아버지의 그 주검도 자연의 보복에 무관치 않다. 다만 대상이 아버지였다는데 어머니나 송희가 억울하고 슬퍼할 따름이다. 아버지는 환경오염과는 무관한 생활을 하였다. 그런데 왜 하필 대상이 아버지였는지 모르겠다.

아버지는 이렇게 세상을 떠났다. 결과는 비브리오균이 폐까지 파고든 후 뇌까지 점령 마지막 쇼크로 생명을 뺏어갔다. 패혈증의 특징은 모두 쇼크로 숨통을 틀어쥔단다.

금강산 기행

　송희가 웅변대회에서 대상을 하자 엄마는 송희에게 선물로 금강산 구경을 시켜주기로 했다. 강원도 고성군에 있는 온정리가 아버지가 태어난 고장이기도 했다. 생전에 고향을 그리는 아버지가 엄마를 데리고 금강산을 구경시켜주겠다고 약속을 했었다. 6·25사변 때 아버지는 태어나자마자 강보에 싸인 채 38선을 넘어왔다. 몹시도 춥던 겨울이었다.

　아버지야 아무것도 모르고 넘어 왔지만 할머니로부터 고향인 금강산에 대하여 너무나도 많은 이야기를 들었고 그토록 고향을 그리워해서 대충은 안다.

　아버지가 어머니와 같이 할머니의 소망대로 금강산을 갔다 오는 것이 생전에 꿈처럼 늘 하던 이야기다. 그런데 아버지는 금강산 관광길이 열리기 전에 불행하게도 세상을 떠나셨다. 엄마는 갑자기 심적인 변화가 생겼다. 아버지의 그리움일 것이다. 엄마는 송희의 웅변대회 대상 상장을 아버지의 산소 앞에 놓고 넋두리를 했다.

　"당신의 딸 송희가 자랑스럽게도 전국 웅변대회에서 영광스런 대상을 받았습니다. 얼마나 대견스러운지 이 기쁨을 우리 다 같이 나누자고 이렇게 당신 앞에 섰습니다. 당신도 기쁘지요? 당신을 닮아서 우리 송희가 이토록 훌륭하게 자랐답니다. 당신이 생전에 구경시켜주겠다던 금강산 제가 송희를 데리고 다녀올 겁니다.

또 생전에 당신의 뜻을 기려 우리 모녀 열심히 살아갈 것이고 분명히 당신에게 약속하지만 앞으로 우리 송희를 더욱 훌륭하게 키울 겁니다. 아무 걱정 말고 편이 잠드세요."

5월 11일이다. 이젠 늦봄도 가고 훌쩍 여름철로 다가왔다. 압구정동 현대 아파트 옆 공영주차장에서 정각 아홉 시에 출발했다. 현대에서 마련해준 관광버스를 타고 영동 고속도로를 달리기 시작했다. 관광버스는 서울 시내를 빠져나가면서 강가를 달리기도 하고 푸른 들판도 지나가고, 푸른 산 계곡과 고개를 수없이 넘고 넘어가면서 전속력으로 달렸다.

차창밖에는 가까이도 보이고 멀리도 보이는 농촌 마을들이 옹기종기 모여 있기도 하고, 들판에는 농부들이 일하는 모습이 한 폭의 그림 같았다. 간간이 도로를 건설하고 공장들을 설립하노라 속살을 드러낸 붉은 상처도 있다지만, 가도 가도 끝없이 뻗어 있는 산악지대 강원도, 크고 작은 산야에는 울창한 나무들이 숲을 이루고 거기엔 이름 모를 새들의 울음소리도 한층 절경을 돋운다. 관광버스는 대관령 휴게소에서 잠시 멈춘다.

산마루에서 내려다보이는 동쪽으론 검푸른 동해 바다가 끝없이 펼쳐져 있고 서, 남쪽으론 태백산맥이 울창하게 뻗어 내려, 어느 거대한 우주의 트림처럼 자연의 신비함이 그대로 살아 위용을 나타내고 있다.

'나는 공산당이 싫어요.' 무장간첩들에게 항거하다가 무참하게 학살당한 이승복 어린이의 반공기념탑을 바라보면서 송희의 가슴은 울컥 새삼스럽게 감회를 느끼게 한다. 금강산은 우리가 자유롭게 갈 수 없는 땅이 아니던가?

동해항에서 일행은 복잡한 출항 절차를 거친 다음에 금강산 관광객 출입증을 받았다. 일행을 태운 금강호는 저녁 여섯 시에 이북 장전항을 향하여 출항했다. 금강호는 끝없는 푸른 바다 수평선을 헤치며 흘러가고 흘러간다.

금강호는 길이가 약 250m 정도 넓이가 약 30m 갑판까지의 높이가 10층 정도에 30m 정도의 2만5천 톤급 초호화판 관광 유람선이다.

이튿날 새벽 다섯시 금강호에서 해맞이를 했다. 해돋이는 엷게 서린 안개를 불그레하게 물들이면서 시작한다. 차츰 검붉게 구름 속을 헤치며 떠오르던 태양은 용광로 불길처럼 강렬한 빛을 발산하면서 떠오른다. 20분 정도가 지난 여섯 시 무렵에야 불길처럼 타오르며 태동하는 태양은 진통을 다 겪은 양 바다 위에 사뿐히 떠 오른다. 이것이 바로 환상의 동해안 해맞이 풍경이다.

금강호는 800여 명의 관광객을 싣고 삼태기처럼 아늑하게 자리 잡은 금강산 가는 길 장전항(북한 이름으론 고성항)에 도착한다. 밤새도록 공해상을 거쳐 검푸른 바다를 항해한 것이다.

아홉시에 모선인 금강호에서 하선 대기 중이었던 텐트보트(승객 운반 연락선)로 옮겨 탄 후 낯선 이북 땅에 드디어 상륙한다. 발길을 내디딘 엄마는 감회에 젖은 듯 장전항을 굽어본다. 참으로 먼 길을 50여 년 만에 찾아온 북녘땅이다. 배에서 내리자마자 첫눈에 띄는 것은

'금강산 관광을 동포의 심정으로 환영한다.'

붉은 바탕에 흰 글씨로 쓴 플래카드가 각목 기둥에 걸쳐진 채 넓은 광장에서 덩그러니 서 있다, 멋과 품위로 선전을 하기 위해 설치해 놓은 것

은 아닌 듯싶다. 선동을 하기 위한 작품이 아니라 하기도 그렇고 썰렁하기 그지없다. 또 어떻게 보면 인사치레로 하기 싫은 짓 억지로 시늉만 낸 듯싶기도 하다.

뿐만이 아니다. 각 신문, 방송에서 톱뉴스로 떠들썩하게 소개되던 장전항은 매력의 도시요, 아름다운 항구 도시가 아니질 않은가? 상상과는 달리 막상 눈에 펼쳐 보이는 장전항은 폐허가 된 죽음의 도시와 다름없었다. 장전항에는 아파트도 없고 상가 건물도 없다. 빌딩 건물도 없다. 새로 지은 건물도 집들도 눈을 씻고 찾아보아도 눈에 띄지를 않았다.

언제 건설된 도시이고 언제 지은 건축물들인지는 알 수 없지만 아마 왜정시대 건축물들로 추정된다. 완전히 퇴색된 도시 풍경은 전쟁이 휩쓸고 간 도시와 다름이 없다. 이층집이라고는 도시 전체에 다섯 손가락 안에 들 정도로 몇 채가 있을 뿐이고 나머지는 모두 단층 건물인데 그도 사람이 살고 있는 집 같지가 않았다.

빛이 바랜 색깔이 없는 도시 풍경이다. 거리엔 자동차들의 행렬도 없다. 사람들도 별로 눈에 띄지 않는다. 그러나 분명히 장전항은 항구의 도시요, 6·25 전에는 고성항으로 유명했던 도시였다. 그렇다면 지금 저렇게 보이는 장전항은 6·25 전에 건설된 도시가 아니던가? 그 시절에는 금강산을 배경으로 관광객을 유치할 수 있도록 항구 도시로 산뜻하게 꾸며놓았다는 흔적은 엿보이기도 했다. 그 흔적이라 할 수 있는 것은, 우리 전통식 기와집들이 아니다. 건축물들이 시멘트와 벽돌로 지어졌다는 것이고, 시멘트와 벽돌로 지은 집들이 저토록 낡아 보이는 것들은 50여 년이 훨씬 넘었다는 증거다.

그렇다. 80여 년이 넘도록 건물을 신축도 안 했고 개축을 비롯 고친 흔적도 또한 없다. 옛날 모습 그대로 마치 옛 유물들을 전시해놓은 듯한 인상이 풍길 뿐이다.

하룻밤을 자고 일어나면 거대한 빌딩들이 우뚝우뚝 생기고, 없던 아파트가 생기는가 하면 허허벌판에 갑자기 으리으리한 신도시가 생기고, 도시와 도시를 잇는 시원한 도로가 뻥뻥 뚫리면서 활기차게 차량 행렬들이 오가는 우리 대한민국이 발전하는 모습 하고는 너무도 시대가 다르고 세계가 달라 보였다.

장전항은 전혀 살아있는 도시가 아니었다. 그러나 거기에도 분명 사람들은 살고 있었다. 거리에 사람들이 걸어 다니는 모습은 별로 볼 수는 없어도 들판에 일하는 사람들의 광경이 보였고, 아주 작은 뗌마(고기잡이 목선)들이 바다로 줄지어 나가는 모습을 분명히 송희는 보았다.

새 천 년을 맞아 신세대들이 과학 문명을 향하여 무섭게 뛰고 달리는 시대적인 차원에서 오로지 장전항 사람들만이 6·25전쟁 때 두더지 땅굴 파는 모양과 비행기 폭격을 피하기 위하여 방공호 속으로 들어가 낮은 포복 자세로 엎드려 있듯이 그 모습이 아직도 유효하고 있음이다. 분단의 시계는 아직도 멈추고 있다는 것이다.

장전항에서 대기하고 있던 관광버스를 타고 10Km 정도 달려가다 보니 경원선 온정리역(금강산역이라고도 함)이 있었다. 역시 그 옛날 그 자리 그 건물은 그대로 있다지만 철도역 구실을 상실한 지는 언제인지도 모른단다. 여객선은 언제 사라졌는지 알 수도 없고 이따금 화물차는 다닌다고 하지만 보지는 못했다. 철도는 폐쇄된 양 벌겋게 녹슬어 있어 관광객들이 눈살을 찌뿌리며 옛날을 생각하게 한다.

금강산에 관광코스는 크게 나누어서 내금강, 외금강, 해금강으로 되어있다. 이번에 현대 관광에서 북한과 협상한 관광코스는 외금강뿐이다. 외금강 내에는 또 관광코스가 두 곳으로 나누어져 있다. 구룡폭포 코스와 만물상 코스가 있다. 하루에 한 코스씩 관광 일정히 잡혔다. 온정각 휴게소에서 구룡폭포 코스와 만물상 코스가 갈라진다.

분단의 비극과 함께 금강산은 우리에게 전설과 같은 산이었다. 그 전설과 같은 아름다운 산이 눈앞에서 펼쳐 보이고 있다. 해발 1650m 정도 되는 비로봉이 금강산의 중심 꼭짓점 역할을 하고 있다. 태백산맥의 연장으로 한반도 남, 북 간에 으뜸가는 명산으로 우리들은 교과서에서 배워 알고 있다.

고성군과 금강군 통천군으로 행정구역 3개 군을 차지하고 있으면서 일만 이천여 개의 봉우리로 된 거대한 바위산으로,

떨어지면 폭포요,

흐르면 비단길,

흩어지면 구슬,

마시면 약수라,

하듯이 사람 모형으로도 남자, 여자, 어른, 동자바위를 비롯하여 장군 바위, 부부 바위 등 갖가지 형태의 바위들이 있는가 하면 호랑이, 사자를 비롯 독수리 등 온갖 동물의 형태들이 다 모여 있는 수석형의 거대한 바위들이 몽땅 모여 있는 기암절벽들이다. 특히 인공 비로 환경오염에 대체한다는 문제가 처음으로 제기되어 새롭고 기발하기도 했다.

수많은 폭포에 흐르는 물은 맑고 깨끗해서 약수와 다름없었다. 또 그 물을 마시면 삼복더위라 할지라도 가슴속까지 시원하고 발을 담그면 시려 견딜 수 없을 정도로 차다.

4계절 변화에 따라 금강산은 이름이 다르다. 봄의 이름은 금강이요, 여름에는 봉래, 가을에는 풍악, 겨울에는 개골이라 부르며 현대 관광 유

람선도 금강산의 4계절 이름을 따서 금강호, 봉래호, 풍악호라 이름을 지었단다. 유람선이 한 척 더 생기면 개골이라 이름 지을 것이란다. 동해에서 장진항까지만 왕래하는 전용 유람선이다.

봄철에 부르는 이름은 푸른 새싹과 흐드러지게 피는 각양각색의 아름다운 꽃들을 형언하기 위하여 금강(金剛)이라 하였고, 일만 개가 넘는 바위로 된 봉우리와 신비에 찬 계곡의 푸르게 우거진 녹음방초가 극에 달한다고 하여 여름을 봉래(蓬萊)라 하였으며 오색 단풍과 가을꽃들이 풍성하게 피어나 지나가는 길손들의 발길을 멈추게 하고 현란하게 눈길을 유혹한다 하여 풍악(風樂)이라 했다. 겨울에는 단풍도 아름다운 꽃들도 다 떨어진 나뭇가지들과 묘하게 생긴 바위들과 함께 앙상하게 어우러져서 뼈만 남았다고 개골(皆骨)이라 하였다니 계절 따라 지은 이름들이라 할지라도 유난스럽게 과장된 것만은 아니듯 모두가 신비할 따름이다.

그 외로도 생김새가 모두 다른 바위들이 저마다 재미있는 모양들을 흉내 내고 있으니 그것들을 저마다 보고 느끼는 사람들의 관점에 따라 이름이 지어졌고, 감상하는 사람들의 느낌에 따라 이름이 수없이 개명되어 불리워졌다 하니 공감도 실감도 느낌마다 달랐다.

금강산은 칠 보석 중에 가장 아름다운 금강석에 비유하여 금강이라 이름을 줘었다 하고, 지나는 길손들에 발길을 멈추게 하고 머물게 한다 하여 보살들이 금강산이라 불렀다고 불교 문헌에도 기록이 있다 한다.

금강산은 고원지대이기 때문에 날씨의 변덕이 심하다. 맑은 날씨가 갑자기 비바람이 몰아치는 태풍 전야로 돌변하는가 하면 운무가 갑자기 몰려와 신선이 즐기는 곳이라 착각할 만큼 아름다운 신비의 경관을 나타내기도 한다.

새삼스럽게 느껴지는 마음이다. 누구의 순간적 악행으로 이뤄진 분단인지는 몰라도 폭풍을 동반한 민족적 피바람이 400여만 명의 목숨을 바쳐야 했던 6·25 사변이 이 땅에 불어왔듯이 공산주의가 지구상에서 사라지지 않는 한 또 다른 전쟁이 오지 않는다 누가 보장한단 말인가?

'아! 목 타게 기다리는 통일에 대한 민족적 염원은 길고 긴 세월 속에서 언제나 올 것인가?'

이제 공산주의도 싫고 더구나 전쟁은 싫다. 자유롭게 왕래할 수 있는 통일이 어서 왔으면 좋겠다는 마음 간절하기에 하늘을 우러러 송희는 마음껏 소원을 빈다. 그토록 애타게 기다리는 민족의 염원 통일을…!

구룡폭포

관광버스는 온정리 역이 건너다보이는 금강산 입구 온정각 휴게소 주차장에서 정차를 했다. 산행 준비를 하라고 20분 정도를 안내원이 휴식을 준다. 온정각 휴게소에는 기념품 상회가 있다. 북한에서 제조한 백두산 들쭉술과, 송악 곡주, 인풍주(40도 와인) 등이 있고 꿀, 액세서리, 누가 그린 작품들인지는 몰라도 풍경화들이 많이 있으며 인삼과 송홧가루들을 판매하는 기념품 매점도 있었다.

판매원들은 북한 사람들이 아닌 중국에서 거주하는 조선족들이다. 조선족들을 선발한 이유는 북한 사람들과 우리 관광객들의 직접 접촉하는 기회를 고의적으로 차단해 버리겠다는 의도란다. 즉 북한 주민들을 우리 관광객과 접촉시키면 생활 문화가 오염이 된다는 것이다, 무엇보다도 못 사는 주민들에 의한 경제적 편차와 문화 때문이란다,

온정각에는 중동지역에서 독특하게 유행하는 돔식으로 건축된 영상관이 있다. 영화도 상영해주고 예술단이나 음악회도 공연해주는가 하면 때로는 세계 예술계에서도 인정해주는 기교도 넘치고 묘기가 넘치는 북

한 사람들의 서커스도 공연해준다. 현대식 건물이란 오로지 이것뿐이다. 이것만이 금강산 일대에 새로운 문화를 표상하는 상징적 존재이며 우리 관광객을 받아들이기 위한 새로운 시설물이다. 이것도 현대 관광 사업부에서 건축했단다.

온정각 휴게소는 구룡연 코스와 만물상 코스를 연결하는 삼거리다. 첫날 일행은 구룡연 코스로 먼저 안내되었다. 서, 남쪽으로 구룡폭포 코스를 선택했다. 선택이라기보다는 코스가 그렇게 이미 정해져 있었다.

관광버스는 구룡연 코스로 접어들자 아름드리 노송들이 쫙 늘어선 솔밭 길을 달린다. 애림송들이다. 수령이 모두 다 오백 년과 육백 년이나 된다고 한다. 하늘을 향해 쪽쪽 뻗은 노송들은 수려함과 울창함이 극치를 이룬다 하겠지만, 현대관광 소속 30대 중반 정도의 젊은 가이드의 인포메이션은 엉뚱했다. 우리가 보기에는 고궁과 같은 건축물을 신축하는 데 재목으로 사용하면 적격이라 생각했는데 그것이 아니란다.

세계 제2차 대전이 참혹하게 불을 뿜던 전쟁의 회오리 속에서 사용할 연료까지 턱없이 부족했던 일본군은 궁여지책으로 소나무에서 송진을 뽑아내 부족한 기름을 충당했다니 태평양 전쟁이 얼마나 치열했고 얼마만큼 자원 고갈에 고통을 겪었는가 가히 짐작할 수가 있었을뿐더러 처절했는가를 짐작이 간다. 지금을 살고 있는 우리 세대에 교훈이 되면서 보고 느낄 수 있는 일면이기도 하다.

그래서 송진을 모두 짜낸 이 애림송들은 속이 빈 탓에 재목으로는 사용이 불가능하단다. 약으로는 사용할 수 있다지만 현대 의학에서 노송을 약재로 쓰는 경우는 별로 없었으니, 사용에 쓸모가 없는 존재들이었기에 지금까지 보존되었던가 짐작이 간다.

울창한 애림 솔밭 사이를 달리는 관광버스 차창 밖으로 공터가 건너다 보인다. 이곳이 금강산에 있는 네 곳 중의 하나인 그 유명한 신계사의 옛터란다. 여기엔 신라 법흥왕 때 건립된 유서 깊은 고색 찬란한 법당도 있었을 것이고 큰 스님도 계셨으리라. 뿐이랴, 고승이 준엄하게 좌정하여 중생들에게 설법을 해야 할 신계사의 옛 모습은 건축물들과 함께 어디로 사라졌는지 눈을 씻고 보려고 해도 볼 수가 없지 않던가?

누구의 악행이었는지 몰라도 그처럼도 처절을 극했던 6·25전쟁 때 불길에 타 버렸다는 가이드의 설명, 36년간의 일제 침략에서 그처럼 해방을 기다리던 나라의 운명이 바로 이 꼴이 되었단다. 아무도 돌봐주는 사람도 없는데 작은 오층석탑 하나만 덩그러니 남아 있어 보는 사람들의 가슴을 아프게 할 뿐이다.

더욱 유명한 유래는 임진왜란 당시 서산대사와 사명당이 승려들을 무장시켜 일본군과 맞서 싸울 때 지휘 본부로 사용을 했다니 감개가 무량하다. 물밀 듯이 공격해 오는 일본군을 승려들이 무기도 없이 죽음으로 지키며 심지어는 격퇴까지 시켰다니 그 전쟁이 얼마나 치열하고 비참했는가 가히 짐작이 가는 대목이기도 하다. 육탄으로 싸웠던 그 전쟁에서 승려들의 피를 얼마나 바쳤을 것이며, 주검으로 신계사를 지켰다니 그 역사가 얼마나 값진 것인가 알만하다. 그런 그 유서 깊은 신계사가 우리 민족 간의 전쟁 6·25때 소실되었다니 같은 민족끼리의 전쟁이 왜 그처럼 참혹했던지 상상만 해도 슬픈 일이기도 하다.

금강산은 우리 민족 만고의 유산이기도 하면서 영원히 보존되어야 할 문화재로 남아야 했다. 그랬던 신계사까지 무참하게 파괴되다니 당시의 상황을 지금의 우리들이 되돌아볼 때 6·25 전쟁은 아무리 통일을 명분으로 받아주려 해도 너무도 처절했던지라 이해가 될 수가 없고 용서할 수 없는 분노가 가슴을 치는 현장이 아닐 수 없다. 우리의 가슴을 아릿하게 스치는 역사의 현장이기도 하다.

언제인가는 우리들 세대에서 반드시 다시 창건해야 할 숙제로 남기고, 한참을 더 달린 버스는 목란관 주차장에서 멈춘다. 버스로는 이곳이 종착지다.

이곳 역시 관광지로 개발한 흔적은 하나도 없다. 기념품 상회라든지 숙박 시설이라든지 기타 관광객에게 제공하는 편의 시설들이 전혀 없다. 다만 차량들만 주차할 수 있도록 공터만 마련해 놓았는가 하면 건물이라고는 간이 화장실만 하나 있을 뿐이다. 이 화장실이 구룡폭포 관광코스에서 하나밖에 없는 유일무이한 존재다.

"구룡폭포 관광코스에서 화장실은 오직 이곳뿐 여기에서 볼일이 있는 분들은 모두 볼일을 마쳐주기 바랍니다. 만약의 경우 도중에 변이 마렵다고 아무 곳에나 변을 보다가 산림 감시원에게 발각되면 처벌을 받습니다."

여기서부터 금강산 구룡연 코스 산행길이 시작된다. 관광회사에서 마련해준 간식과 도시락을 휴대하고 일행은 모두 출발했다.

하늘만 빠끔하게 보이는 숲과 바위산으로 이루어진 까닭일까, 높고 긴 터널이라도 시작되려는 듯 양편에 거대한 절벽으로 펼쳐진 계곡을 끼고 이어지는 산행길은 금방이라도 거대한 바윗덩어리가 굴러떨어질지 모르는 아슬아슬한 느낌이 전개되는 금강문에 당도한다. 가옥에는 반드시 출입문이 있듯이 금강산을 구경하려면 이 문을 거쳐서 들어오라는 의미이기도 하다. 남의 집이니 들어오는데 예의를 지켜 실례가 되는 행위는 하지 말라는 의미도 있거니와 불법 침입자를 가리는 의미도 있단다.

앙지교 구름다리를 건너가면 몇 잎 멍석들을 펼친 듯한 넓은 바위가 있고 바위 절벽에는 앙지대라는 글씨가 새겨져 있으면서 그 밑으로는 맑은 계곡물이 졸졸 흐르고 있다. 여기에서 1km를 올라가다 보면 담소 지역으로 유명한 옥류동계곡으로 이어진다. 어찌나 물이 맑은지 보기만 하여도 가슴이 시원하게 느껴진다. 훨훨 옷을 벗고 물속으로 뛰어들고 싶은 충동감이 짜릿하게 솟구친다.

우리 관광객 중의 뚱뚱하신 아저씨가 더위에 땀도 흘렸다지만 무엇보다도 그 정취에 감동되어 엎드려 꿀꺽꿀꺽 물을 마시고 난 다음 손을 씻는다. 그 모습이 옆에서 보기만 해도 시원스러워 보였다.

그때다. 바람이라도 타고 오지 않았나 싶을 정도다. 어디에서 나타났는지 금강산 환경 감시원이 척 앞으로 다가선다. 섬뜩할 정도다. 귀가 따갑도록 주의사항을 들어 익히 알고 있는 터다.

"제가 뭐 잘못했습니까?"

적발하려는 북한의 환경 감시원에게 아저씨는 당황하며 발뺌을 했다.

"물론 잘못 했디요."

"물을 마신 것도 잘못입니까?"

"물 마신 것은 잘못이 아니디요."

"그럼 무엇이 잘못입니까?"

"손을 덩구지 않았습네까?

아저씨는 자기 손을 내려다본다. 손에는 물방울이 그대로 흘러내리고 있다. 아저씨는 어리둥절 한다. 자기도 모르는 순간에 도취되어 그랬단다. 계곡물에 손을 씻거나 발을 당구면, 미화로 15불 벌금을 문다는 것을 사전에 수없이 관광교육을 받았다. 그래서 조심한다고 주의하였는데도 너무나도 맑은 물에 도취되어 그랬단다. 우리나라 계곡에서 하던 버릇이 무의식중에 재연된 것이다.

아저씨는 더 이상 변명을 하지 못했다.

"금강산 관광객 증(출입증, 입국 증명서, 비자라고도 함)을 제시 하시라요!"

출입증은 반드시 휴대를 하되 그것도 목에 걸고 다녀야 하는 규칙이 있다.

환경 감시원은 그 아저씨 목에 걸린 출입증을 노려본다.

"하도 덥고 갈증이 나서 그랬습니다. 용서해 주시지요."

아저씨는 사정을 했다.

"안 됩니다요, 처분을 받아야 합네다."

환경 감시원은 두 사람이었다. 이십 대 후반으로 보이는 남자와 이십 초반으로 보이는 예쁘게 생긴 여자였다. 두 사람 모두 햇볕에 그을려 얼굴들이 까무잡잡하고 피부는 기름기가 없어 그런지 까칠해 보인다. 키도 작고 몸집도 작아 체격이 왜소하다. 그러나 눈빛은 빛나고 매서웠다.

상급기관으로부터 엄격하고 무서운 책임감이 부여된 또 그 책임을 완수해야만 되는 어떤 지상명령과 같은 예리한 화살촉이 환경 감시원의 눈빛에서 반짝반짝 빛나고 있다.

용서하고 묵인할 수가 없단다. 용서하고 묵인할 수 있는 재량권이 그들에겐 없다. 없는 재량권을 남용한다면 그것은 그들이 책임을 져야 한다. 그 책임은 어떻게 지는지 우리는 아무도 모른다. 짐작으론 그 보직을 물러나야만 하는 것 이외 숙청이라는 더 무서운 처분이 내려질지 아무도 모른다.

환경 감시원들은 원산 사범대학 출신이라는 안내원의 설명이다. 북한에서는 고급인력들이란다. 고급인력들이 금강산에 와서 감시원이나 하고 있으니 북한의 생활상이 어느 정도 짐작이 간다. 대학을 졸업하고 환경 감시원에 취직만 하여도 좋은 일자리란다. 대학 출신이라 해도 그들에겐 환경 감시원 자리가 천직이란다.

그런 그들이 주어진 임무 수행을 잘못했다면 문책을 받을 것이 뻔한 일, 아무리 사정을 한다 해도 그건 안 된다. 사정을 한다고 봐줄 일이 아니었다.

"어서 내 놓라요?"

환경 감시원은 손을 내밀며 손바닥을 벌린다.

우물쭈물하던 그 아저씨도 더는 버틸 수 없는지 목에 걸린 '금강산 관광객'이란 출입증을 내주었다. 거기에는 인적 사항이 모두 기록되어 있어 출입증만 회수하면 미화 15불 벌금이니까, 그것은 온정각 휴게소에 있는 환경 감시원 사무국에서 처리하게 된다.

출입증이 없으면 출입국 관리사무소 입, 출국 게이트(개찰구)에서 출구가 안 된다. 북한에 억류되는 것이다. 생각만 해도 아찔하다.

용서도 빌어 보았지만 그 아저씨는 방법이 없다고 생각했는지 목에 걸린 출입증을 벗겨서 환경 감시원에게 건네준다.

또 요주의 사항, 휴대품목으로는 카메라 3배 줌 이상, 캠코더 160mm 이상, 망원경 등이 휴대 금지 품목이다. 접촉이 가능한 북한 사람은 환경 감시원, CIQ(출입국 관리직원) 지도원(안내원) 등인데 그들과 언행을 조심하고 그들과 함께 사진을 찍거나 스냅으로 그들을 사진 찍은 일은 절대 하지 말라고 사전에 교육도 수차에 걸쳐 받은 사실이 있다.

뿐만이 아니다. 금지 사항으로서 적발되면 벌금을 무는 행위로는 소변을 봐도 15불이요 침을 뱉어도 15불이며, 휴지나 쓰레기를 버려도 15불, 초코파이 식혜 부스러기를 버려도 15불, 물병 마개 파킹 따위를 버려도 15불이며 기타 환경을 저해할 수 있는 모든 행동은 절대 용납지 않으며 계곡물에도 마시는 행위 외에 손을 담근다거나 발을 담그는 행위도 절대 금지한다. 그 모습을 물끄러미 바라보는 송희는 한층 얼굴을 찌푸리며 긴장을 한다.

적발되는 사소한 행위는 벌금으로 끝나지만 더 심한 경우 정치적인 발언이나 체제 비방 같은 따위의 행위는 고액의 벌금형과 더불어 출국금지령이 발동된다. 감금되는 것이다. 또 금지 구역을 침범하는 경우는 박왕자 사건처럼 저격을 당하는 수도 있다.

계곡에 흐르는 물은 땅속에 묻힌 거대한 바윗덩어리 위를 흘러내리는가 하면 크고 작은 돌덩어리 사이사이를 비집고 흐른다. 담소에서 잔잔하게 흐르는 때도 있다.

그런 거대한 계곡 구석구석을 들여다보아도 휴지 한 조각은 물론 비닐 조각 없는 것이 이상할 정도다. 깨진 병 유리 조각은 물론 굴러다니는 빈 깡통도 일부러 눈 씻고도 찾아볼 수가 없다. 심지어는 낙엽이 떨어져 썩어가는 나뭇잎 하나도 볼 수 없거니와 바위틈 사이 파랗게 돋아나는 이끼조차도 볼 수가 없으니 신기한 노릇이 아닐 수 없었다. 크고 작은 돌 하나 바윗덩어리들도 모두 세제로 깨끗하게 닦아 놓은 듯 탄성이 절로 나올 정도로 깨끗하니 석간(石間) 속에서 흘러나오는 물들이 어찌 맑지 않을 수 있으며, 어찌 시원하지 않을 수 있으랴 싶다.

저토록 청명한 자연을 타고 생겨났다는 것도 중요하지만, 북한 사람들의 철저하게 관리에서 깨끗하게 자연환경이 보존되어온 결과라 하겠다.

우리 남한에도 금강산만큼 좋은 산과 물이 없는 것은 아니다. 우리가 이것을 스스로 지키지 못한 원인이요, 우리 스스로가 파괴하였기 때문에 오늘날 자연과 함께 차츰 인간이 공멸하고 있음이다.

자연적 조건이 얼마든지 있는 데도 우리는 그 고마움을 모르고 있음은 물론 자연을 지키는 것도 말로만 풍성할 뿐이며, 뒷전에서는 마구잡이로 자연을 손괴시키고 있다. 국가는 국가대로 환경을 지키는 일에 있어 구호에만 그칠 뿐 혈세인 국가 예산만 따먹기 식 행정 미숙과 행정 안일주의에 엄청난 낭비만 할 뿐이다. 그리고는 넉살 좋게 예산 타령만 하면서 이 핑계 저 핑계 눈치만 보다가 어디(예, 시화호 같은 경우) 문제가 생기면 온통 변명만 늘어놓는 것이 오늘날에 우리 행정당국의 떠다밀기 행정이다.

기업은 기업대로 '환경을 깨끗이'이란 현수막을 여기저기 유창하게 내걸고 구호로만 끝나면서도 또 자기네만 열심히 환경을 지키는 양 전시 효과만 늘어놓는다. 밤이나 장마 때 같은 시기를 틈타 남의 눈을 피하여 오염 물질을 은근슬쩍 버리는 얌체 족속 기업인들이 우리 주위에는 너무나도 많다.

거리에도 휴지나 담배꽁초 등을 가리지 않고 아무 곳이나 버리는 흉물스러운 꼴들도 너무나 흔하다. 시민의식 차원이 환경하고는 너무나도 동떨어진 행위들이 난무하고 있는 판이다.

더구나 낚시꾼들이나 등산객들이 환경에 오염될 수 있는 음식물 쓰레기를 너무나도 쉽게 거침없이 버린다. 농촌에는 축산 폐기물들이 개천마다 오염되는 정도를 넘어서 완전 까맣게 그야말로 독극물을 만들어 버린다. 이 모두가 하루빨리 각성하고 개선해야 할 사안들이요 시정해야 할 사안들이다.

북한 사람들이 벌금 제도를 만든 것은 돈을 벌기 위한 수단이라고 우리나라 사람들이 맹비난도 퍼붓는다. 그것은 터무니없는 인식의 차이다. 만약의 경우 북한 사람들이 그토록 철저하게 관리를 하지를 않았다면 금강산이라고 별수 있겠는가.

우리나라 관광객들의 등쌀에 오염이 되어 벌써 볼품없는 사각지대로 몰락 생명력을 잃어가고 있을 것이 뻔하다. 자연의 혜택을 모르는 우리의 국민성이라면 무엇인들 보존이 가능하겠는가.

극성맞은 우리나라 관광객들이 무엇인들 그냥 남겨 둘 것이며, 깨고, 부수고, 뽑고, 채취하여 모두 파괴했을 것이 겪어보지 않아도 뻔한 사실이 아니겠는가. 쓸모가 있고 잘 생겼다고 하는 것들은 그냥 구경만 하고 있지 못하는 우리나라 사람들의 습성이요, 먼저 소유하고자 하는 욕심 때문이다.

계곡마다 흐르는 물들이 모두 오염되었음은 물론 병든 산마다 휴짓조각, 비닐 조각, 담배꽁초, 음식물 쓰레기 등으로 악취를 풍기는 것이 우리나라에 있는 산들의 현실이다. 그런 우리나라 국민들의 습성 때문에 저토록 철저하게 단속을 하지 않았다면 금강산도 더구나 남의 나라에 있다고 마구잡이로 오염을 시켰을 것이 뻔하다.

오염시키는 사람들은 미화 15불이 아니라 150불이라도 벌금을 부과해야 된다고, 그래서 그런 사람들은 퇴출이 아니면 추방되어 마땅할 것이다.

그런데 또 이상한 것은 금강산 계곡물에는 고기들이 없다. 동해에서 송어나 은어가 이곳까지 거슬러 올라온다는 안내원의 설명이지만 우리들의 눈에는 한 마리도 보이지 않을뿐더러 맑은 물에만 산다는 산천어조차도 찾아볼 수가 없었다.

일설에 의하면 너무 물이 깨끗해서 고기들이 우선 먹을 것이 없고 또 물이 너무 차서 고기들이 모두 도망했다는 웃지 못할 설화도 있다.

외금강 구룡폭포 코스에 진미를 보여주는 풍경들은 옥루동계곡에서부터 시작된다. 저절로 감탄을 자아내게 하는 풍경들이 전개된다. '떨어지면 폭포라' 거대한 바위 절벽 위 오십 미터가량의 높이에서 떨어지는 하얀 물줄기를 옥루폭포라 하는가 하면, 몇 개의 작은 폭포를 지나치고 나면 옥루폭포보다 3배 정도 가량 높은 세존봉이란 바위 절벽에서 흘러 떨어지는 비봉폭포가 눈길을 사로잡는다.

옥루폭포를 보고 감탄을 했던 우리 관광객들은 비봉폭포를 보니 입이 딱 벌어질 정도다. 옥루폭포의 높이가 48미터 정도인데 거기에 3배 정도가 더 높다니 140미터가량 된다는 계산이 아닌가. 나이아가라폭포만큼은 아니라지만 우리나라에서는 제 이의 나이아가라폭포라 이름 지을 만큼 높고 넓은 폭포다. 햇빛에 반사되어 떨어지는 은색 물줄기가 장관을 이루지 않던가?

하늘을 향해 힘차게 비상하는 봉황과 같다 해서 비봉폭포라고 어느 도사가 이름을 남겨 주었다 하니 그 이름마저도 찬란하다.

봉황새가 높고, 멀리 날기 위하여 비상의 몸짓을 하고 있는 듯한 봉황 바위는 비봉폭포와 무봉폭포 사이에서 우뚝 솟아 있는데, 이는 마치 나도 신비한 금강산에 '나 예뻐' 하고 재롱떨면서 인기 짱인 폭포와 미에 대하여 자존심 대결이라도 하는 듯하다.

층층이 고이고 쌓인 바윗덩어리가 하늘을 찌를 듯이 높이 솟아 있고, 병풍처럼 연결되고 이어지면서 깎아지른 절벽 높은 곳에는, 날으는 새들만이 올라갈 수 있고 왕래할 수 있다 할까? 날으는 새가 아니고서야 거기엔 어떤 존재도 생물이 존재한다는 것은 절대 불가능한 곳이다.

물론 오랜 세월 동안이라 하지만 바윗덩어리로 된 금강산이 저토록 신비하고 기묘하게 생긴 것도 과학적인 근거로 본다면 눈보라와 비바람 치는 풍화작용이라 한다. 깎이고, 깨지고, 떨어져 나가고 하는 동안에 모형이 이렇게 변하고 저렇게 다각도로 변천하여 왔단다. 오늘날 우리들이 금강산을 저토록 아름답고 신비스러운 각도로 볼 수 있게 되었다지만, 앞으로 또 오랜 세월이 흐른 다음에 그 후는 저 모형들이 어떤 풍화작용에 의하여 어떻게 변화할지, 몇 억 년 그 후의 미래상은 아무도 모른다.

풍화작용은 무생물인 흙과, 돌, 쇠붙이도, 견뎌나지 못하는 현상에서 생기는 신기한 존재가 아니던가?

분재처럼 마디마다 옹이 지고 매듭진, 질기고 질기게 살아가는 존재가 하나 또 있다. 바로 소나무들이다. 키는 2~3m 정도, 굵기의 직경은 15㎝ 정도밖에 되지 않는 소나무들의 수령이 500~600년 정도라 하니 너무도 신비스러웠다.

웅장하고 거대한 바윗덩어리 틈바구니에다 그것들은 뿌리를 박고 살아가고 있다. 작은 돌덩어리라면 돌덩어리 틈 사이 그 밑으로 뿌리를 내려 흙에다 박고 산다지만, 바위산 돌덩어리 틈바구니 속에는 흙이 있을 수 없다. 설령 흙이 태초에 있었다 해도 수억 년 동안의 모진 풍상에서 지금까지 돌덩어리도 깎기고, 깨지고, 떨어져 나가면서 헤아릴 수 없는 변화를 가져오는 판에, 강력 본드도 아닌 흙이 바윗덩어리에 붙어 이제까지 견딜 수가 있겠는가? 그렇다면 저 소나무는 바윗덩어리에 뿌리를 박고 산다는 결론이 아니겠는가?

저것은 분명 흙이 아닌 바윗덩어리에 뿌리를 박고 500년에서부터 600여 년에 이르기까지 살아오고 살아갈 것이다. 끈질기고 지독한 생명력으로 돌덩어리들도 원형을 보존하며 살아가지 못하는 무생물 지대에서 생물로 살아가고 있다는 것이 신기할 따름이다.

나무는 흙에다 뿌리를 박고 살아가게 마련이다. 흙에다 뿌리를 박고 수분을 빨아먹고, 나뭇잎이 떨어져 썩으면 그 영양분을 다시 빨아먹고 살아가는 것이 나무들의 생존법이다. 그런데 저 소나무들은 무얼 먹고 살아가는 것일까? 비가 내려도 흙과 달라 빗물은 바윗덩어리 절벽에서 쭉 흘러내리면 그만 아니던가?

바윗덩어리는 흙과 달리 물을 저장할 능력이 없다. 수분이 있다면 비가 내릴 때 그때뿐이다. 또 바위는 아무런 영양도 간직하지 못한다. 물도, 영양분도 바위는 아무것도 가진 것이 없다.

그런데 저 소나무는 무얼 먹고 생존하고 견디며 자란단 말인가? 물론 잘못 태어난 원인도 있겠지만, 정말 팔자도 기구하다 싶다.

눈, 비바람 몰아치는 불모지−지(不毛之地)에서 이동할 수도 없는데 한 번 태어나면 생명을 다하는 그날까지 그 자리 그곳에서 살아야만 하는 운명을 저것들은 타고났고 살아갈 팔자가 아닌가? 지금까지 500여 년에서 600여 년을 살아왔고 앞으로도 생명을 다할 때까지 살아가야 할 팔자란다. 너무도 기구한 운명이다.

안내원의 설명에 의하면 저것들은 이슬을 먹고 살아간단다. 그렇다. 먹을 것이 없다면 이슬이라도 받아먹고 살아가야 한다. 신기한 것은 금강산에는 저런 소나무들이 바위 절벽마다 수없이 많다. 옹이 지고 매듭 지고 뒤틀리면서라도 견디며 살아가고 있다. 보도블록 바닥에서도 살아가는 민들레보다도 더 강인하다. 사람이 가꾸는 것도 아니고 분재도 아닌데 분재처럼 모진 역경을 딛고 질긴 생애를 살아가고 있다.

땅길 막힌 바위 틈바구니,

수맥이 끊겨 오백 년,

목 타는 갈증,

허기진 영양실조

비, 바람 눈보라 치는 불모지−지

경지의 파계에서
매듭진 옹이
욕망의 삶은
오늘도 뒤틀린다.

산들마다 온통 바위산이라 하지만 높다란 바위산 기슭 밑자락에는 나무들과 숲이 울창하게 어우러졌다. 사계절 따라 피는 꽃나무들도 있고 단풍나무들도 있으며 이름 모를 저마다의 풀잎들도 무성해 역시 사계절에 따라 피는 꽃잎들과 함께 기암절벽들과 같이 잘 어울린다. 솔개를 비롯 이름조차도 알 수 없는 새들의 울음소리도 아름다운 금강산에 선율을 실어 준다. 수 없이 뛰노는 다람쥐들도 또한 신기한 몸놀림으로 한몫 볼거리를 만들어 준다.

떨어지면 폭포라 하고 바윗덩어리 하면 저마다 귀암이라 하더니 금강산에는 너무나도 폭포들과 바위들이 많다. 그러다 보니 폭포를 보아도 별로 신기할 것이 없다. 그중 무봉폭포는 관광객들의 눈길을 좀 색다르게 끌어당긴다. 봉황 담에서 물이 떨어져 내려 생긴 무봉폭포는 담수로 떨어지는 것이 아니다. 직접 바윗덩어리 위로 떨어져 내려, 파도에 부딪치는 물보라는 빨, 주, 노, 초, 파, 남, 보 물방울마다 형형색색 무지개를 드리우고 있다. 거기에다 생김새가 봉황이 날갯짓하는 모형을 펼치고 있으니 더욱 신기하다. 떨어지는 물줄기에 깎이고 깎여 패인 바위 자국은 반질반질하고 매끄럽게 윤을 내며, 오목한 홈도 패어있다. 저런 형상이 되기까지라면 얼마만큼의 세월이 흘러야 할까 상상을 해본다.

무봉폭포를 지나서 계속되는 길을 따라 한참을 오르다 보니 구룡연과 상팔담으로 가는 삼거리가 나온다.

먼저 올라온 일행들이 이미 많이들 쉬고 있다. 관광회사에서 나눠준 간식용 빵, 오이, 과일, 초콜릿 등을 먹고 있다. 남들 쉬는 것을 본 엄마는 갑자기 숨이 차오르던지 걸음을 멈추었다.

"송희야 우리도 여기에서 잠시 쉬어가자?"

엄마의 이마에는 송골송골 땀이 솟아나고 숨소리도 가쁘게 내쉰다.

"그래요 엄마."

송희도 온몸에 땀이 촉촉이 젖어 있다.

송희는 엄마랑 도토리나무 그늘 밑에 앉아서 잠시 몸을 쉬었다. 나뭇잎을 스치는 바람이 엄마랑 송희의 얼굴을 거쳐 목덜미로 스친다. 가슴 속까지 시원하달까?

그때 환경 감시원이 비호같이 나타났다. 그리고는 어느 아줌마 앞에서 초콜릿 부스러기를 줍고는 그 아줌마 눈앞에다 들이대고는

"이거 아주머니가 흘린 것 맞디요?"

가급적 환경 감시원들은 다, 까, 요로 맺는 끝말을 한다. 억지로 표준어를 사용하고자 노력하는 그들은 때로 어감이 어색하기도 하다.

감시원은 아주 냉정하게 다그친다. 변명할 여지가 없다. 돌연한 환경 감시원의 출현에 아줌마는 말을 잊은 채 얼굴이 파랗게 질린다. 몹시도 당황한다. 어이가 없는지 환경 감시원을 멍하니 건너다보고 있는 아줌마는 환경 감시원의 처분만 바라며 당황하고 있다. 어떻게 보면 공포에 질려 사색을 하고 있다.

"그런가 봐요."

마지못해 아줌마는 시인을 한다. 송희도 그랬지만 그 근처에서 쉬고 있던 사람들이 구경거리라도 난 듯 일제히 목을 길게 빼고 웅성거리면서 지켜들 보고 있다.

갑자기 사람들이 웅성거리자 자연경관을 열심히 설명하던 안내원이 잽싸게 달려왔다. 환경 감시원과 마찰이 있을 경우는 반드시 안내원이 가교 역할을 해야 한다. 해결사다.

"이 아주머니가 이것을 버렸습디요."

환경 감시원이 손바닥에다 아주 작은 초콜릿 부스러기를 내보이면서 적발한 이유에 대하여 타당성을 설명한다. 사실을 목격한 안내원도 변명을 하지 못하고 받아들일 뿐이다.

"그러면 출입증을 내시라요?"

이번에는 상대가 여자라서 그런지 여자 감시원이 적발을 한다. 역시 햇볕에 그을려 얼굴은 까무잡잡하지만 앳된 여자 감시원의 인상은 예쁘게도 생겼다. 예쁘게 생긴 얼굴이지만 적발하는 그녀의 태도는 냉정하고 차디차다. 오른손을 내밀고 있는 여자 감시원에게 겁에 질린 그녀는 목에 걸린 출입증을 마지못해 내밀어 준다.

출입증을 받아든 감시원은 다시 한번 사진과 그녀의 얼굴을 확인한 다음 출입증을 압수한다.

그런 돌출 사건을 보는 엄마도 주위 사람도 분위기가 갑자기 공포 분위기로 살벌해진다. 그러나 송희가 생각하는 것은 달랐다. 조물주가 창조한 금강산이 천연 그대로 아름답고 순수하게 보존하고, 보존이 되고 있는 까닭은 저토록 철저하게 관리를 하고 있음을 깨닫고 많이 공부를 해서 가야 한다는 생각이 든다.

"관광이 끝나고 난 다음 안내원하고 온정리 휴게소에 있는 관리사무실로 오시라요."

긴장하는 순간도 잠시 감시원이 떠나자 주위 분위기는 다시 관광 분위기로 되돌아 왔다. 잠시 쉬었던 사람은 다시 계곡 길을 오르고, 올라와 이곳에 도착하면서 쉬는 사람도 있다.

엄마와 송희는 구룡폭포 코스 오르막길을 250m 정도를 더 오르니 구룡각이 있다. 소나무 목재를 이용하여 정자를 만들었다지만 그다지 특색이 있어 보이지 않는다. 고풍이라고는 전혀 없고 그저 지나가는 사람들 쉬었다 가라고 만들어 놓은 휴게소 정도로 지은 원두막 건물과 꼭 같다. 이곳을 구룡동이라고도 한다. 좁은 계곡을 오르다 이곳에 도착하니 계곡의 끝이요, 공간이 드넓고 경관이 확 트이다 보니 가슴속이 시원해진다.

구룡폭포가 바로 눈앞에 보인다. 아홉 마리 용이 사람들의 눈을 피하여 오다가 경관이 좋은 이곳에 머물게 되었단다. 사방이 바위산으로 둘러 쌓여있다. 널찍한 담수에 맑은 물이 철철 넘쳐흐르고 있다. 하늘에서 화사하게 내리쬐는 햇빛도 밝아 천연적으로 비상하기가 좋은 곳으로 아홉 마리 용들이 웅지를 품고 금강산을 지키는 산 임자 노릇을 톡톡히 했다고 한다.

구룡연으로 떨어지는 구룡폭포는 높이가 75m 정도에 폭이 4m가 약간 넘는 웅장한 폭포로 개성에 있는 그 유명한 박연폭포와 설악산에 있는 폭포를 일컬어 3대 폭포 중의 하나라고 한다. '쏴아아' 진동하는 물소리는 여의주를 물고 비상하는 용의 괴성 같고, 쏟아져 내리는 물줄기는 하느님만이 할 수 있는 찬란한 은빛으로 짜 내려준 비단결 같다. 그래서 선녀들이나 신선들이 땅으로 여행을 올 때마다 오르내리는 통로로 이용했다는 것이고 무지개 빛깔로 서리는 화려한 빛은 승천하는 용의 비늘이 아닌가 착각을 해본다.

구룡연에서 간식을 하고 삼거리로 다시 내려와 서, 남쪽으로 다시 올라가면 상팔담이다. 이곳은 계곡을 타고 오르막길이 아니라, 산 능선을 타고 올라가는데 큰 바위 능선 같은 곳에는 어찌나 가파른지 철 계단이 놓여져 있어 관광객들의 발길을 돕고 있다. 그 철 계단이 아니면 한 발자국도 올라갈 수 없는 외길 바위 절벽이다. 이런 철 계단을 숨이 차도록 몇 개 오르다 보면 구룡대에 오르게 된다. 물론 산의 정상이 아니라 중턱이다. 관광코스로는 이곳이 마지막 코스다. 그 이상은 산악인들의 각자 몫이다.

구룡대는 뾰죽 뾰죽하게 생긴 바윗덩어리들이다. 구룡각이 한눈에 내려다보이는가 하면 땅속에 묻힌 거대한 화강암을 타고 계곡물이 흐르는 것이 절벽 그 아래로 보인다. 수억 년 동안을 물이 흐르다 보니, 맨질맨질하게 깎이고 다듬어져 그것들이 담소를 이루었고, 그렇게 맑은 물들이 여덟 개나 고여 있어 상팔담이라 이름하고 있다. 지금 이 시간에도 그 물줄기는 계속 흐르고 있지 않겠는가? 눈이 선하다.

구룡대에서 내려다보이는 상팔담은 깎아지른 바위 절벽이요, 높이가 100m가 넘을 만큼 높은 낭떠러지다. 아슬아슬한 현기증으로 엎드려서 보거나 나무를 잡고 내려다봐야 안도감이 들 정도로 절벽 아래다. 상팔담에서 흐르는 그 물이 떨어져 내리면 바로 구룡폭포로 이루어진다.

"엄마, 나무꾼과 선녀의 애절한 전설은 이곳 상팔담에도 전해져 내려온다고 안내원이 설명하네요."

"그렇다는구나. 하기야 물이 맑고, 폭포가 있고, 경치가 좋으면 하늘에서 선녀들이 목욕하러 온다는 전설이 나올 만할 것이고 그렇기에 우리나라에도 산세가 수려한 곳에는 어디든 있지 않으냐. 이곳 금강산에만도 몇 군데 선녀들이 놀았다는 전설이 있듯이 말이다."

"정말 경관이 좋으니 선녀들이 놀러 올 수도 있어 보이네요 엄마. 저토록 맑은 물이 흐르고 있으니 선녀들도 목욕하고 싶은 생각이 왜 없겠어요? 뻔한 일이지요."

"그렇지, 견물생심이라고 눈으로 보면 욕심이 더 생기거든."

"선녀들도 우리 여자들과 마음이 같은 모양이지요?"

"선녀들은 하늘에서 살고 있다는 것뿐, 같은 여자이기에 나무꾼하고 살았겠지."

그때였다.

"여기까지가 구룡연 코스는 마지막입니다. 이제부터 하산하십시오."

안내원의 구령이었다.

만물상 코스

숙소인 금강호 관광 유람선으로 되돌아 왔던 일행은 이튿날 온정리 휴게소에 다시 모여 20여 분 동안을 숨을 고른 다음 만물상 코스 산행 준비를 했다.

온정리 삼거리에서 동, 북쪽으로 접어들면서 500여 년이나 되었다는 미인송들이 하늘을 향해 쪽쪽 곧은 솔밭은 여기에도 있었다. 이곳의 미인송들도 송진을 다 뽑아서 기름으로 사용하였기에 기름기가 없어 마른 삭정이 같아 재목으로 사용하기는 불가능하다는데 사실이 과연 그럴까 송희는 머리를 갸우뚱한다. 그러니까 사람으로 말하면 근육이 없다는 것이다. 힘이 없어 재목으로 사용할 수가 없다는 원리다. 나뭇결이 질기지 못한 까닭이란다.

그 솔밭 숲속에 김일성의 처요 김정일 생모였던 김정숙 동지가 사용했다는 휴양소가 있다. 북한에서는 보기 드문 새로운 건축물이라 하지만 우리나라에서는 20여 년이 훨씬 넘는 시대를 지났기에 보잘것없는 건물에 불과하다.

탁아소도 있고, 외국 사절들을 유치하기 위한 회담 장소도 있다. 협상 장소로 사용하는 금강산 호텔도 있다. 우리나라에서는 모텔급 정도의 규모다. 건축한 지는 20여 년이 훨씬 넘은 하급 정도의 호텔급으로서 우리나라 호텔하고 비교한다면 보잘것없는 허술한 건축물이다. 금강산도 명소다 보니 온천도 있다. 허나 일반인들에게는 공개를 하지 않는다 했다. 그림의 떡이다.

120 구비를 돌고 돌아가며 넘어가는 영웅고개를 넘어 12km를 달리다 보면 만물상 주차장 있다. 관광버스는 이곳에서 정차를 한다.

이 길을 관광특구로 지정하면서 2개월 만에 시멘트 도로를 확장하여 포장을 완성하였으므로 이를 영웅적인 업적이라 하여 김일성 동지가 영웅고개라 호칭했다는 안내원의 설명이다. 김일성 동지 자신도 관광을 즐기고, 또 외국인 사절들을 구경시켜주기 위한 방법이었단다.

"엄마 이토록 높은 산 고개에 길을 만드는데 정말 2개월밖에 안 걸렸을까?"

"글쎄다. 120 구비나 되는 험한 고갯길을 정말 2개월에 완성했다면 대단한 능력이요, 고난도의 건설 공법이 아니겠느냐? 그러나 과연 북한에서 그런 고난도의 새로운 공법을 보유하고 있는지 의심스럽고 또 얼마만큼 좋은 장비가 있었는지 의문이구나."

만물상 산행길을 시작하면서 300m 정도를 오르다 보면 왼쪽으로 96층의 가파른 시멘트 계단이 있다. 숨을 몰아쉬며 오르고 보면 귀암절벽들이 곳곳에 위치해 있고 그 첫 번째로 귀면암이 있다. 둥근 돌 하나를 머리에 이고 있는 모습은 금강산에 모든 잡귀를 쫓아내고 있는 사천왕처럼 우뚝 서 있고, 그 맞은쪽으로 삼선암이 있다. 세 개의 봉우리가 우뚝 솟아 있으면서 70m가 넘는 제일봉을 필두로 차례로 버티고 있는 모양은 삼 형제와 같은 모습을 풍기면서 만물상을 구경하러 온 사람들에게 기암괴석의 첫인상을 선보여 준다.

"엄마 여기에도 있네."

송희가 가리키는 곳에는 '위대한 수령 김일성 동지께서는 존경하는 김정숙 동지와 함께 1947년 9월 27일, 친애하는 김정일 동지도 1975년 10월 15일 여기 삼선암에 오르시어 금강산과 더불어 영원불멸의 사적을 남기셨다'고 화강암에 커다란 붉은 글씨로 새겨 놓고 있다.

뿐만이 아니라 김일성 동지와 김정일 동지를 찬양하는 글귀는 구룡폭포를 가는 코스와 만물상 코스에도 수없이 여기저기, 운전자가 가장 잘 보이도록 설치해 놓은 신호등처럼 풍광이 아름다운 곳곳마다 붉은 글씨로 새겨 놓고 있지 않던가?

닭이 알을 낳는 모습이라 해서 닭알바위가 있고, 매 한 마리가 먹이를 찾아 비상을 준비한다고 하여 매 바위가 있다. 관음봉이 보이는 곳에도 폭포가 있으나 약 삼십 미터 정도의 작은 폭포라서 그리 유명한 폭포는 아니라지만 나름대로 제 모양을 나타내고 있어 신기하다.

금강산의 특징은 산의 형태가 산자락 밑에는 나무와 숲이 울창한 데 비하여 중간 이상부터는 높이 솟아 있는 바위산으로 형상을 만들고 있다는 것이 특징이라 할 것이고 보는 이로 하여금 감탄을 연발케도 한다. 그 바위에서 흐르는 물들은 어디에서 솟아나고 있는지는 몰라도 그 양도 엄청나게 많아서 바윗덩어리를 타고 흐르다 보면 언제나 폭포가 된다.

바윗덩어리 산에 비가 내린다 해도 비가 내리는 순간만 쭉 흘러내리면 그만일 텐데 바윗덩어리 꼭대기에서 계속해서 흐르는 그 물줄기들이 폭포가 될 정도라니 신기함이 아니던가? 그 물들은 아무 곳에서나 떠 마셔도 식수요, 약수다.

"여보시라요!"

환경 감시원이 다급하게 쫓아온다.

"엄마 저기 좀 봐."

엄마도 송희가 가리키는 대로 환경 감시원이 적발하는 모습을 바라보았다. 어떤 아저씨가 참다못해 주위를 살핀 후 나무 숲속에 들어가 슬쩍 방뇨를 했다. 물론 그 순간 근처에 환경 감시원이 분명 없음을 확인하고 재빨리 저지른 행위다. 그리고는 성공했다고 시치미를 떼고 산행을 계속 하려던 순간이다.

물론 그 아저씨는 처음에 오리발이다.

"선생께서 방금 저 밑에다 방뇨 했디요?"

환경 감시원은 방뇨한 곳을 손가락으로 가리키며 확인을 한다. 정확하게 적발을 하자 그 아저씨도 더 이상 변명할 여지가 없는 듯 환경 감시원의 의도에 따라 관광증명서(비자, 입국 허가증)를 제시했다.

만물상 산행길에는 화장실이 하나도 없다. 노변에 방뇨를 하면 물론 15$ 벌금이다. 관광객들이 가장 불편하고 심각하게 생각하는 문제점이다. 생리적인 조건을 억제하자니 고통이 아닐 수 없다. 옥에 티다.

웃기는 어떤 아저씨는 참다못해 비닐봉지에다 소변을 담아서 들고 다니기도 했다. 단속이 철저하다 보니 파생되는 결과다. 여건상 비상 카드를 사용할 수밖에 다른 방법은 없는 실정이다. 지혜로운 모습이었다.

"엄마 저렇게 단속하는 것이 심하다고 생각해?"

"아니다, 저만큼 하니까 이만큼 자연환경을 맑고 깨끗하게 지키고 유지하는 원인이 아니냐. 아니면 이곳이라고 별수 있었겠니. 극성맞은 우리나라 관광객들이 그냥 놔뒀겠니. 벌써 오염되고 파괴되어 가는 곳곳마다 함부로 버려진 쓰레기들이 고약한 냄새를 풍기며 썩어가겠지."

"맞아요 엄마, 시민들 스스로가 질서를 지켜주지 않을 때는 저토록 강제 수단으로라도 단속을 해야 마땅하지 구호에만 그치는 정도로 방치한다면 무슨 소용이 있겠어요?"

관음폭포 위에 큰 바위는 육화암이라고 이름하고 있다. 그 옆으로 백미터까지 뻗어 내린 흰 바위벽이 병풍처럼 뻗어내려 있다. 눈 바위다. 맞은쪽에는 쪼그리고 앉아 있는 범의 모습이라 하여 범 바위라고 한다. 거기에 얽힌 전설을 안내원이 열심히 설명하였으나 여러 사람 뒷전이라 송희는 자세한 설명은 못 들어 유감이다.

금강 제일 관이라고 돌벽에 새겨진 곳에는 문이 네 개가 있다. 이곳은 하늘 문이라고 한다. 중묘문, 극락문이 있으면서 만물상을 가려면 금강문을 거쳐야 한다. 깎아지른 두 개의 돌벽 사이로 겨우 한 사람만이 통과할 수 있는 문을 가까스로 거치면 바로 철 계단 있다. 이 철 계단 두 개를 오르면 기둥 같은 바위 네 개가 있다.

첫 번째 보이는 제 일 키가 큰 바위는 천선대라고 이름하면서 문패처럼 쓰여져 있다. 한 발자국도 안심하고 내디딜 수 없는 삐죽삐죽한 돌기둥 정상에서 수백 미터나 되는 낭떠러지 절벽 아래를 내려다보는 순간 빨려들 듯이 아찔한 현기증과 더불어 후들후들 다리가 떨린다.

대신 위로 올라가서 보면 땅덩어리 꼭짓점에 올라 있는 기분이 든다. 하늘이 낮게 보일 정도로 으쓱 내 세상 같은 착각에 도취되기도 한다. 또한 가지 신비한 것은 금강산과 더불어 그처럼도 유명한 만물상이 찬란한 병풍처럼 펼쳐져 바로 눈앞에 보인다. 아! 그 모습 너무도 웅장하지 않던가?

만물상은 로프로나 암벽을 탈지는 몰라도 일반인들에게는 등반을 할 수 없는 관광코스 통행 금지 구역이다. 50m 정도의 넓이로 병풍처럼 펼처진 거대한 바위산에, 어디를 비집고 마땅하게 산행길을 만들 수가 없기 때문이란다.

처음부터 끝까지 험한 바위 절벽으로 이루어진 산세가 워낙 높기에 철 계단을 놓을 수조차 없다는 이유다.

그러기에 고도의 기술이 필요하겠으나 북한의 기술로는 아직 시기상조가 아닌가 생각이 든다. 쉬운 생각으론 케이블카를 설치하면 가능하겠지만 그도 용이하지는 않을 듯 어쨌든 코스가 없으니 천선대에서 바라보는 것이 고작이다.

통일이 된다면 우리나라 기술과 예산으로 어떤 방법으로로든지 길을 터 놓겠지만 현재의 북한 기술과 예산으로는 불가능해서 지금까지 방치하고 있는 꼴이라 여겨진다.

거꾸로 매달린 고드름을 따다가 바로 세워놓은 듯 석순들이 하늘을 찌를 듯하고, 석순 같은 크고 작은 기암들이 수천 개에 이르도록 펼쳐져 있는 모양들이 사람들의 눈길을 유혹할 때마다 가슴에서는 감탄이 저절로 터져 나오게 한다. 아 너무도 신기하고나! 금강산을 일만 이천 봉이라 함을 실감케 한다.

뿐만이 아니라 장군봉, 옥녀봉, 영락봉, 월출봉, 관음봉과 온정령까지 한눈에 내려다보이는가 하면 금강산에서 제일 높은 봉우리 중 봉우리라는 비로봉도 천선대에서는 빤히 건너다볼 수 있다는 장점도 있기에 바로 이곳이 금강산에 중심지요, 비경이라 하겠다.

사람이 많이 모이면 별사람이 다 있게 마련이 아닌가. 귀가 닳도록 교육을 시켰으나 사고는 계속 발생한다.

산행길 비탈 바위틈 사이에 이름 모를 노란 꽃 세 송이가 활짝 피었다. 나무 그늘에 가려 살짝 숨어있는 모습이 수줍은 듯하면서도 살랑살랑 바람에 나부끼는 모습이 어떻게 보면 외로움에서 친구를 찾는 가련한 모습이기도 하여, 꺾어 가슴에 안고 사랑해 주고 싶은 충동감이 송희 마음을 유혹케 한다.

송희는 자신도 모르게 손길이 저절로 꽃으로 가려는 순간이다.

"송희야 그러면 안 돼!"

엄마가 옆에서 꽃으로 따라가는 송희의 손을 얼른 잡았다. 그때 송희는 아찔했던 순간 뻗었던 팔을 거둬들였다. 꽃을 꺾으면 자연을 파계하는 짓이 아닌가? 그런 마음이 선뜻 머리에 스친다.

"정말 내가 왜 이러지."

송희는 마음에 충동감을 억제하며 후회했다. 이름 모를 그 꽃을 뒤돌아보며 아쉬운 마음으로 엄마와 함께 산행길을 계속했다. 20m 정도 올라갔을까, 뒤에서 떠들썩한 소리가 들린다. 산행길을 멈추고 엄마와 송희는 뒤돌아봤다.

환경 감시원이 있고 사람들이 쭉 몰려 있다. 어떤 20대 초반 되는 언니가 송희가 따려던 그 꽃을 땄다. 그 언니는 그 꽃을 환경 감시원에게 힘없이 건네준다. 또 적발되었다. 그 언니도 아름다운 그 꽃송이에 송희처럼 순간 현혹되어 꺾었을 것이 뻔했다. 실수들이 연발된다.

물론 무의식중에 아름다워 저지른 실수다. 그러나 실수라고 용서하지 않는다. 평상시의 자세가 중요하다. 평상시 언제나 마음과 정신이 훈련이 되어 있다면 무의식중이라도 실수는 없다. 마음먹기에 달렸고 정신을 가다듬기에 달렸다. 순간적인 입장에서 그 여자도 방법은 없었나 보다. 큰일 난 것은 아니다. 15불 벌금이면 된다.

산행길 분위기는 다시 평온해진다. 가파른 계곡 길을 오르는 관광객들은 모두 숨이 차는지 헐떡거린다. 할아버지 할머니들은 더욱 힘들어하신다. 도중에 발길을 돌려 하산하는 분들도 많다. 만물상 코스는 구룡연 코스보다 계곡이 더욱 경사가 심하고 길도 좁아서 일렬로 올라가야 하는 곳도 많다. 실족하는 때는 위험도 따른다. 엄마도 구슬땀을 많이 흘리며 숨결을 고르고 있는 모습이다.

천선대에서 내려와 우측으로 다시 오르면 경사가 아주 가파른 비탈길이 있고 한참을 오르다 보면 몇 개의 높고 긴 철 계단이 있다. 그 철 계단을 다 오르면 정상에 망양대가 있다. 또 금강산은 봉우리 정상마다 모두 바위로 되어 있으며 그 바윗덩어리 봉우리에서 내려다보이는 수백 미터 되는 절벽은 아찔한 현기증으로 후들후들 다리에 힘이 저절로 빠진다. 조물주가 이곳에서 금강산을 창조할 때 기본 구도를 그렸다고 하여 만물 초라 한다.

멀리 동쪽으론 푸른 바다가 보이고 남쪽으론 천불등과 천상계가 보이며 옥련봉 영랑봉도 선명하게 보인다. 이름 모를 거대한 바위 봉우리들도 수없이 펼쳐져 있다.

또 보는 사람마다 감상이 다르고 관점이 다르듯이 절부암에서 세지봉 줄기를 바라보면 산돼지, 토끼, 쥐 등으로 보이기도 하지만 닭, 병아리, 기러기 등으로도 볼 수 있기에 각종 동물들 모양으로 석순들이 오뚝오뚝 서 있다. 탑처럼 생겼다는 절충암도 있다.

관음련봉 밑에는 장군바위가 있다. 투구를 쓰고 철갑 옷을 두른 장군의 모습은 분노에 차 적군을 쏘아보는 형상으로 한산섬 수루에서 쳐들어오는 왜군들을 적개심으로 노려보는 이순신 장군 동상을 흡사 닮기도 했다.

만상계에서 내려다보이는 세지봉은 세 어린이가 앉아 있는 듯한 동자바위가 있고, 말 바위는 장군을 태우고 적진으로 멀리, 높이 뛰기 위하여 비상하는 모습이 너무나도 닮았다.

안내원 아저씨는 가는 곳마다 바위 모양에 대하여 그 유래를 자세히 설명해 주고, 전설에 얽힌 사연들을 운치 있고 재미있게 이야기를 해주지 않던가?

어느 곳 어느 구석을 가보아도 금강산의 경치와 운치는 조물주의 작품이 아니라면 그 누가 상상이라도 할 수 있을까 싶다. 무한한 능력의 소유자 조물주의 거대한 조각품들이기에 저마다 특징적 모양을 가지고 자랑이라도 하는 듯 뽐을 내고 있지 않던가?

금강산은 신비한 수석 전시장을 방불케도 한다. 조물주가 마음먹고 진짜 작품다운 작품을 만들어 보려고 고심한 듯한 흔적이 뚜렷하게 엿보이기도 하려니와, 인간들에게 구경거리를 정성들여 만들어 선물했다는 안내원 아저씨의 설명에 실감이 절로 난다.

이런 좋은 선물을 조물주는 삼천리 금수강산에 주었고, 또한 우리나라 땅에서 이렇게 신비한 선물을 받아냈으니 우리 민족들은 한 점이라도 손상이 없도록 소중히 간직 더욱 아름답게 관리 보존을 영원토록 해야 할 것이다.

만물상 절벽에도 이슬을 먹고 자란다는 분재 같이 기구한 운명을 타고난 소나무들은 여기저기 흔하게 볼 수 있다.

"저 소나무들을 떠다가 서울 복판에 놓고 경매를 한다면 주당 몇천만 원의 가치가 있겠지, 정말 소중한 것들이 아닐 수 없다 하겠어 엄마?"

"그럼 저것들을 넓은 정원에 심어 놓고 관상목으로 바라볼 수만 있다면 얼마나 가치가 있겠니. 더군다나 금강산의 신비물이라 한다면 경매가치는 더욱 오르지 않겠니. 너무도 소중한 존재들이구나."

"저 소나무들은 또한 저런 고행을 그만 면하고 호강할 텐데?"

인간의 돌봄으로 물을 주고 거름을 주워서 정성으로 가꾼다면 고생은 끝나 좋겠지만 본연의 모습 가치는 떨어지겠지. 뿐이겠느냐. 저 많은 기 암절벽을 비롯 어떤 것들도 마찬가지로 서울 광화문 광장에 전시를 한다면 저마다 신기한 마음으로 감탄들을 하겠지만 과연 보존의 가치는 얼만큼이 될까 상상도 가져 본다.

갈증은 끝나지 않아
텅 빈 뱃속도 채워 질 날이 없다.
허기진 한몸 지탱하기도 어려운데
풀리지 않는 귀양살이
바람은 또다시 몰려와
응어리지는 상처에 매듭이 진다.

지루한 나날의 귀양살이에
새벽에 내린 이슬이
불길처럼 타는 목을
적셔주지도 못하는데
태양은 또다시 떠오른다.

이 지겨운 귀양살이
오백 년이 지나도록
태어난 것이 죄라고
무서운 형벌엔 사면도 없구나.

살점도 없는 딱딱한 바위틈 사이
아무리 비집어도 뻗어날 수 없는 뿌리
비가 내려도 저장할 방법이 없구나
감옥 같은 이 공간
학대해도 좋으니
눈보라라도 내려쳐
갈증 나는 목을 적셔다오

어느 시인의 읊음이다. 바위틈에서 사생하는 소나무를 보며 송희는 어느 한 절의 시어를 중얼거려 자연에 미를 음미해 본다.

"엄마 북한 당국의 산림 보존법이 어디에다 기준했는지 그 목적은 알 수 없다지만, 수단 방법을 따지기 전에 저토록 청결하게 관리하여 왔다는 점에서는 높이 평가를 해주어야 할 일이고 찬사를 보내야 마땅하지 않겠어요."

송희는 어머니를 바라보며 정색을 하였다.

"그럼 당연한 일이지 한 사람의 도둑을 열 사람이 지키지 못한다는 이야기가 있지 않느냐, 자연환경을 보존하기 위한 방법에서 몰려오는 공해 사범을 지킨다는 것은 물론 쉬운 일은 아니겠지?"

쫄쫄 계곡을 흐르는 맑은 물줄기를 바라보며 어머니도 잠시 감상에 젖는다.

이렇게 금강산 관광코스 구룡폭포 코스와 만물상 코스를 이틀간에 걸쳐 마무리했다. 여기에서 내금강도 있고 해금강도 있다지만 이 두 코스는 아직 통제구역으로 북한 당국에서 문을 잠그고 있어 아쉬운 마음으로 욕심을 접어야 했다.

환경백서

송희가 예상외로 전국 웅변대회에서 영예의 대상을 손에 거머쥐자 K 여자 고등학교에서의 송희 인기는 대단했다. 전교 조회 때 교장 선생님이 송희와 윤 선생님을 불러 지휘대로 직접 올려 세워놓고

"우리 학교를 빛낸 사람들을 소개하겠습니다. 이번 전국 웅변대회에서 우리 학교를 대표하고 더 나아가 서울을 대표해서 당당하게 영예의 대상을 품에 안고 돌아온 2학년 3반 유송희 양이에요. 제목은 '피해자의 나팔소리'란 주제를 가지고 타 시·도 학생들과 당당히 겨루어서 승리를 거뒀습니다. 이 얼마나 영광스런 일이며, 우리 학교 명예를 선양한 일이 되겠습니까? 지도는 우리 윤 선생님이 하셨습니다. 자 박수로 환영하길 바랍니다."

전교생들의 환영은 대단했다. 교문에 프랑 카드를 설치하면서 환영을 해주었다.

"그렇습니다. 이번에 송희가 주장했던 것처럼 사실상 우리 지구환경은 아직도 위험 수위에 방치되어 있는 곳이 많다 하겠습니다. 뉴밀니엄

시대에 즈음하여 우리나라 환경도 많이 좋아졌다고 하나 그동안 국가나 사회 차원에서 산업을 육성시키기 위하여 무차별하게 개발을 하다 보니 오늘날 이처럼 환경이 파괴되어 문제가 심각해진 점도 있다 하겠으나 앞으로는 많이 달라질 것입니다. 우리나라의 경제도 산업도 이 정도 개발을 했으니 이제부터 우려되는 환경에 대하여도 좀 더 실질적으로 치유해 나가도록 선도해야 마땅할 것입니다. 그러자면 우선 교육 현장인 여러분 주위에서부터 하나씩 시작을 해야 되지 않겠습니까? 우리 학교가 웅변대회에서 대상을 차지했으니 환경 운동에서도 대상감이 되도록 앞장을 서야 할 것이며 더불어 다 같이 참여토록 할 것입니다."

송희는 금강산에 다녀와서 윤 선생님과 교장 선생님에게 금강산에서 보고 느낀 점들을 기행문으로 제출을 했다. 북한은 절대 강압적 수단이기는 할망정 환경을 지키는 수단에는 성공적이었다. 물론 교장 선생님도 윤 선생님도 송희의 금강산 관광 기행문을 읽어보시고는 칭찬을 아끼지 않았다.

처음 윤 선생님의 보고를 받으신 교장 선생님은 교장실로 송희를 불렀고, 윤 선생님이 송희를 교장실로 안내를 했다. 송희가 교장실로 들어가자 교장 선생님은 반색을 하며 의자에서 일어나 맞이해 주었다. 웅변대회 이후 교장 선생님이 송희를 기억할 뿐만이 아니라 대견스럽게 여겨오던 터다.

"안녕하세요?"

"어서 들어오너라. 우리 송희가 예뻐졌구나."

교장 선생님은 송희의 등을 쓰다듬어 주며 예뻐해 주셨다.

윤 선생님과 송희는 교장 선생님이 권하는 대로 교장실에 있는 소파에 앉았다. 차도 한 잔 송희에게 대접을 해주셨다.

"우리 송희가 이번에 금강산에 다녀왔다면서?"

"네."

"그래 금강산 환경 관리를 이북 사람들이 어떻게 하는가 잘 보고 왔다고?"

"네."

"금강산은 우리가 생각했던 대로 아름답고 자연 보전도 잘되어 있더냐?"

"네, 무척 경치도 아름답고, 맑고, 깨끗했어요. 무엇보다도 철저한 관리로 인하여 원상 보존이 가능했던 것 같습니다."

"그래 어떻게 관리하고 어떻게 보존하는가 잘 보고 왔겠구나."

"네, 잘 공부를 해 가지고 왔습니다."

"그럼 전교생이 모인 조회 시간에 교장 선생님이 너에게 기회를 줄 테니 네가 직접 금강산을 소개할 수 있겠니?"

"네."

"그래 그럼 그렇게 하자, 우리 송희는 웅변대회에서 대상한 실력이 있으니 충분히 감당할 수 있을 거야."

교장 선생님으로부터 전교 조회 시간에 소개를 받은 송희는 지휘대에 올라가 웅변대회 때 발휘했던 소질을 바탕으로 금강산에 대한 아름답고, 깨끗하고, 기암절벽에 대한 자연의 미를 원형 그대로 잘 관리 보존하는 요령에 대하여, 북한 환경 감시원들의 활동과 적발요령을 상세하게 설명하고, 더불어 처벌 요령에 대하여도 보고 느낀 바대로 낱낱이 설명을 했다. 또 지도 교사 윤 선생님께서는 교장 선생님의 승낙 아래 송희의 기행문을 작은 책자(팸플릿)로 만들어 전교생에게 나눠주기도 했다.

송희의 금강산 기행문은 교장 선생님과 선생님들에게까지 많은 공감을 주었기 때문에 전교생들에게 알리고자 했던 것이다.

그날 이후 송희 학교에서는 뇌관에 불을 댕긴 것처럼 환경 운동이 적극적으로 붐을 타기 시작되었다. 교감 선생님이 학교 차원에서 모든 계획을 수립 실천 방안을 내놓았다.

송희가 웅변대회에서 많은 연사들이 주장한 파괴되는 환경 어떻게 지켜야 하는가 문제 제기에서 치유하는 내용들을 간추렸고, 거기에 강압적 일망정 북한 사람들이 금강산을 관리 보존하는 방법을 세심하게 관찰 기록한 기행문을 포함했다. 또한 송희 아버지의 슬픈 이야기들까지 내용에 기록했으니 전교 학생들에게 공감을 주기에 충분했다.

환경은 우리 생활에 어떤 영향을 미치면서 어떻게 도움을 주고 어떻게 보복을 하는 가도 분명히 여러 학생들이 인식하기에도 충분했다.

신문, 방송에서 매일처럼 환경문제를 보도하며 까발리고 있지만, 국민들의 의식 개혁은 최근까지 별로 달라지는 것이 없지 않은가? 거리를 다니다 보면 담배꽁초 버리는 아저씨들 여전하고, 쓰레기 버리는 아줌마들도 흔히 볼 수 있다. 요즘은 거리마다 떨어진 마스크들이 더구나 눈쌀을 찌푸리게도 하지 않던가?

포스터 공모

　서울 K여자고등학교에서는 환경백서 실천 방안의 하나로 우선 '멸망하는 지구 우리가 살려요'란 주제를 가지고 교내 대항 포스터 공모 대회전을 실시했다.

　"우리 서울은 우리나라 수도이자 정치, 경제, 사회, 문화를 비롯 산업 발전에까지 선도적인 역할을 수행하여 오고 있는 중심도시다.

　이런 과정에서 비현실적인 도시 팽창, 비합리적인 도시 구조 영양평가 등으로 인하여 문화, 교통, 환경 등 많은 문제점들이 발생하고 있지 않던가?

　오랜 세월 동안 우리나라 역사는 비경제 국가 가난한 민족으로 모든 분야에서 후진성을 면치 못한 채, 최소한도의 식생활까지 안정이 되지 않아 오천 년의 세월과 함께 온갖 헛소리를 겪어온 사실이 민족사 역사의 전부였다.

　그런 우리나라는, 60년대부터 경제개발 우선 정책에서 산업부터 육성하자는 제일주의 정책에 따라 집중하다 보니 타 분야에서는 다소 희생이 된 바 없지 않다. 그러므로 우리 서울이 세계의 도시로 우뚝 솟아오르기는 했을망정 균형 있는 도시를 개발함에 있어서는 다소 미흡한 점도 있었다.

그중의 하나가 서울로 집중되는 인구 밀집이요, 둘째가 환경문제며, 셋째가 교통난이라 하겠다. 환경과 교통은 밀접한 관계로서 이것들이 시민 삶의 질 향상에 커다란 저해 요인이 되고 있음은 자타가 공인하는 바다.

이것이야말로 쾌적한 시민 생활을 저해함과 동시에 시민의 건강에 유해 요인으로 오늘날 지적되고 있음도 심각할 정도이다.

무섭게 팽창했던 인구 문제와 더불어 급속히 늘어난 자동차들의 교통도 문제다. 그 자동차들이 뿜어내는 공해로서 매연, 소음, 먼지와 교통 정체 현상은 생지옥처럼 되어갔다. 이것들이 해결되지 않는 한 서울의 발전은 한계가 있고, 서울에서 쾌적한 생활을 할 수 있기를 바라는 마음은 이제 희망사항이 되기도 했었다.

따라서 시민의 건강을 해칠 날도 멀지 않다. 더 나아가 심각한 공해 문제로 인하여 건강을 해칠 수 있는 요인들로 심히 우려되는 바 있었으나 거미줄처럼 지하철을 건설하고 한강을 현대식으로 개발하므로 교통 문제와 환경문제를 해결하지 않았던가? 또 팽창하는 인구 문제도 경기도 일원으로 분산시킴으로 어느 정도 숨통은 틔웠다고 하나 완전히 해결된 문제는 아니었기에 행정 당국을 비롯한 시민, 기업끼리의 협력은 아직도 미흡한 편이고 각종 도시 여건 역시도 충분치는 않다 할 것이다. 강력한 리더십이 부재함으로 그동안 환경문제가 심각하다는 것은 일찍이 깨닫는 바 있었다. 저마다 발생하는 문제점들을 해결하는데 강력한 행정이 실천에 따르지 못하였기에 만족한 효과를 거두지 못했다는 것을 우리 스스로 자인하는 바도 있지 않던가?

　때문에 뉴밀레니엄 시대에 부응 서울의 환경문제에 있어서는 우리 서울시민을 비롯 우리나라 전 국민이 경제와 환경, 문화 등을 균형 있게 발전시켜 새 시대를 맞이해 나가야 한다는 것은 당면 목표라 할 것이다. 밝고 행복한 삶을 누리기 위해서는 자연과 모든 조건들을 접목시켜야 하고 공간 계획의 일원으로 교통, 에너지 정책과 탄소 문제를 수립하여야 한다는 것이 절실한 과제다. 다행히도 지하철이 교통난을 감당을 하고는 있으나 도시 팽창에는 아직도 미흡한 점 없지 않다. 만약의 경우 지하철이 감당하지 않았다면 서울은 교통지옥으로 마비되었을 것이다. 때문에 문화와 복지 수준을 더욱 향상시켜 누구나 살고 싶은 도시로 탈바꿈해 나아가야 한다는 것은 온 시민들의 염원이기도 하다.

　이런 지역공동체로서 모든 구성원들이 구체적인 실천 방안을 구성하자는 의도에 중점을 두고 K여고에서는 그 협력체의 일원으로 광범위한 자료 수집과 설문 조사 현장 견학 등을 실시했다. 견문을 넓혀 가자면 기초 자료를 근거로 K여고 학생들이 할 수 있는 작은 것부터 실천해 나가자는 의지도 거기엔 포함하고 있었다.

　특별 활동 부분에서 일찍이 환경감시반을 조직하여 실시해 왔음은 물론 쓰레기 분류, 환경 지킴이 등 다각도로 작은 것부터 운영해 보았지만 만족했다 보기에는 아직 미흡한 실정이다.

　이점 여러분들도 잘 알고 있으리라 믿으며 그런 취지에서 새롭게 출발하는 첫 단계로 이번에 포스터를 공모하니 적극 참여해줄 것은 물론 훌륭하고 좋은 작품 많이 출품하여 다 같이 동참의 기회를 갖도록 당부 바란다.

　따라서 본 행사를 실시함으로 인하여 나름대로 우리 학교 환경 운동에 좋은 성과가 있도록 각자 노력하여 준다면 이 행사를 주관하는 교장으로서 보람으로 여길 것이다.

한편 우리가 우리 스스로 건전한 국토를 지키는 것은 장래 여러분 세대가 밝고 명랑한 삶을 영위하는데 충분한 보람이 될 것이라 확신하면서 또한 여러분 학생 자신을 위하는 길이라는 것을 깊이 인식하고 깨달아주시기 바란다."

전에 없이 교장 선생님은 설득력 있고, 진지하며 장황하게 말씀하셨다.

이렇게 공모된 작품은 수백 편이 되었다. 보편적으로 이번의 경우에는 학생들의 관심이 많았다는 결과다. 교장 선생님이 조회 때 직접 전교생에게 당부했다는 성과도 있다지만 담임선생들의 독려도 많은 영향력이 있었다. 심사는 환경반을 지도하는 선생님들이 맡았다.

내용은 다양했다.

세계 2차 대전 때 일본 경도에 원자탄이 떨어져서 버섯처럼 풀썩 연기가 피어오르면서 굉음과 함께 검붉게 폭발하는 장면과 바닥에 생명체들이 파괴되고 죽어 자빠진 것들이 즐비하게 늘어져 있는 그림과 함께 아래 표어는,

'생명 멸종. 내 생명도 노린다.'

신호 대기 중에 있는 앞차를 두고, 좁은 공간으로 우회전을 하려는 영업용 택시가 비켜달라고 경적을 사정없이 울리며 험악한 욕지거리와 함께

'빵·빵·빵' 시이발 새끼

자동차(트럭) 시동 걸 때 액셀을 콱 밟아 '부르릉' 소리와 함께 검은 연기가 확 풍기는 장면,

'에따 모르겠다.' 바쁜데 서둘러야지

아줌마들이 주위를 살짝 훑어보며 재빠르게 쓰레기 한 뭉치를 버리는 장면,

'아무도 못 봤겠지. 쓰레기 악취'

강태공들이 저수지에서 고기를 잡는다고 함부로 어질러진 취사도구에 회를 쳐서 먹고 소주병을 까면서 흥청거리는 판이다. 거기에서 나온 쓰레기를 마구 물속에 버리다가 오염되어 옆에서 그중 한 사람이 갑자기 쓰러지는 장면,

'어이구 나 죽어. 자연의 보복. 디스토마'

식품 공장에서 하얀 거품이 하수도로 부글부글 흘러나오는 폐수 장면

'시키는 대로 일일이 어떻게 챙기나, 버려진 양심은 오염으로⋯'

수십 개의 우리 속에 돼지 축산 농장에서 흘러내려 가는 새까만 폐수와 악취를 주인이 내려다보며

'설마 괜찮겠지, 뭐가 어쩔라고⋯⋯.' 염치없는 양심

소주 한잔 걸친 젊은이들 세 명이 몰려가면서 길가에 설치해 놓은 쓰레기통을 발길로 걷어차서 파괴 시켜놓고는

'이까짓게 다 뭐야! ⋯' 실직에 사회 불만

아저씨들이 길바닥에다 담배꽁초를 손가락으로 탁 퉁거 버리고는
'엣 따 모르겠다.' 공연한 화풀이

핫바지 차림의 젊은 여성들이 시시덕거리며 길을 가다가 대로변에 씹
던 껌을 탁, 뱉어버리는 모습,
'에이 모르겠다.' 나도 한 몫을. 몰지각한 버릇

뒷골목 외길에서 승용차끼리 마주쳐서 비켜달라고 양쪽에서 클랙슨
소리
'빵빵, 빠앙 빠앙' 이런 땐 누구의 뚝심이 세냐? 뚝심 대결

유원지에서 행락객들이 먹고, 마시고, 취하고, 노래를 부르고, 춤을 추
고,
'신난다 신나' 오직 이 순간을 위하여 태어난 사람들

여학생들이 전철 승강장에 껌 포장지를 슬쩍 버리는 행위
'귀찮은데.' 버려진 휴짓조각, 버려진 양심

꼬마 어린이들 두 녀석이 먹다가 남은 빵 조각을 획, 길바닥에 버리는
장면
'어른들이 하는 짓 나도 배웠지,' 용용 죽겠지

높은 공장 굴뚝에서 검은 연기가 펄펄 피어오른다.

'미안하지만 할 수 없지' 잘한다 잘해 높이 높이 날아라

주정뱅이 아저씨 남의 집 대문 앞에다 방뇨
'여기가 어디야 어 취한다.' 꼴불견

붉은 피를 흘리며 죽은 사람의 해골을 그려놓고
'내 생명은 내가 지키자.' 환경공해로부터 해방을…

작품의 내용은 이렇게 아주 다양했다. 그중에서도 자동차에 관한 작품이 제일 많았고, 어린이들이 함부로 과자 봉지를 비롯 휴지 버리는 장면도 많았다.

높은 공장 굴뚝에서 나오는 매연이나 폐수를 마구 버리는 장면도 많은 편이다. 주정뱅이 아저씨들 거리에서 방뇨하는 장면도 여러 편 있었다. 그밖에도 다양했다.

작품 내용이 보통 우리 생활 주변에서 흔히 저질러지는 것들이었다. 여학생들의 솜씨이기에 꼼꼼하면서도 선명했다. 보편적으로 성과가 좋았다.

송희는 금강산에서 목격했던 비닐봉지에다 소변을 보는 모습과 그 장면을 북한 환경 감시원 남녀가 같이 바라보고 서 있는 그림이다

'더 이상은 참을 수 없어' 급한 걸 어떻게 해 벌금은 아깝고…….'

철저하게 단속하는 북한 환경 감시원이 무서워, 비닐봉지에다 소변을 들고 다니는 모습이다.

그중에서 특히 관심을 끌면서 특상을 받은 작품이 있다.

섬유 염색 공장에서 흘러나오는 폐수다. 한 시간에 20톤 정도의 양을 장마철을 틈타 방류한다는 것이다. 이런 공장들이 부지기수로 많다. 그 폐수는 경기도 남양주시 일대에 분산되어 있는 공장들에게서 흘러나오는 것들 중 개천을 거쳐 북한강으로 막바로 흘러 들어간다. 이렇게 오염된 물 근처에 있던 고기떼들의 떼죽음은 사람의 생명도 위협한다.

이 장면은 유정이 출품을 했다. 그림 윗부분에는 공장 하수구에서 흘러나오는 시커먼 폐수가 누르스름한 거품까지 쭐쭐 흘러내리는 장면이고, 그림 밑 부분에는 검붉은 팔당댐 물 위에서 폐수를 마시고 하얗게 죽은 고기떼들의 참상이다.

'이 장면을 고발한다.' 화가 난 몰래카메라는 어디든 찾아갈 수 있다…….

물론 이 작품이 특선을 했다. 교장 선생님의 칭찬도 놀라웠다.

"이번 포스터 공모전은 정말 유익했다고 봅니다. 무엇보다도 작품 내용들이 우리 주변에서 보편적으로 쉽게 일어나는 것들입니다. 우리가 우리 생활 주변에서부터 조금씩이라도 생활 습관을 지켜나간다면 아주 불가능한 것도 아닙니다. 우선 우리 학교 주변에서부터 실천해 나가도록 계획을 수립할 것입니다."

여기에 당선된 작품들은 모두 학교 게시판에 전시해놓았다. 전교 학생들이 모두 볼 수 있도록 홍보를 하기 위한 차원이다. 또 팸플릿을 만들어 전교생에게 나누어 주기도 했다.

몰래카메라

이번에 K여고에서 새롭게 만든 특별활동 부서는 몰래카메라 반을 구성했다는 것이다. 특별활동반은 일주일에 전교 1회로 각 학년 각 반에서 자율적으로 3명씩 차출해 교내뿐만이 아니라 일상생활에서도 활동하여 동영상을 모집하기도 했다. 몰래카메라 반은 교사 1명에 학생 3명씩 구성했다. 윤 선생님 반은 송희와 유정, 현숙 이렇게 반에서 3명을 선발했다. 몰래카메라 반은 교외 활동 여건에서 마찰도 있을 수 있어 조심스런 리더십을 요하는 부서이니 남자 선생님이 맡아야 한다고 논란도 있었지만, 윤 선생님이 자청을 했고 교장 선생님도 승낙을 하였다.

쓰레기 분리수거 반은 교내에서 나오는 쓰리기를 분리수거 하는 것으로 되어있고 지킴이 반도 마찬가지다. 환경을 지킨다는 의미에서 화단에 나무나 꽃을 잘 보존하며 잔디 가꾸기, 학교 기물 보존 등에 역점을 두었다.

그런데 몰래카메라 반은 아니다. 교내보다는 교외 활동에서 더 큰 성과가 나타난다. 교내에서 일어나는 사건은 우리 학교 학생들이기에 별로 큰 문제점은 없다고 볼 수 있겠으나 교외 활동을 하다 보면 크고 중요한 사건들이 발생도 했다. 또 상대성이 있어 충돌할 수 있고 다툼이 될 수도 있었다.

섣불리 아무나 할 수 있는 활동이 아니다. 송희는 물론이지만 유정과 현숙은 몰래카메라 반에 선정된 것도 본인 자발적 의사에 윤 선생님이 선택을 했다.

현숙의 생활기록부에 현숙의 아빠는 회사원으로 가정환경 조사서에 기록되어 있다.

그러나 유정의 입장은 달랐다. 유정 나름대로 충분한 이유가 있어서였다. 몰래카메라를 선택한 것도 우연이 아니다.

유정 아빠도 지구환경으로부터 보복을 당한 선의의 피해자다. 앞으로 남은 일생 동안 불편한 몸을 지탱하면서 살아야 하는 불행한 장애인이 되었다. 가장의 불행은 곧바로 가족들에게 이어진다. 우선 먹고살아야 한다는 문제가 발생하고, 가사를 도맡아 책임져야 할 사람이 오히려 가족에게 도움을 받아야 하는 처지로 뒤바뀌니 불편과 그 고통은 두 배로 온다.

아빠들은 밖에서 생업에 종사하다 보니 항상 위험성은 존재하고 있다. 직종에 따라 다르겠지만 건축 현장을 비롯해서 그 위험을 내포한 직종은 천차만별이다.

유정의 아버지는 직업병 환자다. 어느 화학공장 생산 현장에서 일을 했었다. 유정이네 집도 공장 근처에서 오랫동안 살았다. 유정 아버지가 다니는 공장에서 생산되는 제품은 주로 원료로 사용된다.

그중 옥시크린(NA_2, CO_3)은 비누, 세제, 순면 섬유 제품 등 기타 원료로 사용하는 것으로서, 우리 일상생활에 없어서는 안 될 생활 필수품들이다. 생활 친화력 상품으로서 그 기여도가 일상생활에서 절대적인 역할을 한다. 염화 칼슘($CACL_2$)의 화학 약품은 눈을 녹인다. 도로 특히 고개, 비탈길에 눈이 많이 내려서 차량들이 원활하게 통행을 할 수 없을 때 눈을 녹이기 위하여 뿌리는 제설제(濟) 역할을 하는 원료다. 공업용으로 쓰이는 메치 알콜은 인체에 치명적이다.

여름이면 더위를 피하기 위하여 먹고 마시는 빙과류를 만드는데 얼음은 기초 원료가 된다. 어부들이 바다에 나가서 잡아 가지고 온 고기를 보관하려면 부패 방지를 해야 한다. 고기를 얼음 속에 묻어 두어야 부패를 방지하고 생선의 원형에 맛을 유지할 수 있으니 이 또한 우리 생활에 없어서는 안 될 필수적인 역할이다. 이처럼 다용도로 필요한 얼음을 제빙공장에서 화학 약품을 만드는 데 원료로 사용한다.

또 중조(NAHCO3)는 의료 약품을 만드는 원료다. 우리들이 병이 났을 때 병을 고치기 위하여 복용하는 약품을 생산하는 데 원료로 사용하는 제품이기도 하다. 가축을 비롯 짐승들이 먹고살아 갈 수 있는 사료도 이 원료로 만든다. 이 밖에도 공업용을 만드는 메치알콜은 인체에 치명적이다. 주로 에치알콜은 식료용품을 만드는 데 쓰는 원료지만 이런 원료를 생산하는 화학공장에 유정의 아버지가 다녔다.

유정의 아버지는 어느 날부터 조금씩 얼굴이 부었다 내리는 증상이 나타났다. 생활에 쪼들리는 가정 형편에서 그런 증상은 대수롭지 않게 여겼다. 대단찮은 건강 상태에 신경 쓸 겨를이 없던 생활이었다. 이따금 원인을 알 수 없게 몸이 붓는 증상이 나타나다가 그냥 내리기도 한다. 가족들도 대단치 않게 여기던 중 언젠가 좀 심한듯하여 동네 내과의원에 가서 어디 이상이 있는가 먼저 소변을 검사했으나 별다른 증상이 없다고 해 사소한 술병쯤으로 여기고 말았다.

얼마 후엔 피부에 벌겋게 반점 같은 증상도 생겼지만 연고를 바르면 증상이 사라지곤 하였기에 그것도 확 나타나는 것이 아니라서 별로 신경

쓰지 않았다. 결근 없이 직장에 열심히 다녔다. 생산 현장에서는 주, 야간 교대하는 근무 체계에서 정당한 사유 없이 결근은 허락지 않았다. 공장을 그만두는 날까지는 꼬박꼬박 출근을 해야 하는 직업이다. 다른 사람으로 대체가 안 되는 기술적 요인이 동반되는 전문직이다. 이런 생활을 천직으로 알고 유정이 아빠는 그동안 오래 봉직을 했다. 사무직 같은 경우는 내일로 미룰 수도 있다지만 생산 현장에서는 하루 작업량 있기에 내일로 미룰 수가 절대 없다.

유정이 아버지는 때로는 활동이 불편했지만 근래에는 전에 없이 자주 피로가 쌓이고 얼굴이 붓는 횟수가 잦고 온몸에 붉은 반점도 차츰 색깔이 짙어갔다. 동네 내과의원에 찾아가서 다시 검진을 했다. 의사가 전에 없이 고개를 갸우뚱거리며 심각한 표정을 짓는다. 납 중독 증상이란다.

"종합병원에 가서 정밀 검사를 받아 봐야 하겠어요. 직업병인 듯싶은데 정확한 것은 조직 검사를 해봐야 알 것 같습니다."

동네 의원에서 영어로 내깔긴 소개장을 가지고 갔었다. 의사가 묻는 말에 유정 아버지는 공장에서 자기가 하는 일에 자세히 설명도 했다.

청진기로 진찰도 받고, 피도 뽑고, 소변도 받고, CT 촬영도 하고 이틀에 걸쳐 정밀 검사를 했다. 결과는 일주일 후에나 알 수 있단다. 어머니가 제일 걱정을 했다. 어머니는 우선 아버지의 건강보다도 생활을 더 걱정하는 것 같았다. 아버지가 잘못되면 가정생활에 막대한 지장이 있음을 감안한 걱정이었다.

아니나 다를까, 유정 아버지 병세는 염려하던 대로 나타났다. 공장에서 풍기는 분진과 페놀 성분이 폐까지 집착되었단다. 피부에 나타나는 발진도 치료하기에는 증상이 많이 진행되었다는 것이다. 그렇다고 치료를 중단하면 사망률이 높단다. 치료한다고 또한 증상이 좋아지는 것도 아니란다. 그래도 치료는 열심히 해야 된단다.

고질병이다. 유정 아버지가 다니는 화학공장에서 직업병을 얻는 사람도 없지는 않았다. 그러나 설마 했었다. 건강하게 퇴직하는 사람도 또한 있다. 모든 것을 운명으로 믿었다.

유정 아버지가 다니는 화학공장은 인근 주민들로부터도 항상 말썽이 끊일 날이 없다. 소음 때문에 밤에 잠을 이룰 수가 없고 분진을 일으키는 먼지 때문에 옥상에다 빨래를 널 수도 없다. 항상 목이 컬컬하고 숨이 답답하단다.

그래서 인근 주민들이 정부 관계기관에 진정도 했으나 방음벽, 먼지벽 등 예방 시설만 적당히 보수했을 뿐 별다른 대책이 없다. 대책이 있을 수가 없다. 경영주가 돈을 많이 벌어서 공장을 딴 데로 옮겨야 하는데 그 예산이 한두 푼에 해결될 문제가 아니기에 문제 해결이 어렵다. 공장에서 마진은 좋은 사업이라 하지만 공장을 이전하는 예산이 엄청나다 보니 이전 계획은 희망 사항일 뿐이었다. 좀처럼 불가능한 일이었다.

또 대기업이라면 모를까 단일 공장 중소기업인 처지에서는 요원한 희망에 불과하다. 그러니까 주민들과 항상 마찰을 피하지 못하고 옥신각신 티격태격 해결책도 없이 닭싸움하는 격이다. 지역 주민들보다 공장이 먼저 설립되었으니 사실 주민들도 당국에서도 강권을 발동할 그럴 처지가 아니다. 그럴 때마다 당국에서는 양쪽 눈치만 적당히 보면서 그럭저럭 미루어 왔으니 승자도 패자도 없이 끝도 없는 다툼이 되었다.

더 증세가 심하면 죽는다는데 계속 공장을 다닐 수는 없지 않은가. 결국 유정 아버지는 공장을 그만두었다. 퇴직금을 포함하여 치료비 조로 다소 보상은 받았다지만 기대치에는 너무나도 형편이 없었다. 세상에 이게 치료비라고 주는 거야, 기가 찼던지 유정 어머니는 치료비를 받아들고 눈물을 펑펑 쏟았다. 유정네의 가사 생활은 막연했다. 그냥 곶감 빼 먹듯이 병원 치료비와 생활비로 일 년을 지나고 나니 그럭저럭 퇴직금도 바닥이 드러났다. 이대로는 더 이상 견딜 수가 없었다. 궁리 끝에 어머니가 시작한 것이 작은 점포에서 빵 장사였다. 워낙 소규모이다 보니 아버지 병치레와 생활비 감당이 빠듯했다. 그저 두 사람 어머니랑 아버지랑 매달려서 인건비 뜯어먹고 살아가는 정도다.

아버지의 병은 더 이상 진행되지 않는 것만으로 다행이라 여길 뿐이다. 거기엔 치료비가 상반된다.

아버지가 이렇게 불치 직업병에 시달리는 것을 유정은 똑똑히 보며 고통을 같이 나누고 있다. 그러기에 지구환경에 대한 유정의 인식이 남과 다른 점도 여기에 있다.

유정이 중학교 때 급우들이 이 사실을 알고 모금까지 했던 일도 있었다. 유정은 이토록 가슴 아픈 사연 앞에서 환경 운동은 누구보다도 절실하게 관심이 많았다.

"몰래카메라 활동은 우리 학교가 모험으로 실시하는 환경 저해 사범 암행 감찰 활동입니다. 학생 여러분께서는 적극 동참하여 주기 바라고 행여 여기에 적발되어 불이익을 받는 경우가 없도록 각별히 주의하여 주기를 바라겠어요.

카메라에 잡히는 학생은 행위에 따라 엄중하게 처리할 것을 분명히 이 자리에서 약속하는바 단속에 적발되지 않도록 주의하여 주기를 바라고요, 교장 선생님이 특별히 부여한 임무이니만큼 대상 업소와 절대 충돌이 있었어도 안 된다는 것을 차제에 주의를 바랍니다."

교장 선생님도 몰래카메라 반에 관심을 갖고 각별하게 힘을 실어 주었다.

"우리는 수사권을 부여받은 기관도 아니고, 사회에서 인정을 해주는 조직도 아니란다. 우리들의 활동은 그저 예방에 그칠 뿐이다. 그 자료를 가지고 우리 교내에서 활용, 모든 학생들에게 지구환경에 대한 인식을 고취 시켜주는 역할로 만족해야 할 것이다. 즉 자료용이요, 예방 홍보용이지 수사용은 아니란 점이다. 무리가 없도록 할 것이고, 마찰을 피하는 방법으로 활동을 해야 한다.

도저히 묵과할 수 없는 엄청난 사건이라면 학교 차원에서 충분히 검토한 후, 환경 당국이나 수사기관과 협조하여 조치토록 할 것인바 우리 몰래카메라 반에서는 절대 주민 내지는 공장 관계자들과 마찰이 되지 않도록 각별히 주의하고 노출시키지 말고 지혜롭게 활동해주기 바라겠어요?"

막상 몰래카메라 반을 발족시켰지만 윤 선생님은 우려되는 바가 컸다. 우선 아무런 보장이 없다. 또 여학생들에게는 임무가 벅찬 활동이다. 주민이나 공장 사람들하고 마찰이라도 생기는 경우에 학교 차원에서도 수습하기가 매우 애매하고 처리가 곤란하다. 어떤 경우에서는 사회적으로 상당한 물의를 일으킬 가능성도 있었다.

그러나 이왕에 시작했으니 본래의 취지대로 실시는 해봐야 한다. 활동도 해 보지 않고 걱정부터 해서도 안 되는 일 어떻게 보면 우스운 꼴이 될 수도 있다. 조심스럽게 해 보자고 윤 선생님은 주문을 했다. 그래서 성과도 올리고 보람을 거둬보자고 다짐도 했었다.

"그래 우리 열심히 해 보자. 우리의 생존을 위하여 환경을 지키자는데 여기에서 더 좋은 명분이 어디 있겠어."

송희, 유정이, 현숙은 다짐했다.

K여고 교정에 목련화도 개나리꽃잎들도 다 떨어지고 벚꽃들이 꽃망

울을 터트리기 시작하는 어느 날이다. 양지바른 잔디밭에 앉아서 봄의 향기를 즐기던 현숙과 유정과 송희는 이런 다짐을 하면서 각자 소망을 이야기했었다.

"우리 세 사람은 앞으로 어떠한 경우에서도 우정을 변치 말자. 여성으로 태어났다고 해서 조금도 소외감을 갖지 말 것이며, 국가와 사회 건강한 가정을 보존하기 위해서도 최선의 노력을 하자. 그 의미로 더불어 각자 미래의 희망을 이야기해 보자. 물론 여기에서 밝힌 희망을 반드시 성취하기 위하여 각자 최선을 다해야 할 것이고 마땅히 실천해야 할 것이다.

유능하면서도 고급스런 재질을 소유하고 있는 고학력 출신 여성들이 결혼과 함께 가정에 머물고 있다는 것은 바람직하지 못한 현실이다. 또한 우리 여성들도 사회 활동에 적극 참여 건강한 사회발전에 기여 각 분야에서 각자 제도개선에 동참해야 할 것이다. 고급 여성 인력들이 가정에서 머물고 있다는 것은 국가나 사회적인 입장에서 엄청난 낭비라 할 것이다. 또한 자기 몫을 찾아야 할 우리나라 여성들이 스스로 자기를 포기하고 있는 형편이다. 사회적인 입장에서 전문지식을 가진 여성들이 참여해야 할 곳은 너무나도 많다. 꼭 남성들만이 해야 한다는 고정 관념은 이제 깨야 한다. 대부분의 여성들이 가정으로 깊숙이 빠진 채 나태해지는가 하면 재능을 상실해 버리고 있다는 것은 너무나도 안타까운 손실이다.

때문이다. 이런 모순을 우리 세대들이 깨부숴서, 현재 낙후된 여성들의 지위를 향상해야 할 것이고 우리가 선도적인 역할을 담당해야 마땅할 것이다. 그 희망을 꽃피우기 위하여 우리 다 같이 맹세를 하자."

현숙의 제안은 전에 없이 심각하고 진실했다.

"그래 우리 현숙의 말대로 그렇게 하자. 우선 우리들의 우정을 오래도록 지키는 것이 중요하고 그 우정을 지키기 위하여 이 자리에서 우리 장래 희망을 말해보자. 강력한 리더가 있으면 대중은 따라오게 마련, 우리나라 여성들에게 모두가 모범이 되도록 우리가 앞장서자."

송희도 중요하게 받아들인다.

"나도 열심히 노력할게."

"그럼 현숙이 먼저 말해봐?"

송희가 현숙을 가리켰다.

"나는 생명 공학을 연구해서 환경이 주는 영향이 인체에 어떤 변화를 가져오는지 밀접한 그 친화력에 교두보 역할을 담당할 것이며, 상호 공존할 수 있는 밀접한 학문을 개발하는데 일익 정진을 해 볼까 해."

유정과 송희는 희망을 이야기하는 현숙에게 짝짝 박수를 쳤다.

"다음은 송희가 말해봐?"

"나는 의학을 전공해서 신체를 좀먹는 바이러스 퇴치에 전념해 볼 것이며 불치병을 앓고 있는 유정이 아버지와 같은 병을 퇴치하기 위하여 반드시 신약 개발에 전념을 해 볼 거야. 거기에다 유전 공학을 연구하여 모든 생물이 질병에 시달리지 않고 장수하면서 삶을 영위할 수 있도록 해볼거야."

"그래 송희야 꼭 성공을 빈다. 그래서 고질병으로 고생하는 사람들을 위하여 고통을 덜어 준다면 얼마나 좋겠니!"

현숙과 유정은 손을 잡고 감격해 한다.

"다음은 유정이 차례다."

송희는 유정을 바라본다.

"나는 법조인이 될 거야. 반드시 환경을 지키는 수사관이 되어 자기

이익만을 추구하기 위하여 얌체같이 환경을 저해하는 무리들을 이 땅에 발을 붙이지 못하도록 하되 환경을 해치는 행위가 얼마나 나쁜 짓인가 정의롭게 일깨워 주도록 할 꺼야."

유정은 손을 꼬옥 쥐며 암팡지게 포부를 이야기한다. 송희와 현숙은 유정의 희망 이야기를 심각하게 받아들였다.

"그래 유정아, 네 심정 이해가 간다."

이렇게 송희와 유정과 현숙은 새끼손가락을 걸고 엄지로 도장을 찍으면서

"우리들이 약속한 희망을 반드시 꽃피울 때까지. 야 호…!"

동시에 외쳤고 그때 현숙은 환한 미소를 띠며 유정의 희망 이야기를 의미심장하게 받아들였다.

몰래카메라 반은 우선 교내 활동부터 시작했다. 아무 곳에나 휴지 등을 버리는 학생들을 대상으로 카메라에 잡았다. 청소 후 쓰레기 처리문제, 교내에서 흡연하는 학생들, 왕따 행위와 폭력행위까지도 카메라에 잡았다. 일거리는 찾으면 얼마든지 있었다.

학교에서 적발되는 학생은 윤 선생님이 직접 불러서 본인에게 주의를 상기시켜주는 경우도 있고, 해당 학생 담임선생님에게 선도를 위임하는 경우도 있었다. 두 번 이상 걸리는 학생들은 교내 학칙에 의하여 징계했고, 그 결정에 따라 화장실 청소로 체벌을 하거나, 기타 사역으로 체벌을 하는 경우도 있었다.

불량 학생들은 각자 저지른 행위에 무게를 두어서 정상을 참작한 다음 정도의 차이에 따라 학교에서 조치하기로 했다. 더구나 망신스러운 일이 적발된 학생들에겐 학교 게시판에다 사건에 관련된 사진을 전시해서 공개하기로 했다.

심지어 벌점 제도로 성적에 반영하겠다는 서릿발 같은 교장 선생님의 의지도 있었다. 당연히 선행 학생도 게시판에 올라갔다.

몰래카메라 반은 교장 선생님의 특별지시 사항이니 교내 활동에 시행에 차질이 없고 착착 진행되어 갔다. 올바르고 정당한 리더십에는 독선적이라 하더라도 대중이 따르게 마련이다.

K여자고등학교에서는 강력한 교장 선생님의 의지에 따라 환경백서와 함께 실천 강령을 발동한 지 불과 1개월도 안 되어서 몰라보게 달라졌다. 보고 관찰하는 것부터 한 가지 한 가지 학생들의 말과 행동과 품행이 달라졌다. 환경 차원을 떠나 정화 차원까지 효과를 거뒀다.

그러면서 교실에는 먼지 하나가 묻어나지 않고 유리창과 교실 바닥이 반질반질 윤이 났다. 운동장이나 정원에 휴짓조각이나, 껌 쪼가리 하나 볼 수 없었다. 정원에 잔디나, 꽃들, 그리고 나무들도 보호가 되면서 녹색으로 어우러지는 학교가 싱싱하게 펼쳐지고 있었다.

휴지나 쓰레기를 자기 것은 자기가 버리고, 버려진 쓰레기와 휴지나, 껌 따위들이 있으면 보는 학생이 먼저 줍고, 그런 학생들을 선행 학생으로 몰래카메라에서는 영락없이 촬영해서 지도 선생님께 보고를 드리면 선생님들은 그런 학생들의 공로를 엄격히 선정하였고 표창장과 재생노트로 상품을 시상도 하며 상벌 규칙을 시행하니 모두가 자발적으로 참여도가 높아갔다.

평상시 생활 태도에서부터 스스로 지키고, 가꿔 나가는 생활 습관에 따라 청소를 따로 할 필요가 없었다. 일천여 명의 학생들과 선생님들이 '꼭 하자, 하면 된다'는 사고방식과 행동을 일치해 한 사람의 움직임처럼 일사불란하게 화합을 유도해 나갔다.

뜻이 모아지고, 마음이 모아지다 보니 선생님들도, 학생들도 모두 학교생활에 보람과 즐거움을 갖게 되었다. 선생님들은 학생들에게 한 문제라도 더 열심히 가르치려고 노력하고, 한 문제라도 소홀히 하지 않고 챙기고 배우려는 학생들의 자세가 몰라보게 실력으로 향상되면서 명문의 전당에서 우수한 인재들이 내일을 향하여 쑥쑥 자라나고 있었다.

교내에서부터 시작했던 활동은 본래의 취지보다 더 많은 성과를 얻었다. 여기에서 힘을 받은 몰래카메라 반에서는 욕심이 생겼다. 이젠 교내에서는 별로 활동할 것이 없었다. 활동 범위를 광범위하게 넓혀 보자는 의견들이다.

처음에는 망설였지만 교외 활동에도 차츰 관심이 가는 대목이었다. 일부 선생님들의 반대도 있었지만, 좋은 취지를 그냥 녹슬게 할 수는 없다는 주장이다. 학생들은 공부, 선생님들의 업무에도 별다른 지장이 없다면 해 볼 수도 있다는 조심스런 반응도 있었다. 취지가 좋으면 살려야 한다는 것이 지배적인 여론이었다.

이렇게 다수의 의견이 모아지자 교장 선생님까지도 말리지 못했다. 반대하는 일부 선생님들에 의하여 갑론을박 진통도 겪었지만 결정권자인 교장 선생님이 몰래카메라 반에 손을 들어주면서 물꼬를 텄다. 누구보다도 몰래카메라 반을 대변하는 윤 선생님의 설득력 있는 주장이 받아들여졌다.

드디어 교외로 범위가 넓혀져 나아갔다. 등, 하교 시간인 일상생활을 주로 이용했지만 토요일 같은 경우는 각자 여가 시간을 이용하기도 했다. 그것도 공부에 지장이 없는 한…….

이 방침은 물론 강요가 아닌 극히 자율적인 분위기에서 이루어져야 한다고 했다. 3학년생들은 입시 준비로 당연히 제외다. 2학년생들도 뜻이 있는 학생들만 참여했다.

주로 1학년생들이었지만 밖에서 몰래카메라에 잡혀서 들어오는 사건들은 다양했다. 공장에서 뿜어 나오는 매연, 공장에서 하수도로 몰래 흘려보내는 폐수, 자동차 정비 공장에서 늘어놓은 똥차들의 행렬, 축산 폐수, 농부들이 들판에서 제초제와 과수원에서 마구 뿌리는 살충제 등 도시와 농촌을 망라해서 환경을 해치는 행위들은 엄청나게 많았다.

학교의 방침이 세워지자 송희도, 유정도, 현숙도 적극적으로 활동하기 시작했다.

마찰

토요일 오후다. 선생님들은 모두 퇴근한 뒤였다. 교무실은 텅 비었다. 따르릉따르릉 전화벨이 요란하게 울린다.

"여보세요?"

혼자서 잔무를 처리하고 있던 일직 선생님이 수화기를 들었다.

"거기가 K여자고등학교 맞습니까?"

상대방의 목소리는 가는 목소리답지 않게 무게가 있었다.

"네 맞습니다. 그런데요?"

"2학년 중에 송희란 학생과 유정이란 학생 그리고 현숙이란 학생 있습니까?"

K여자고등학교에서는 누구보다도 송희에 대하여는 선생님들을 비롯해서 학생들까지도 모르는 사람이 없을 정도였다.

"네, 있습니다. 왜 그러시죠?"

"그 학교는 몰래카메라 반이란 것도 있습니까?"

이상하다고 생각한 선생님은 고개를 갸우뚱했다.

"네, 있습니다. 왜 그러시는 거죠?"

"그렇습니까. 그런데 도대체 몰래카메라 활동이 뭐 하는 겁니까?"

비아냥거리는 상대의 목소리가 전화 수화기를 통해서 들려온다. 선생님이 듣기에 아주 불쾌했다. 그러나 솟구치는 감정을 억제했다.

"우리 학교 특별활동에 속해 있는 환경부서입니다."

"당신네 학교가 무슨 수사관청이라도 된다는 것입니까?"

"무슨 말입니까. 용무가 있으면 학교로 찾아와서 말씀하세요."

"우리가 찾아갈 것이 아니라 당신들이 이리로 와서 이 학생들 꼴 좀 보세요."

일직 선생님은 가슴이 철렁했다.

"그 학생들 좀 바꿔주세요?"

"그렇게는 할 수 없습니다. 우리는 당신들 같이 한가한 사람들이 아닙니다. 오기 싫으면 그만둬도 됩니다."

"거기가 어디입니까?"

선생님은 다급하게 물어보았다. 송희를 비롯해서 유정과 현숙의 신변에 무슨 일이 생긴 것이 틀림없어 보였다.

"여기는 ○○섬유 염색 공장입니다. 오려면 오고 당신들 맘대로 해요."

"알았습니다. 기다리세요."

일직 선생님은 수화기를 다급하게 내려놓았다. 그리고는 교감 선생님께 전화를 했다. 마침 집에 있었다.

"송희를 비롯해서 몰래카메라 반이 지금 무슨 일이 있는 것 같습니다. 어떻게 해야 하지요?"

"학교에 누구 있습니까?"

교감 선생님도 심각하게 받아들인다.

"아무도 없습니다. 저 혼자 당직을 하고 있는 중입니다."

"그럼 담당 윤 선생님께 연락을 해 보세요. 만약에 윤 선생님에게 연락이 안 되면 다시 나한테 연락을 하세요."

"알았습니다."

연락을 받고 ○○섬유 염색 공장에 윤 선생님이 도착한 시간은 저녁 8시가 넘어서였다. 구리시 변두리 산자락에 자리 잡고 있었다. 동네하고 약간 떨어진 곳이라서 그런지 사방이 컴컴하고 주위 분위기가 스산했다. 급히 서둘러 왔지만 거리도 멀고 몹시 교통도 막혔다. 찾노라고 얼마 동안을 헤매기도 했다. 그때는 내비게이션이 유감스럽게도 없었고 손전화도 특수층만 사용하던 시절이다.

어린 여학생들 신변에 무슨 일이 꼭 생긴 것만 같은 예감이 든다. 또 신변에 무슨 일이 생겼다면 오랜 시간 동안 얼마나 그들에게 당했을까 걱정스럽기도 했다.

부랴부랴 공장을 찾고 보니 이미 철문이 굳게 닫혔다. 퇴근 시간 후라서 공장이 조용했다. 혼자이고 더구나 인적이 없어 그런지 다소 적막감이 들고 위압감이 들기도 했다. 그러나 지금 윤 선생님의 머릿속에는 오로지 송희를 비롯한 학생들의 일신상에 대한 안전이 불길했다. 수위실을 향하여 소리쳤다.

"여보세요 누구 없습니까?"

마침 수위실에 사람이 있었다.

"무슨 일예요?"

귀찮다는 듯이 얼굴만 내밀고 안에서 대꾸한다.

"K여고에서 왔습니다."

"무슨 일로 왔습니까?"

수위실에서는 영문을 잘 모르겠다는 듯 시침을 뚝 뗀다. 방문 취지에 대하여 간단하게 설명을 듣고 난 당직 수위는 처음은 모두들 퇴근했다고 발뺌을 하다가 문제의 심각성을 깨달았음인지 마지못해 총무부장 실로 안내를 한다. 사무실 한구석에서 불안에 떨고 있던 송희, 유정, 현숙은 윤 선생님이 들어오자 반색을 하는 눈치로 울먹거린다.

서로 마주 볼 수 있도록 늘어놓은 테이블들 머리맡에 조금 큰 테이블이 상석에 놓여있다. 그 테이블 앞 의자에 혼자 앉아서 서류를 들추고 있던 사내가 윤 선생님이 들어서자 한번 힐끔 훑어보고는 다시 서류를 훑어본다. 사무실 안에 테이블들이 놓여 진 분위기도 그렇다지만 명패가 총무부장 보직을 설명해 주고 있었다.

윤 선생님은 먼저 송희와 유정이 현숙과 눈으로 인사를 나눈 다음 그 자 앞으로 나섰다.

"K여고에서 왔습니다."

그자는 인사를 하는 윤 선생님을 쓰윽 거들떠보고 난 다음, 보고 있던 서류를 덮어놓고, 자세를 윤 선생님 쪽으로 고쳐 앉는다.

"K여고에서는 학생들을 어떻게 가르치고 있기에 학생들이 이토록 건방을 떠는 겁니까?"

목에다 힘주고 거들먹거리는 모습은 비위가 상할 정도요, 그자는 처음부터 시비조였다.

"웃기 다니오, 누가 누구를 웃긴다는 거며 무슨 말씀을 하십니까?

윤 선생님도 맞대응했다. 여자라고 깔보는 것이 더구나 불쾌했지만 학교를 대표해서 왔으니 막중한 책임의식도 있었다. 또한 학생들의 신변을 보호하는 차원에서 여자라고 위축되어서는 안 될 것만 같았다.

"그럼 웃기는 것이 아니면 저 애들이 무슨 수사관이라도 된다는 겁니까?"

그자는 대뜸 역정을 냈다. 눈을 똑바로 뜨고 대드는 태도가 상대를 완전히 억압하려는 고자세다. 윤 선생님은 송희를 비롯해서 학생들에게 물어보지 않아도 뻔했다. 몰래카메라를 들이댔다가 공장 사람들에게 들통이 난 모양이다. 그래서 잡혀 왔을 것이 뻔하다.

"저 애들은 비록 학생이지만 환경 차원에서 특별활동을 하고 있는 겁니다."

"그렇다고 학생들이 남의 공장에 와서 사진을 찍기도 하며 건방까지 떱니까?"

그자는 갑자기 언성이 높아졌다. 송희를 비롯해서 유정과 현숙은 선생님이 그자에게 망신을 당할까 봐 긴장을 한다.

"환경을 지키는 사업에 담당이 따로 있고, 수사관이 따로 있으며, 학생이 따로 있습니까?"

"그렇다고 남의 공장에 와서 행패를 부립니까, 학생 주제에."

"학교에서 숙제를 내주었습니다."

선생님은 학생들의 책임 관계보다는 학교 차원으로 책임 한계를 확대했다. 책임을 저도 윤 선생님 자신이 지겠다는 것이다. 당당하게 나섰다.

"이 선생님이 웃겨도 한참 웃기는군."

그자는 기가 찬다는 것이다. 그래서 말문이 막힌다는 것이다.

"웃기 다니오, 누가 누굴 웃긴다는 겁니까. 말조심하세요."

윤 선생님은 언성도 높이지 않고 차분하게 발음도 또박또박 분명했다.

"웃기지 않으면 울기라도 한다는 겁니까?"

그자는 비아냥조로 돌변한다.

"그래 어떻게 하겠다는 겁니까, 말씀해 주세요?"

"당신 망신당하고 싶어, 학생들 앞에서…… 한번 망신을 줘 볼까?"

분위기는 아주 험악해졌다. 이제 그자는 우격다짐이었다.

"해 보시지요. 어떻게 하는 것이 망신인가."

윤 선생님도 역시 당당하게 맞섰다.

"진짜 못 말리겠네, 뭐 이런 경우가 있어."

그자는 얼굴이 울그락 불그락 했다. 선생님도 얼굴이 몹시도 상기되어 있었다.

"못 말리는 것은 공장 측이네요. 맘대로 해 보세요."

"보자 보자 하니까 정말로 못 봐주겠네."

그자는 역시 흥분한 자세였다. 선생님 역시 한 치도 물러나지 않았다.

"학생들을 이렇게 몇 시간씩 감금해도 되는 겁니까? 책임질 수 있어요?"

이번에는 선생님 쪽에서 공격을 했다.

"이게 감금입니까."

"아니면 보호라도 해주었다는 겁니까?

"그럼요, 신병 인도 관계 때문에 학교로 연락을 했던 겁니다."

"정말로 못 봐 주겠네요."

선생님은 전에 없이 앙칼졌다.

"가자. 얘들아!"

선생님은 학생들을 바라보며 그자 앞에서 돌아섰다. 그리고는 한마디 더 했다.

"우리 갈 거예요, 멋대로들 해 보세요. 대신해서 우리 학생들 감금한 사실에 대하여 책임은 분명히 져야 할 것입니다."

선생님은 휙 돌아서서 나왔다. 학생들도 따라 나왔다. 그자는 머뭇머뭇하고는 어정쩡하게 서 있다. 다툼은 결론도 없이 끝이 났다.

"댁에 같은 사람하고 더 이상 이야기하고 싶지 않으니 볼일이 남았으면 학교로 연락하세요. 우리도 학교에 가서 다시 한번 대책을 숙의해 보고 연락드리겠어요. 이렇게 끝내지는 않을 거예요."

선생님은 몰래카메라 반 학생들을 데리고 공장을 나왔다. 학교에 와서 이튿날 교장 선생님께 이 사실을 자세히 보고를 드렸다. 공장에서 흘리는 폐수를 카메라로 찍으면서 시비가 생겼단다. 그리고 선생님들과 대책을 의논도 했다. 수사당국에 고발하자는 의견도 있었고 좀 더 공장의 태도에 관망을 해 보자는 유화적인 의견도 있었다.

학교에서 공장을 상대로 고발할 수 있는 법률적인 죄목은 학생들을 불법 감금했다는 것이고 폐수를 흘려보낸 사실에 대하여도 고발할 수 있는 죄목은 충분하다. 반대로 공장에서 학생들을 상대로 고발할 수 있다는 죄목은 공장 무단 침입이다. 허락 없이 공장 울타리 안을 들어갔으니 큰 죄는 아니라 해도 걸면 코걸이가 될 수도 있었다.

이런 법률적인 논란이 있은 후 결론은 교장 선생님이 내렸다. 공장 측의 태도에 의하여 대응을 하기로 했다. 학생들의 입장에서 고발 쪽보다는 선도 쪽으로 활동을 해야 마땅하다는 결론이다. 송희와 유정과 현숙도 윤 선생님과 교장 선생님이 내린 결론에 내심 섭섭도 했지만 수긍하고 말았다.

"이번에 고생들 했지. 위축되지 말고 앞으로도 열심히들 해봐. 교장 선생님이 힘껏 도와줄 테니."

송희와 유정이 현숙의 등을 어루만져 주며 교장 선생님은 격려를 하여주었다. 교감 선생님도 칭찬을 해주었다.

"수고들 했다. 어쨌든 훌륭한 일을 한 거야."

숨어있는 칼날

저녁 9시 뉴스다. 텔레비전 방송에서 보았던 사건이었다. 팔뚝만 한 고기떼들이 한강 물 수면에 허옇게 떴다. 원인은 공장 폐수로 밝혀졌다.

'이렇게 버려지는 양심과 무책임한 시민의식으로 한강 물이 언젠가 속수무책으로 오염되는 날 저토록 처참하게 죽어간 고기떼와 마찬가지로 우리 시민들도 저런 모습으로 죽어가지 않는다고 누구도 보장할 수 없다며, 현지를 취재하고 개탄하던 기자의 모습이 우리들 머릿속에서 떠나지 않던 어느 날이다.

남양주시 어느 변두리다.

"송희야 저기 좀 봐."

현숙의 손가락이 멀리 산모퉁이 으슥한 곳을 가리킨다. 높은 굴뚝에서 검은 연기가 펑펑 솟아오르고 있다.

"그래 우리 가보자."

유정이 서둔다.

송희가 찬성을 했다. 송희, 유정, 현숙은 굴뚝에서 연기가 나는 쪽을 향하여 가까이 갔다. 카메라도 이상이 없는가 점검을 했다. 연기가 나는 공장은 산자락이 가려 시내나 도로 쪽에서는 잘 보이지 않는 위치에 으슥하게 자리 잡고 있었다.

공장은 작은 규모가 아니다. 땅 2천 평 정도의 규모에 크고 작은 건물들이 여러 개나 있었다. 슬레이트로 지붕이 얹힌 것으로 보아 건물이 오래된 듯싶다.

'D화학공업 주식회사'라고 정문에 간판이 붙어 있다. 유정은 잽싸게 간판을 필름에 담았다. 그리고는 얼른 가방 속에 카메라를 감추었다. 검은 연기가 한참 동안 나오던 굴뚝에서는 이젠 하얀 연기가 나온다.

송희 일행은 검은 연기가 나올 때 카메라를 작동시키자고 서둘진 않았다. 어깨에 걸머멘 가방 속에 카메라는 숨겨놓고 있었다.

"우선 공장 둘레를 살펴보자."

현숙의 의견대로 공장 둘레를 살금살금 살펴보았다. 대개의 화학 공장들이 공해의 주범이 되는 경우가 많다. 그동안 몰래카메라 활동을 하다가 얻은 경험이다.

공장은 산자락 밑에 있었다. 주변에는 밭도 있고, 조금 떨어진 곳에는 논도 있다. 이 근처 공해는 이 공장에서 유발하고 있음이 자명했다. 꽃을 꺾고 풀잎을 따는 척하고 각자 세 사람은 공장 주변을 살금살금 맴돌았다.

"야, 이리와 봐."

현숙은 작은 목소리로 살짝 부르더니 손목을 까딱까딱하며 오라고 신호를 한다. 송희와 유정은 잽싸게 현숙에게로 다가갔다.

"이거 봐."

현숙이 내려다보며 가리킨 곳은 PVC 파이프가 땅속에 살짝 묻혀서 모습을 숨긴 채 하얀 거품이 섞인 거무스레한 물을 콸콸 뿜어내고 있었다. 작은 도랑엔 수풀이 우거져 있어서 자세히 살펴보지 않으면 발견되지 않을 정도로 은폐되어 있었다.

폐수는 공장에서 100m 정도만 흘러내려 가면 조금 더 큰 개천으로 합류된다. 거기에선 어느 공장 어느 도랑에서 흘러내린 폐수인지 누구도 분별할 수가 없다. 하얀 거품과 검스레하게 흘러내리는 물은 폐수가 틀림없다.

폐수를 뿜어내고 있는 PVC 파이프는 직경 150밀리미터 정도 된다. 그 파이프에 하얀 거품과 함께 뿜어내는 폐수의 양이 때로는 꽉 차서 나오고 때로는 그 이상도 된다. 이것은 작은 양이 아니다.

이 폐수는 작은 도랑과 개천을 세 번 거치면 큰 개천과 합류가 되고 그 개천이 일천 만 서울 시민과 인천을 비롯 경기도 사람들 2천만 명이 마시며 생활하는 북한강으로 버젓하게 흘러 들어간다.

이런 폐수들이 한강의 생태계를 파괴시키고 인간의 생명을 위협하는 존재의 원인이 되고 있다. 이런 행위는 생태계 및 인간의 생명을 경시하는 정도가 아니라 간접살인 행위도 분명하다. 요즘 정부에서는 밀레니엄 시대를 맞아 생태계 보전지역, 상수도 보존지역, 생산녹지 보존지역 등을 위한 새로운 정책을 내걸고 또 지정하면서 철저하게 단속하고 있었다.

그런데 몰지각한 일부 기업에서는 정부의 강력한 방침도 무시한 채 너희들 떠들고 싶으면 맘대로 떠들어보라며 그래도 우리는 한다는 태도다. 생활 폐수와 공장 폐수들을 정화할 수 있는 정부 차원의 시설 유도가 아직 미개발되었을 당시이기에 특히 공장 같은 경우는 업주 차원에서 각자 해결을 해야 할 판이다. 다시 말해서 하수도 처리문제가 한참 정부 차원에서 정책적으로 대두될 무렵이기도 했다. 이런 차원에서 환경부가 개설되었고 정부 예산으로 대대적인 정화조 시설이 건설 중에 있기도 했다. 즉 시기적인 차원에서 특히 공장들이 요령껏 폐수 처리를 하던 시기이다. 아무튼 정부 차원에서 환경오염을 심각한 문제로 여겨 법으로서 금지한 사항들이다. 그래서 양심적인 기업인들은 최대한으로 정화조 시설들을 설치 사용하기도 했지만 얌체 족속들은 이마저 적당히 눈속임으로 공장을 운영하는 자들이 많았다.

아무튼 이따위 행위들을 소규모 공장들이 양심의 거리낌도 없이 저지르고 있을 무렵이기도 했다. 함부로 눈속임을 자행해도 행정 당국의 솜방망이 취급으로 적당한 오염불감증 증세로 넘어가기도 했지만, 범죄 행위가 적발될 경우에서는 적당하게 다루어지기도 했지만 때론 엄하게 처단도 되었다.

주무 당국에서는 당국대로 주기적으로 정책만 내걸고 언제나 생색만 낼뿐 실천하는 데 실효성은 별로 없었던 시대적 상황이었다. 일부에서는 왜 이런 파렴치한 사범들을 색출하지 못하고 강력하게 단속을 하지 못하는지 이해가 되지 않는 경우도 있었으니 국민의 원성이 될 수밖에 없었다.

송희, 유정, 현숙들의 몰래카메라가 이런 차원에서 활동을 하게도 되었고, 고발을 당했다 하면 문제는 커지고 공장 업주는 처벌을 받았다.

"이건 분명 특종이지."

현숙은 의기양양해 신나게 카메라 동영상을 돌리고 있다. 여전히 검은 거품을 뿜어내는 폐수는 오히려 양이 늘어가고 있다.

"그래 이것은 분명 특종 감이야, 그리고 이건 현숙의 공로야."

송희도 신이 났다. 정면, 측면, 후면 카메라를 돌려가며 정밀하게 찍어냈다. 증거 자료를 만드는 데 충분했다.

송희와 유정이 현숙은 신이 나서 돌아서 나왔다.

"야, 저 굴뚝 좀 봐."

유정은 굴뚝을 손으로 가리킨다. 하얀 연기가 뿜어 나오던 조금 전과는 비교가 안 될 정도로 새까만 연기가 쿨럭쿨럭 뿜어 나와 검은 구름처럼 하늘에 번지고 있다.

가방 속에 들어있던 카메라를 재빠르게 작동시켰다. 만약에 들키면 큰일이다. 빨리빨리 카메라 작동을 마쳐야 된다.

그때다. 신바람이 나서 움직이는 학생들을 향하여 경비원 아저씨가 소리치고 헐떡거리며 달려오고 있지 않던가?

카메라를 가방 속에 잽싸게 숨겼다. 그리고는 시치미를 딱 떼고 길로 나왔다.

"너희들 여기서 뭐 하는 거야?"

경비 아저씨는 가쁜 숨을 몰아쉬며 눈을 똑바로 뜨고는 몹시 흥분하고 있다.

"여기서 식물 채집을 하고 있었어요."

시치미를 딱 떼고 현숙은 대꾸를 했다.

"너희들 카메라를 가지고 있지?"

아저씨가 다그친다.

"아뇨."

"너희들 여기서 뭐 했어?"

"아무것도 안 했어요."

"그럼 너희들이 왜 여기 있느냐 말야?"

"저희들이 있을 데가 따로 있습니까?"

이젠 현숙이 쪽에서 반문을 했다.

"그럼 니네들은 여기가 놀이턴 줄 알고 있었느냐?"

"놀이터래야 꼭 있을 수 있습니까?"

꼿꼿하게 현숙이 맞서자 송희와 유정은 옆에서 심각하게 관망하고 있었다.

"이런 계집애들이 있어, 니네들 가방 속에 집어넣은 게 카메라가 아니고 뭐야 내놔 봐?"

경비 아저씨가 답답했던지 버럭 화를 내며 나선다. 현숙은 흠칫한다. 기세가 다소 꺾인다.

"아저씨! 우리가 뭐 어쨌다는 거예요?"

이번에는 유정이 나섰다. 버티는 데까지 버텨 보자는 뜻이다. 그냥 넘어갔으면 하는 마음이다.

"니네들 여기서 사진 찍었잖아. 아니냐?"

경비 아저씨는 대담하게 나선다. 사실을 알고 온 듯 묵인하고 넘어갈 자세가 아니었다. 사태는 점점 험악했다.

"맞아요, 사진 찍었어요."

이번에는 송희가 앞으로 나섰다. 후퇴할 아저씨가 아님을 간파했다. 정면으로 맞서는 수밖에 없다고 판단했다.

"니네들이 뭐냐, 건방진 계집애들아."

"우리들은 환경오염 방지대책에 관하여 특별활동하는 학생들이에요."

송희가 사실대로 대답했다.

"필름, 이리 내놔?"

타이르는 척하며 손을 내민다. 순순히 내놓기를 바라고 있었다.

"안 돼요."

현숙은 앙팡지게 나선다.

"이런 건방진 계집애들이 있나."

아저씨가 인상을 찌푸리며 한발 다가선다. 송희와, 유정, 현숙은 일단 분위기가 험악해지자 주춤했다.

"니네들 못 내놓겠어?"

악을 쓰는 목소리로 톤을 높인다.

"못 내놔요, 아저씨 맘대로 해 보세요."

이때다. 젊은 경비 아저씨가 현숙의 가방을 확 낚아챈다.

비디오카메라를 현숙의 가방에 넣는 것을 목격한 모양이다.

현숙이 발버둥 쳤지만 아저씨들을 당할 수가 없었다. 강제로 가방을 빼앗겼다.

"내놓으세요."

송희가 대들었다. 가방을 탈취한 경비는 기세가 대단했다.

"니네들 이리 따라와."

완력을 행사하는 경비원은 수위실 쪽으로 간다.

수위실에 들어선 경비원은 발버둥 치는 학생들의 뜻과는 달리 강제로 가방을 들쳤다. 책가방 속에는 한 권의 책도 없었고 노트와 비디오카메라만 나왔다. 경비원들은 가택이라도 침입한 도둑을 잡은 양 희열이 만연했다.

"이게 뭐냐?"

경비원들이 비디오카메라를 몰라서 묻는 것은 아니다.

"비디오카메라예요, 뭐가 잘못됐습니까?"

"그럼 니네들은 잘했다고 생각하니."

"우린 잘못한 것 하나도 없어요."

"니네들 굴뚝에서 나가는 연기를 찍은 거 아냐?"

"그래요, 연기도 공해이기 때문에 찍었어요."

"이런 건방진 계집애들이 있나."

금방 죽일 듯이 눈을 부릅뜬다. 흥분한 눈동자는 벌겋게 충혈되었다. 어떤 폭력행위라도 금방 저지를 기세 같다.

점점 사태가 험악해지자 유정은 송희의 손을 꼬옥 쥐면서 참으라고 만류를 한다.

"니네들 얼마나 혼나고 싶어서 이렇게 건방 떠니?

학생들을 데리고 경비원들이 수위실에서 옥신각신하는 것이 이상하게 눈에 띄었던지 수위실을 지나가던 사람이 참견을 한다.

"무슨 일이에요?"

내용을 몰라서 그러하겠지만 그는 점잖게 묻는다. 경비원들은 구원병이라도 만난 듯 잘 되었다는 듯이 자초지종을 이야기한다. 경비원들로부터 이야기를 듣고 난 그 아저씨도 문제를 심각하게 받아들인다.

"학생들 이리 따라와 봐."

그 아저씨는 학생들을 데리고 공장 본 건물로 들어간다. 그 아저씨의 테이블은 이층 사무실에 있었다.

공장장이라고 명패가 있는 테이블 의자에 앉는다.

"학생들이 왜 이런 짓을 하지?"

의도적으로 학생들 앞에서 무게를 잡는 듯했다.

"환경 운동을 하고 있습니다."

"어느 학교에 다니는 누구지?"

송희는 K여고에 누구라고 신분을 솔직하게 밝혔다.

"K여고에서는 교내 활동이 아니고, 교외 활동까지 하라고 교장 선생님이 시키던가?"

"우리들이 자발적으로 특별활동을 하는 겁니다."

이번에는 유정이 부드럽게 이야기했다.

"그래. 그럼 서로 아무 일 없었던 것으로 하고, 이쯤 해서 우리 끝낼까?"

송희를 비롯해서 모두 이쯤 끝내자는 공장장의 제안에 어느 선에 문제를 놓고 끝내자는 건지 의아하게 머뭇거리고 있을 때 잠시 학생들의 표정을 살피던 공장장은

"별다른 의사 표시가 없는 것으로 보아 아저씨의 뜻에 따르는 것으로 생각한다. 필름은 아저씨에게 되돌려 주는 것으로 하구?"

하면서 테이블 위에 올려놓았던 카메라에서 필름을 뽑으려 한다.

"안돼요!"

그때 현숙은 발끈하며 나섰다.

"안 되다니, 뭐가 안 돼?"

뜻밖이라는 듯 공장장이 어안이 벙벙하여 현숙을 바라보며 반문한다.

"필름은 건드리지 말아 주세요."

현숙은 당차게 대든다. 그리고는 공장장을 노려본다.

"그럼 이 필름을 니네들이 가져가겠다는 거냐?"

"네."

"이걸 가져가서 무얼 하게?"

공장장은 그래도 체면을 지키려는 듯 언성은 높이지는 않으려 했다.

"학교에다 제출해야 됩니다."

"그럼 이게 숙제란 말이냐?"

"아뇨, 그러나 선생님께 갖다 드려야 합니다."

"왜, 선생님이 시켰어?"

"아뇨, 시키지는 않았어요, 그러나 선생님께 보여드려야 합니다."

"선생님이 시키지도 않는 짓을 니네들이 자청해서 이런 행동을 하는 거야?"

"네, 그렇습니다."

"이런 건방진 계집애들이 있나!"

공장장은 화를 버럭 낸다. 격앙된 목소리가 사무실을 찌릉 울린다. 끓어오르는 화를 아까부터 참고 있었다는 것은 이미 알고는 있었다. 송희와 유정, 현숙은 갑자기 언성을 높이는 공장장 앞에서 조금도 흩어짐이 없이 그대로 서 있었다.

"니네들 얼마나 혼나고 싶어서 이런 행동을 함부로 하고 다니는지 모르겠으나 고분고분하게 돌려 보내주려고 했더니 안 되겠구먼."

공장장도 얼굴색이 몹시 상기되어 있었다. 더는 참지 못하겠다는 태도다.

"니네들이 뭐야, 뭔데 남의 공장에 와서 말썽을 부리니 이 못된 것들아. 그만큼 타일렀으면 됐지 뭘 더 바래, 말 해봐."

"계집애, 계집애하고 욕하지 마세요, 아저씨!"

현숙의 눈빛도 반짝 칼날이 스친다. 그리고 주먹을 꼬옥 쥔다. 그토록 착하던 현숙의 모습이 오늘은 아니었다. 학교에서의 현숙은 공부도 잘하는 모범생이었다. 어려운 급우들을 도와주는 일도 때론 있었다. 주전부리를 해도 꼭 옆에 친구들과 나눠 먹고 체벌로 청소를 하는 급우들을 위하여 같이 청소도 해주며 때로는 동행하는 급우들과 버스를 타도 먼저 승차하면서 토큰도 내주는 인정 많기로 소문이 나 있는 학생이었다.

가정환경 조사서에 현숙의 아버지 직업은 회사원으로만 되어있다. 아버지의 직업은 구체적으로 작성해야 된다는 요구도 있다지만 현숙의 아버지 직업난에는 어느 회사에 다닌다고 했을 뿐 보직이 무엇인지 파악이 안 되어있다. 담임선생님을 비롯해서 학교에서도 그쯤으로 더 이상은 모른다.

가정생활을 어떻게 해나가고 있는지, 특히 담임선생님들은 반 학생들의 가정환경을 잘 알고 있어야 하고 수시로 파악을 한다. 그러기에 담임선생님들은 자기 반 학생들의 가정 내용만큼은 숟가락이 몇 개인가까지 파악들을 하고 있다.

가정환경이 좋은 학생들은 입과 입을 통해서 대부분 학교에서 소문이 나 있다. 특히 관료직 자녀들은 학생 간에도 수근거린다. 정치인 자녀들은 더 잘 알려져 있다.

현숙은 누구보다도 송희와 유정을 좋아했다. 반에서 성적도 세 학생이 수석을 서로 나누어 갖는다. 그중에서도 현숙의 차례가 많다. 그러면서도 세 사람은 라이벌 의식 없이 가깝게 지낸다. 서로 가깝게 지내는 것도 현숙의 노력이 크다. 현숙은 송희보다도 유정을 더 가깝게 지내려 한다.

아버지가 불치병 환자인 유정의 가정 살림은 어렵다. 작은 가게를 가지고 빵 장사를 하면서 생계를 꾸려나간다는 것을 현숙은 알고 있다. 그래도 유정의 표정은 늘 밝게 지내면서 구김살을 편다.

다른 친구들은 밝게 생활을 하는 유정을 보고 좋은 아이로만 본다. 그러나 현숙은 유정의 형편을 잘 알고 있다. 엄마 따라 백화점에 쇼핑을 갔다가 돌아오는 길에서 우연이 빵을 팔고 있는 유정을 보았다. 엄마를 도와주고 있지 않던가? 어머 유정이 아냐, 현숙은 깜짝 놀란다. 그처럼 예쁜 유정이 저런 일을 하다니, 유정이네가 잘 사는 것으로만 짐작했는데 저토록 어렵다니 현숙에겐 충격이었다. 노점이나 다름없는 초라한 가게가 더욱 그러했고 지나는 행인들과 눈길을 마주치며 손님을 끌어들이려는 유정의 호객 행위가 더 측은해 보였다.

그렇지만 현숙은 그 모습을 못 본 척 입을 함구했다. 그 후부터 현숙은 친구의 불행을 같이 나누자고 유정에게 더 가까이 접근했다.

여학생들이 갖는 사치스러운 감정을 모두 억제하며 살아가는 유정은 가슴 한구석 늘 외로운 그림자가 따라 다니지 않던가? 그런 유정을 옆에서 훔쳐볼 때마다 현숙은 늘 마음이 아팠다.

본래 현숙은 몰래카메라 반에서 활동할 생각은 전혀 없었다. 현숙을 좋아하는 유정이가 처음 권고를 했었다.

"현숙아, 송희가 몰래카메라 반에 들어간다니 너도 같이 몰래카메라 반에서 활동해 보지 않을래?"

그런 생각을 한 번도 해 보지는 않았지만 유정의 권고에 현숙은 망설임도 없이 즉석에서 허락을 했다.

"그래, 좋아 나도 진작부터 생각하고 있었어, 참 좋은 생각이야."

잘 나가던 송희의 아빠가 하루아침에 비브리오 패혈증으로 세상을 떠났다는 소문은 학교 전교생이 다 알 정도로 퍼졌고, 거기에 현숙도 불행한 송희에게도 관심이 깊었다. 또 몰래카메라 반은 송희와 유정에게 무관치가 않은 입장이 아닌가. 송희와 유정은 오염된 환경에 제일 큰 피해자다. 그리고 송희와 유정은 오염된 환경으로부터 가장 처절하게 보복을 당한 장본인이기도 하다.

현숙은 이 점을 감안하여 유정의 권고에 응하는 것이 아니라 자발적으로 나서는 것처럼 쾌히 승낙을 했다.

세 사람의 의기는 이렇게 투합했었다. 세 사람은 특별활동 차원을 넘어서는 도원결의보다도 더 굳게 의미가 심장했다. 그러기에 책임감을 비롯해서 사명감으로 따져도 몰래카메라 반은 의지가 확고했다.

활동을 하면서도 교통비를 비롯 기타 잡비가 수월치 않았다. 담임선생님이 활동비라고 조금 주지만 턱없이 부족했다. 활동비가 학교 운영비에 포함된 항목이 아니라 교장 선생님의 알량한 판공비에서 쪼개주는 정도이었다.

여기에서 최소한의 활동비는 쓴다 해도 운영을 하다 보면 예상치도 않은 부분으로 지출되는 경우도 많다. 그땐 현숙이 나선다.

"우리 아빠가 나 용돈 많이 준다. 따로 활동비 조로 주는 때도 있어, 그러니 우리 그런 점에서는 걱정 안 해도 돼, 신경 쓰지 말자."

설령 송희나 유정이 먼저 나서도 현숙은 절대 받아주지 않았다. 교통비를 내고 때로 쫄면을 먹어도 현숙이 잽싸게 앞장선다. 때문에 교장 선생님이나 윤 선생님이 주는 공금까지도 아예 현숙이 맡아서 쓰기로 하여 서로 마음이 편안했다. 송희와 유정 현숙은 요즘 자신감이 생겼고 사명감도 생겼다.

이렇게 활동에서 수집된 필름은 학교에 제출하고 이를 학교에서도 철저하게 검토 보관한다. 아직은 당국에 한 건도 고발하지 않았지만 때로 필요할 시기를 생각해서 날짜별로 보관도 했다. 필름은 차후 증거로 채택될 수도 있기에 꼭 년, 월, 일이 들어간 필름을 사용한다.

"이런 못된 것들이 있나."

더는 물러날 수 없다는 공장장도 완전 이성을 잃은 상태다. 분위기가 완전히 험악해졌다. 여기에서 더 악화되면 실력대결, 폭력 사태로 돌발할 우려가 깊었다.

"아저씨가 무슨 권리로 아까부터 계집애 계집애하고 욕을 하세요.!"

"뭐야!"

공장장은 벌떡 일어난다.

"아저씨는 저희들 같은 딸도 없어요. 왜 자꾸 욕하세요. 우리들도 아빠가 있어요!"

현숙은 이젠 한마디도 지지 않는다.

"아저씨는 너희들같이 못된 딸을 두지 않았어!"

동시에 공장장의 손이 번쩍 허공을 가른다. 현숙의 뺨에서 찰싹하고 마찰이 된다. 파랗게 질려있던 현숙의 볼이 금세 벌겋게 공장장의 손바닥 자국이 판화처럼 그려진다.

송희와 유정이가 현숙의 앞을 재빠르게 가로막으면서 공장장에게 대들었다.

"왜, 때리세요! 아저씨 깡패에요! 그렇게 사람을 잘 때리면 저도 때려 보세요?"

송희가 앙칼지게 대든다. 그러면서 눈물을 주르르 흘린다.

"이건 또 뭐야."

공장장은 또 송희를 옆으로 획 낚아챈다. 송희도 옆으로 픽 나둥그러진다. 이때 또 유정이 나섰다.

"아저씨 사람 잘 때리네요, 어디 저도 때려 보세요."

"이런 나쁜 계집애들이 있나."

공장장은 또 유정을 확 밀친다. 유정은 화다닥 뒤로 떠밀려 뒤에 서 있던 현숙이 앞가슴에 탁 부딪힌다.

사태는 완전히 험악해졌다. 작은 전쟁터로 변했다. 사무실에 있던 직원들도 쭉 몰려와 싸움을 말렸다.

"공장장님 참으세요, 이러면 큰일 납니다."

남자 직원, 여직원 할 것 없이 한 덩어리가 되어 밀고 끌어안고 야단법석들이었다. 공장장도 숨을 씩씩 몰아쉰다.

오랫동안 실랑이를 하다 보니 저녁 여덟 시가 지났다.

'깊어 가는 가을밤에 낯설은 타향에' 갑자기 가곡 여수(旅愁)의 멜로디가 현숙의 앞가슴 속에서 울린다. 현숙은 울다가 얼른 핸드폰을 꺼내 받는다. 성적표를 본 아버지가 생일 선물로 특별히 사주신 거다. 핸드폰을 사용한다는 것이 신기할 때다. 시장에 핸드폰이 출고된 지 얼마 되지 않은 시기다. 전교에서 현숙만 오로지 가지고 있는 아주 귀한 핸드폰이다. 아빠는 딸 현숙을 특히 좋아했다. 그래서 현숙은 핸드폰을 감추고 학교를 다녔고 또 꼭 필요할 때만 사용을 했기에 특히 송희도 유정도 모르고 있었다.

"여보세요?"

"아빠다. 우리 딸 공주님 어디 계신가?"

현숙의 목소리를 들은 아버지는 반색을 한다. 아버지는 현숙을 무척도 사랑한다. 현숙은 우선 착하고 예쁘고, 공부도 잘하고 있으니 딸자식을 둔 어떤 부모님들 사랑을 않겠는가. 남매 중 첫 딸이며, 말썽부리는 일 없으니, 아버지는 늘 현숙을 생각하며 즐거워하셨다. 귀엽고, 사랑스러워 한가할 때는 가끔씩 전화도 한다. 현숙의 아버지처럼 그토록 딸을 좋아하는 사람도 드물 정도다.

"아 빠 아!"

아버지의 목소리를 듣자 현숙은 와락 울음이 터진다. 자신도 모르게 막 흐느낀다.

"왜, 그러니 현숙아. 왜 우는 거야. 너 지금 어디 있어, 무슨 일야?"

깜짝 놀란 아버지가 급하게 다그친다. 몹시도 걱정이 되는 모양이다.

딸이 금세라도 어떻게 되는 양 다급하게 서둔다.

"여기 H화학 공장이야 아빠."

"그것 때문이냐?"

현숙의 아버지는 이미 감을 잡고 있는 듯했다.

"그래요."

"그래 공장 사람들한테 이 시간까지 잡혀있었단 말이냐?"

"네."

여전히 현숙은 느껴 울고 있었다.

"알았다. 내 금방 사람을 보내 마. 조금만 참아라!"

한 시간도 채 안 지나서다. 두 사람이 들이닥쳤다. 실랑이는 아직도 끝나지 않았다. 송희와 유정은 기가 죽어서 힘없이 서 있다. 현숙은 아직도 분을 삭이지 못하며 흐느끼고 있다.

"여기 사장님이 누구입니까?"

서둘러서 들이닥친 조금 젊은 편인 아저씨가 학생들과 맞서 있는 공장장을 상대로 묻는다. 약간 나이는 더 들어 보이나 체격이 건장하고 당당한 아저씨는 옆에서 분위기를 파악하고 있었다.

"도대체 누군데 사장님을 찾습니까?"

공장장은 젊은 사람이 건방지게 어디 와서 수작을 부리느냐며 공격적이다.

"당신들은 누구입니까?"

"나 이 회사 공장장요."

공장장은 당당하게 나선다.

"사장님 있습니까, 없습니까?"

"누구예요, 누군데 남의 공장에 와서 건방을 떨어요?"

공장장은 몹시도 아니꼬운 모양이다.

"현숙 학생이 누구예요?"

이번에는 학생들을 향하여 묻는다. 어안이 벙벙한 송희와 유정은 아무 말 없이 사태를 관망한다. 분을 참지 못하고 새파랗게 질려서 흐느껴 울던 현숙은 얼굴에 화색이 돈다. 구원병을 얻은 듯 생기가 나는 듯하다.

"전 데요."

현숙이 한 발 그 아저씨 앞으로 나선다.

"무슨 사진을 찍었다고요?"

호리호리한 체격에 비하여 그 아저씨의 체중은 몇 곱절 무게가 실려 보였다.

"네."

"무슨 사진이에요, 안심해도 좋으니 자세히 이야기 좀 해 봐요?"

"하수도에서 폐수가 흐르는 현장과 굴뚝에서 검은 연기가 뿜어 나오는 것을 찍었습니다."

"그거 어디 있어요?"

"저 카메라 속에 있습니다."

현숙은 공장장 테이블 위에 놓여있는 카메라를 턱으로 가리켰다. 아저씨가 카메라를 손으로 집으려고 한 발 다가섰다. 그때 공장장이 아저씨의 손을 잡고 제지한다. 또다시 사태가 긴박하게 돌아간다.

"이 자에게 당장 수갑 채워. 예측한 대로 안하무인이로구먼."

젊은 아저씨의 입에서 튀어나오는 목소리는 허공에서 칼날이 부딪치듯 섬뜩할 정도로 날카로웠다. 옆에 있던 아저씨가 날쌘 동작으로 공장장에게 대든다. 팔을 낚아채 듯이 동시에 뒤로 꺾고는 "찌지직" 금속성 소리를 내며 공장장의 양 손목을 수갑으로 결박시킨다. 순식간의 일이었다. 범죄 행위자에게 현장 체포 수단이다.

금세 공장장은 얼굴이 새파랗게 질리면서 기가 꺾인다. 젊은 아저씨는 그때서야 공장장의 코앞에다 신분증을 들이댄다.

수갑은 검찰 수사관들이나 경찰들이 휴대할 수 있는 고유의 장비다. 현장에서 범인을 검거할 때 항거 불능케 하기 위한 유일한 장비다. 범인들은 수갑만 휴대하고 있으면 신분증 따위까지 확인을 안 해도 수사권을 행사할 수 있는 요원임을 너무나도 잘들 안다. 죄를 저지른 사람들은 수갑만 보아도 겁에 질린다.

그 광경을 바라보는 사무실의 많은 사람들도 그 두 아저씨의 위세에 꺾여 묵시적으로 굴복한다. 항거는 물론 옆에 와서 말도 못 붙인다. 환경저해 사범으로 이미 낙인됨과 동시에 범죄 사실을 묵시적으로 시인 체념의 상태다.

송희와 유정은 사태가 어떻게 돌아가고 있는지 얼떨떨하지만 현숙은 짐작을 하고 있었다. 저분들은 아버지가 보낸 사람들이요, 그중 젊은 분은 아버지와 같이 있는 검사요, 체격이 건장한 분은 검찰청 수사관이라는 사실을 설명 없이도 현숙은 짐작하고 있었다.

요즘 정부에서는 환경저해사범 검거 기간으로 설정 특검 반을 설치하고 수사에 착수했다는 것은 신문, 방송을 통하여 수차 발표했으니 누가 모르겠는가. 학교에서도 알고 있는 사실이다.

현숙의 아버지가 수도권 지역 전담 수사팀장으로 선정되었단다. 현숙이 아빠가 부장검사였다는 것은 학교에서도, 송희나 유정도 까마득하게 몰랐다. 이미 검찰청 수사팀에서는 수도권 지역에 공해를 유발할 수 있는 공장들을 선정해놓고 수사 대상으로 블랙리스트까지 작성을 해 놓은 상태다.

그 리스트에 이 공장도 올라 있음을 확인한 현숙의 아빠는 몰래카메라를 발동했다가 말썽이 된 딸이 이 공장에서 붙잡혀 있다는 사실을 감지하고 검거 수사코자 팀원을 출동시킨 것이다.

"검사라고 이렇게 무모하게 인권을 탄압해도 됩니까?'

항거 불능 상태의 공장장은 기를 쓰며 몸부림친다.

"범죄 사실에 대하여 말해줄까요. 우선 공해 사범으로 이 공장을 대표해서 당신을 연행하는 것이요, 둘째는 학생들을 폭행하였고, 셋째로 학생들을 감금했다는 사실입니다."

"학생들이 사진을 촬영했다기에 영문을 알아보는 과정입니다."

공장장은 억지로 변명을 늘어놓는다.

"한 가지 더 이야기를 해줄까요. 학생들은 정당했습니다. 범인을 검거하는 과정에서 시민의 제보가 수사 당국에서는 절대적으로 필요합니다. 학교에서 배운 대로 학생들이 공해를 유발시키는 제반 유형 사건에 대하여 고발했다고 하등의 잘못이 없습니다. 사진을 찍고 고발을 했다고 해서 학생들이 당신 따위한테 폭행을 당하고 감금을 당할 아무런 법적 근거가 없고요. 수사 당국에서는 마땅히 제보자들을 보호해 줄 의무와 책임도 있습니다."

검사는 아주 당당했다. 그의 한마디 말과 행동은 칼날이라고 해야 마땅할 것이다. 한마디의 말도, 한 치의 행동도 오차가 없다.

기세 당당하던 조금 전의 공장장이 아니다. 다툼은 완전히 반전 당한 채 할 말을 잊고 어깨의 힘이 쭉 빠졌다. 어처구니가 없는지 허공을 응시하고 어떤 사념에 잠기는 듯하다. 완전히 체념 상태다.

송희와 유정은 날카로운 법의 칼날에 쓰러지는 범죄 행위가 이처럼 엄중할 줄은 미처 몰랐음을 깨닫는다. 그동안 몰래카메라에 담겨진 제반 자료들이 법의 선상에서 확실한 증거물이 된다는 사실도 확실하게 깨달았다.

그렇다면 학교에서 보관하고 있는 자료들이 처벌을 받고 처단될 수 있다는 것을 교장 선생님이 모르고 있어서 그냥 보관만 하고 있는 아니었다.

현숙도 정말 몰라서 그동안 침묵을 했을까? 아니면 알고 있으면서도 학교에서도, 현숙도 모르는 척하면서 이제까지 교내 활동 기준으로 만족을 했을까? 그렇다면 지난번 사건 때 공장 사람들한테 필름을 빼앗기고 몇 시간씩 감금되어 그토록 언어 폭행을 당할 때 왜, 현숙은 침묵한 채로 항의도 하지 않은 채 고스란히 당하고 있었고, 그처럼 공포 분위기에서 참고 견디며 있었을까, 의심스럽다. 결국에는 윤 선생님이 찾아와서 신병을 인도하지 않았던가?

영광의 얼굴들

너무나 충격적인 사건이 발생하자 학교가 떠들썩할 정도로 화젯거리가 되었다. 사건이 의외로 비화되기도 하였다지만 힘은 언제든지 필요할 때가 있다는 점을 깨닫게 하여주기도 했다. 한편으론 통쾌하기도 했다.

'K여고 환경 지킴이 반 학생들이 상습적으로 공해를 유발하는 공장 폐수를 몰래카메라를 출동, 취재한 사실로 인하여 공장 측에서 이에 크게 반발 어린 여학생들을 심하게 폭행 감금하는 등 시비가 벌어진 사건을 검찰이 검거했다니 의외로운 일이 아니던가?'

"더구나 여학교에서 학생들을 동원해서 이런 활동을 어떻게 할 수가 있었는지 신기할 따름입니다."

교장 선생님과의 기자 인터뷰이었다.

"학생들의 이런 활동이 잘못되었다고 생각해서 질문하는 겁니까?"

"아뇨, 자연환경을 지키는데 네가 어디 있고, 내가 따로 어디 있겠습니까. 우리 다 같이 지킴이가 되어 솔선할 당면 과제가 아니겠습니까. 자랑스러워서 드리는 말씀입니다."

"우리 학교에서는 환경운동을 순수한 교내 활동으로 시작했습니다. 우리끼리만이라도 점점 훼손되어 가는 자연환경을 지켜보자고 했을 뿐입니다. 그런데 이번 일은 너무나 문제가 비화되어 화제가 된 것입니다. 환경이 저해되는 부분에 대하여 우리 학생들이 몰래카메라에 촬영한 자료들은 많습니다. 그러나 이는 순수한 학생 활동이기에 교내 활동으로 끝을 냈을 뿐 당국에 고발한 일은 한 건도 없었습니다. 그런데 이번 사건은 학생들을 감금 폭행했다는 차원에서 문제가 비화된 겁니다."

"물론 앞으로도 이 좋은 운동을 적극 활용하실 거지요?"

"네 활동은 하되 순수한 교내 활동으로 할 것입니다."

"그럼 몰래카메라에 취재가 되어도 당국에 제시를 하거나 고발은 않겠다고 받아들여도 되겠습니까?"

"맞습니다. 그렇게 이해를 해주십시요."

"고맙습니다. 앞으로 계속 좋은 취지가 되도록 노력하여 주실 것을 기대하면서 우리 기자들도 K여고 활동에 좀 더 관심을 가져 보겠습니다. 안녕히 계십시오."

이번 일로 환경보존 운동 실천 과정에서 자신들의 학교가 타교에 비하여 모범을 보였고 인정을 받았다는 사실에 학생들은 더욱 긍지를 가질 수 있었고 힘을 얻기도 했다.

또 현숙의 아버지가 검찰청 환경보존 관리 책임담당관이었다는 것은 아무도 모르고 있었던 일이다. 학생들 간에도 현숙의 아버지라는 점을 떠나서 현숙의 겸손과 협동 정신 그리고 친구를 사랑하는 숭고한 마음씨가 돋보이는 기회도 되었다.

교장 선생님은 윤 선생님도 당분간 활동을 중지하고 좀 쉬라고 했다. 송희, 유정이, 현숙도 같은 마음이었다. 마음을 다스리며 재충전의 기회를 갖고자 한동안을 쉬었다. 얼마 후였다. 한참 들떠 있던 분위기도 차츰 기억 속에서 잊혀져 갈 때다.

"야, 우리 B섬에 한번 놀러 가자?"

현숙이 먼저 말을 꺼냈다. 그런 일이 있은 후 현숙은 쓰다, 달다 한마디도 재론이 없었다. 송희와 유정과 현숙이 사이의 분위기가 다소 멋쩍기도 했다. 문제가 너무 커지다 보니 찝찝한 감도 없지 않았다. 미안하게 생각할까 봐 활동을 다시 하자고 묻지도 못하던 중이다.

그럴 때 현숙이 제안했다. 현숙의 제안은 아주 적기였다. 서먹한 분위기를 쇄신 하는 의미도 있고, 우정을 재다짐하는 기회도 되었다. B섬은 여의도 아래에 있는 작은 섬이다.

"그럴까, 서울 근처에서 유일하게 철새들이 서식하는 곳이라니 경치가 깨끗하고 좋을 거야. 철새들을 구경하면 얼마나 좋겠니."

유정이 먼저 동의를 한다. 송희와 세 사람이 약속을 하고 일요일 오후에 갔다. 너무나 크게 기대를 한 탓일까. 송희와 유정이 현숙을 맞이하는 B섬에 막상 도착하고 보니 한 마리의 철새도 없었다.

이따금 날아온 철새들이 잠시 내려앉았다가 곧바로 날아가버리고 아니면, 공중을 몇 번이고 회항을 하다가 도래지가 아니다 하는지 그냥 쓸쓸하게 멀리 날아가 버리기도 한다. 우거졌던 수풀들도 거센 물살에 못 견뎌 모두 쓰러진 상태로 흙탕물에 휩쓸려서 앙금만 뽀얗게 실려 있다.

지상의 낙원 아름다운 섬으로만 생각해 오던 B섬은 전쟁이 휩쓸고 간 흉터처럼 완전 폐허가 되어 비참한 모습으로 학생들을 맞이하고 있지 않던가? 중부권 서울 북부지역에 내린 수마는 임진강을 범람하면서 연천, 파주, 문산 지역뿐만이 아니라 이곳 한강의 B섬도 사정없이 강타, 수풀뿐만이 아니라 나뭇가지 위까지 완전히 쓰레기더미로 걸쳐 있고 뒤덮었다. 장마에 떠밀려온 쓰레기들이 완전히 아수라장을 방불케 했다.

송희와 유정이 현숙은 너무나도 황당했다. 모두들 이 현장을 자연적인 피해 현상이라 평계하고 방관하고 있었던가 싶다. 그 많은 재산 피해와 인명 피해를, 피해 당사자들도, 정부 당국도, 매스컴들도 모두들 수마로 저질러진 어쩔 수 없는 자연 현상으로 여기며 미루던 차다. 그렇다. 비는 50년 만에 기록이라고 방송에서도 호들갑을 떨 만큼 그러기에 어쩔수가 없었다고 하겠다.

그러나 이런 난리를 한, 두 번 겪는 것은 아니다. 비만 많이 왔다 하면 엄청난 피해는 항상 따라왔다.

대책도 없이 피해를 당한 당사자들은 당국의 선처나 바랄 뿐 이것도 자연의 보복이라는 점을 전혀 깨닫지 못하고 있는 현실이다.

임진강댐을 만들어야 예방이 된다는 이야기를 수마가 휩쓸 때마다 앵무새처럼 합창한다. 이번에는 북한과 협조해서 공동 댐을 만들어야 근본적인 대책이 마련된다고 조금 구체적인 안이 나왔다. 그러나 그것도 깜짝 쇼로 재연되었을 뿐 유감스럽게 끝나고 말았다.

송희와 유정 현숙은 이 비참한 B섬의 광경을 몰래카메라에 담아서 학교에다 이 사실을 공개했다. 철새들이 날아 왔다가 모두들 쓸쓸하게 돌아가는 모습, 나뭇가지 위에 얽힌 비닐 조각과 종이쪽지들, 쓰러진 갈대밭들 이렇게 B섬이 완전 쓰레기 동산이 되어 버린 광경을 전면 공개했다.

윤 선생님은 교장 선생님께 상세하게 보고를 하였다.

"교장 선생님만 허락하신다면 우리 반 학생들 중 희망자 몇 명이라도 데리고 B섬에 가서 조금이라도 쓰레기를 줍고 싶습니다."

"그게 쉬운 것은 아닐 텐데요?"

"힘닿는 데까지 해 보겠습니다."

"더구나 학부형들이 이해를 해줄까요?"

"그 점도 생각은 하고 있습니다."

"그래요, 그럼 한 번 해 보세요."

교장 선생님은 조심스럽게 승낙을 했다.

일요일 오전 10시까지 자율적으로 모인 학생들은 10여 명 되었다. 윤 선생님의 인솔하에 쓰레기를 주워 모으면서 청소를 시작했다. 처음 생각에는 호기심으로 참여를 했으나 막상 닥치고 보니 엄두가 나질 않았던 모양이다. 장비도 없고 청소 도구도 마땅치 않다. 그 넓은 바닥 어디에서부터 손을 대야 할지 감당할 수가 없었다. 막연하고 엄두가 나지 않을 지경이다. 아무리 치워도 많은 쓰레기는 표가 나지 않을 정도다. 더구나 여학생들이 감당하기엔 벅찬 일이었다.

"선생님, 우리 힘들어서 이거 못 하겠어요."

"선생님 터무니가 없어 못 하겠어요."

"선생님 이건 우리들이 할 수 있는 것이 아닌 것 같아요."

"선생님 우리 그냥 돌아가요."

저마다 한 마디씩 학생들이 불평들을 늘어놓는다.

"아무리 어려워도 이왕에 나왔으니 조금이라도 해 보자."

짜증을 부리는 일부 학생들에게 윤 선생님이 달래보지만 학생들의 투정을 잠재우지는 못했다. 그렇다고 노골적으로 불평을 하지는 않았지만 입들이 부어들 있었다. 송희와, 유정이, 현숙도 친구들에게 미안하고 선생님한테도 미안했다.

이건 학생들 차원에서 해결될 수 있는 문제가 아닌 걸 공연이 문제를 만들었다. 윤 선생님은 송희, 유정이, 현숙의 요청이니까, 현장 상황도 파악하지도 않은 채 실천을 해 본 거다.

"힘들어도 조금이라도 우리 해 보자."

송희가 친구들을 달랬다.

"이런 걸 우리들이 어떻게 하니."

친구들은 대뜸 불만을 표시했다. 사실 이것은 무리다. 윤 선생님도 묵묵히 쓰레기를 치우지만 장비와 인원 등 여학생들에게는 불가능한 일이라는 것을 느끼고 있었다. 학교 운동장 청소하는 것하고는 딴판으로 달랐다. 그래도 윤 선생님은 철수 명령을 내리지 않았다. 조금이라도 했다는 것을 보람으로 삼자는 뜻이었다. 그런 선생님의 뜻에 학생들은 힘들어도 이왕에 나왔으니 열심히 따라 했다.

오후 3시쯤이다. 방송국 카메라출동 보도진들이 때마침 나왔다. 우연의 일치다. 쓰레기를 열심히 치우는 여학생들을 본 보도진들은 눈이 휘둥그레졌다. 감이 이런 곳에 와서 여학생들이 봉사활동을 하고 있을 줄은 상상도 못 했을 것이다.

기자 아저씨들은 인솔교사 윤 선생님을 비롯하여 학생들의 활동 모습을 클로즈업하면서까지 인터뷰했다. 특종감이라고 기자 아저씨들까지도 좋아했다.

그날 저녁 9시 뉴스 시간에 윤 선생님을 비롯 학생들이 쓰레기 줍는 모습과 윤 선생님의 인터뷰하는 장면이 TV 영상을 통해 비추어졌다.

"서울 중심지에 유일하게 자리 잡고 있는 철새 도래지인 아름다운 B섬이 이번 장마로 쓰레기 동산으로 변해버린 참상을 당국을 비롯 각 사회단체들도 외면하는 실정에서, K여고 윤 모 교사가 아무런 장비도 마련하지 못한 채 맨손으로 철새들이 외면하고 되돌아가는 것을 목격하고 이를 안타깝게 생각한 나머지 조그만 힘이라도 보태 보자고 학생 10여 명을 동원하여 쓰레기를 치우는 장면은 나와 무관하게 생각하고 지나쳐 버리는 요즘 세태에 경각심을 불러일으키는 청심제가 될 것입니다. 타락하는 요즘 사람들의 양심에 경종을 울리는 좋은 사례도 될 것입니다.

K여고가 요즘 매스컴을 많이 타는 편이네요. 영광으로 생각합니다. 따라서 온 국민이 찬사를 보내줘야 마땅하다고 생각도 합니다.

몇 가지만 물어보겠습니다. 윤 선생님은 이번 장마에 B섬이 쓰레기 더미로 변해 버렸다는 것을 어떻게 알았습니까?"

"우리 학교 몰래카메라 반 학생들이 B섬으로 놀러 갔다가 그 사실을 모두 카메라에 담아 가지고 와서 알았습니다.

"그렇지요. K여고 몰래카메라 반은 활동이 대단하다는 것을 우리도 익히 알고는 있었습니다. 이런 곳까지 관심을 갖고 있다니 정말 놀랐습니다. 그런데 몰래카메라 반은 언제부터 조직했습니까?"

"금년 5월 25일 포스터 공모전을 실시한 후 지구환경 운동에 관하여 특별활동으로 구성을 했습니다."

"그래 그동안 활동했던 경험으로 봐서 성과는 많았는지요?"

"우리 학교는 특별히 청소 반이 없고, 환경을 가꾸는 특별시간이 따로 없습니다. 전교 학생 각자가 스스로 눈에 보이는 대로 쓸고 닦고 가꾸고 하기 때문입니다."

"그렇게 해도 학교 환경사업 추진에는 지장이 없습니까?"

"네 없습니다."

"몰래카메라 반을 운영한다는 것은 특별한 경우인데 애로점은 없습니까?"

"많습니다."

"어떤 경우입니까. 예를 들어 한 가지만 이야기를 해주시지요?"

"아무런 신분보장도 없이 순수한 어린 학생들의 활동이기에 기업들을 비롯해서 상대성이 있는 경우에 마찰이 많습니다."

"마찰이라면 구체적으로 무얼 말씀하시나요?"

"때로는 카메라도 빼앗기고 심한 경우에는 감금까지 당하는가 하면 심한 욕설과 함께 폭행까지 당하는 때도 있습니다."

"그럴 때 활동을 포기하는 학생은 없습니까?"

"예에, 아직은 없습니다."

기자들은 송희에게 마이크를 댔다.

"유송희 양은 지난 4월에 있었던 전국 학생 웅변대회에서 서울 대표로 출전하여 대상을 받은 것으로 알고 있는데 그동안 공부는 열심히 했습니까?"

"네."

송희는 겸연쩍게 고개를 숙였다.

"송희 양은 공부도 잘한다고 하던데, 웅변도 잘하고, 대단한 노력이라고 하겠습니다. 그래 환경 지키기에 앞장을 서게 된 이유라도 따로 있습니까?"

송희는 아버지 생각에 울적하여 말을 잊지 못했습니다.

"네 있어요. 송희 아버지가 비브리오 패혈증세로 갑자기 돌아가셨어요."

현숙이가 대신해서 답변을 해주었다.

"그리고요 유정이 아빠는 직업병으로 인하여 현재 불치병 환자가 된 채 전혀 거동을 못 하고 있습니다!"

"그럼 어떻게 생활을 해나갑니까?"

"엄마가 빵 장사를 하며 살아가고 있습니다."

이때 윤 선생님이 대신 나서서 답변을 했다.

"공장에서 정당한 보상은 받았습니까?"

"그렇지도 못했나 봐요."

"그게 언제 일입니까?"

"지난해 일이었습니다."

"그랬군요."

기자 아저씨들도 마음이 찡한 모양이다.

"알았습니다. 우리가 그 공장을 방문해 내용을 알아봐서 최소한의 부당한 처사는 없도록 노력할 것이고, 주어진 권리에 대하여서는 보장받도록 노력해 보겠습니다."

주먹을 꽉 쥐는 기자 아저씨는 비장한 결심이라도 하는 듯했다.

송희와 유정 현숙이 인터뷰하는 표정은 클로즈업까지 되어 생생하게 생방송으로 방영되었다.

"꼭 그런 것은 아니지만 이 운동은 누가 해도 반드시 해야 하고 그러기에 누가 앞장을 서고 누가 뒤에서 방관하고 있다는 것이 중요한 것은 아니잖아요."

윤 선생님이 나서서 답변을 했다.

"그렇습니다. 그러나 학생들이 먼저 나섰다는데 흔치 않은 일이요, 어떻게 보면 만인에 귀감이 되는 일이지요."

카메라 아저씨들은 인터뷰하는 장면뿐만이 아니라, 섬 전체에 어질러진 수마에 떠밀려온 처참한 쓰레기더미를 구석구석 빼놓지 않고 보도를 했다. 학생들이 쓰레기를 치우는 모습도 렌즈에 찍히기도 했다. 참여 학생들 전체 사진도 찍었다.

"정말 대견하네요. 앞으로도 K여고의 환경운동 상황은 물론 몰래카메라 반의 보람 있는 활동에 기대도 해 보겠습니다."

서울 지역에서 유일하게 철새 도래지로 존재하고 있는 B섬에 대하여 당국의 무성의한 관리체제를 신랄하게 꼬집은 다음 오늘날 세태에서 멋이나 부리고 놀기나 좋아해야 할 여고생들이 그것도 일요일을 틈타 환경 지키기 사업에 한 발 앞장서서 봉사활동을 했다는 것은, K여고를 비롯해서 전국에 있는 학생들과 국민 모두가 격려와 함께 찬사를 보내야 한다고 송희와 유정이 현숙의 모습을 방송에 방영하기도 했다.

방송의 효과는 상상을 뛰어넘었다. 방송이 나가던 이튿날부터 환경부와 서울 시청에서는 즉각적으로 행정력을 발동했다. 환경 요원들과 근로 사업자들을 동원하고, 필요한 장비도 동원했으며 심지어는 소방, 경찰까지 동원하여 복구 작업을 시작했다.

많은 전문 인원이 동원되고 새로운 장비가 동원되면서 방송까지 방영하였으니 원상태로 복구된다는 것은 시간문제였다.

K여고 교장실에도 전화가 불통이 났다. 교육부와 환경부에서 방문 조사단이 나와서 학교운영 실태와 학생들의 활동 사항을 세밀하게 조사해 간 후 지구환경 지키기 모범학교로 지정도 하였는가 하면, 학교 표창도 받았으며 특별 예산이 지급되기도 했다.

표창은, 우수학교 특별활동 단체 표창, 지도 교사 표창, 모범 학생 표창이 있었다. 송희와 유정은 독지가들로부터 불우 학생 차원으로 평생 장학금 혜택을 받기도 했고, 현숙은 정부로부터 모범공무원 가족 표창을 받았다.

며칠 후 K여고에서는 지구환경 지키기 운동에 대하여 특강이 있었다. 강사는 수도권 지역 환경오염 담당자라 했다.

"학생 여러분 만나 뵙게 되어서 반갑습니다. 제가 바로 서울 지역 환경감시반에서 책임을 맡고 있는 사람입니다. 이렇게 만날 수 있었다는 것이 정말 우연이었습니다. K여고에 몰래카메라 반이 없었다면 또 학교에서 지원을 해주지 않았다면 또 몰래카메라 반에서 특별활동을 아니 했다면 학생 여러분과 이렇게 만날 수 있는 기회는 영 오지 않았을지도 모릅니다. 반갑습니다. 학생 여러분!"

"네~에."

학생들은 우렁차게 대답을 했다. 강연 분위기가 화기애애했다.

"학생 여러분들 덕분에 오늘 이 아저씨도 감회가 깊습니다. 하루아침에 자고 일어나니 스타가 되어있더라는 이야기가 있듯이 아저씨가 그런 경우가 아닌가 싶습니다."

"와아."

학생들이 함성을 지른다. 짝짝짝 박수 소리도 요란하다. 강의를 하는 아저씨도 즐거운 표정이다. 교장 선생님과 선생님들도 얼굴빛이 모두 밝다.

"그렇습니다. 몰래카메라 반이 정말 어려운 일을 했습니다. 지금까지는 학생들의 활동이기에 별 관심이 없었으나 이제부터는 우리 환경감시반 차원에서도 예전처럼 종이호랑이 노릇만 결코 하지 않을 것입니다. 약속을 드리겠습니다. 또 정부에서도 정화처리장을 대대적으로 시설을 해서 근본적으로 해결토록 다 각도로 연구, 많은 예산도 투입하고 있습니다. 반드시 좋은 청정 환경시대가 올 것으로 믿고 있는바 학생 여러분도 잘 지켜봐 주시기 바랍니다. 환경오염은 반드시 우리가 지켜야 할 과제입니다. 그동안 학생들이 담아온 몰래카메라에 사건들은 이 아저씨가 모두 조치를 했습니다. 우선은 순수한 학생 여러분들이 개입된 사건이기에 학교와 학생들의 입장을 고려해서 처음에는 모두 의법 처단코자 방침을 세웠으나 이를 선회 처벌만이 능사는 아니기에 엄중 경고 조치로 처분을 했고 개선토록 권고도 했습니다.

당국에서 적발한 사건이라면 의법 처단을 마땅히 하였겠지만 학생들이 먼저 적발한 사건들이기에 교장 선생님을 비롯해서 학생들이, 처벌만이 능사가 아니라는 입장을 표명함으로 이런 선에서 끝을 냈지만, 앞으로는 절대 용서치 않겠다고 경고 조치를 했습니다. 공장 대표들을 한 자리에 모두 불러놓고 다짐도 받고 경각심도 주었습니다.

딱 한 번의 기회라고 앞으로는 용서치 않겠다는 점을 특히 강조하며 다짐한 다음 각서에 사인까지 받아 놓았습니다.

그들은 절대 재범을 하지 않을 것입니다. 환경사업에 친화적인 측면으로 사업 활동에 분발할 것으로 믿고, 그러나 우리 당국에서는 그들 공장에 대하여 블랙리스트를 작성 관리할 것이며 지속적으로 점검을 할 것입니다.

학생 여러분 우리 환경감시부서는 오늘부터 K여고와 환경사업을 위하여 자매결연 기관으로 선정될 것이라 이미 교장 선생님과 합의를 끝내고 약속까지 했습니다. 몰래카메라 반은 물론 전교생 여러분들이 적발하는 환경 저해 사범에 대하여 학생 여러분의 의견을 존중하되 의법 조치를 원칙으로 환경 행정을 펼쳐나갈 것입니다.

미래 지향적인 차원에서 용기를 갖고 여러분 학생들이 적극적으로 활동하여 준다면 그 결과는 반드시 아름답게 꽃을 피울 것입니다.

옥토 위에 맑은 물이 흐르고 신선한 공기가 감도는 좋은 자연의 조건이, 우리나라 옛날의 금수강산으로 필연 되돌아올 것이라고 믿으면서 그때를 위하여 우리 다 같이 희망을 가집시다!

제가 중학교 때 충청도 공주 근처에 있는 갑사라는 절로 수학여행을 갔던 일이 있었습니다. 그때 그 절에 주지 스님으로부터 설법을 들은 바가 있었지요. 그분께서는 일 년에 한 번씩 백일기도를 드린다고 했습니다. 기도의 목적은 첫째 세계평화, 둘째는 조국 통일, 세 번째는 산림녹화로 했습니다. 육십 년대 초에 높으신 노스님의 말씀을 들은 적이 있었습니다.

8·15 해방과 6·25전쟁을 겪는 우리나라의 온 산야는 나무는커녕 풀한 포기도 없는 민둥산이었습니다. 황폐한 조국 산야는 비만 오면 홍수로 이어졌습니다. 기름은 물론 석탄도 없던 시절, 나무들을 재목으로 사용했던 것이 아니라 모두 땔감으로 사용을 했지요. 무차별적으로 나무를 베어내던 그 시절은 가랑잎 하나도 남아나지 않았습니다. 식량도 부족했고 연료도 부족했던 세계에서 가장 가난한 나라였습니다.

그런 시대적인 차원에서 스님께서는 조국과 민족을 위하여 밤낮을 가리지 않고 식음을 전폐한 채 발원 기도를 했답니다. 그 말씀을 듣고 저는 감탄했습니다. 바로 저런 분이 진정으로 나라를 사랑하고 민족을 사랑하는 분이라고 믿었습니다.

기회가 주어진다면 나도 저분과 같이 산림녹화를 위하여 꼭 기여를 하겠노라고 다짐했었습니다. 그래서 저는 더욱 공부에 열중했는지도 모릅니다. 전쟁을 치르고 난 다음 인심은 삭막한 데 아직도 저런 분이 있다니 결코 우리나라도 희망은 있다고 생각했었습니다. 그러자 5·16 혁명정부에서는 농촌 인력들을 동원하고 학생들은 물론 군인 아저씨들까지 동원하여 대대적인 녹화 사업으로 벌거벗은 산에다 나무를 심기 시작하였고 가꾸기 시작했습니다.

또 정부에서는 산림청 요원들에게 수사권을 부여하였고 경찰과 검찰을 총동원 시퍼런 칼날을 하늘 높이 치켜들었습니다. 신분 고하를 막론

하고 이제 나무를 베면 큰일 난다는 인식을 심어주기 위하여 의법 조치 했습니다. 벌금, 구금 심지어는 실형까지 불사했습니다. 그리고는 무연 탄 개발에 정부도 기업도 박차를 가했습니다.

이처럼 당국의 의지가 확고했으니 일 년이 못 가 나무를 베는 파렴치 한 범죄 행위가 근절되었습니다. 나무를 심고 지키기는 일이 범국민운동 으로 발전하게 되자 그때부터 나무들이 마음 놓고 자라기 시작하였습니 다.

그 후 10년이 지나자 차츰 나무들이 자라기 시작하여 우리나라를 오 늘날 세계에서도 우수한 푸른 동산으로 변모시켰습니다. 아름다운 강 산, 훌륭한 산림녹화 나라로 발돋움하게 된 것입니다. 이제 우리는 훌륭 한 자연을 지키기고 보존만 하면 됩니다. 오염되었다고 비관만 하고 있 을 것이 아니라 우리 다시 한번 분발을 한다면 지금도 분명 희망은 있다 고 봅니다. 우리들의 선배가 훌륭하게 해낸 60년대 경험을 바탕 삼아 우 리도 긍지를 갖고 꾸준히 노력하면 반드시 성과는 있다고 보기에 여러분 에게 당부를 드립니다.

여러분 우리 희망을 가집시다. 작은 것부터 실천한다는 우리의 각오 로 가꾸고, 지키고, 챙기면서 우리의 산야를 우리의 손으로 다시 금수강 산으로 꽃피울 수 있을 것이라 희망을 가져봅니다.

특히 몰래카메라 반 학생들 용기를 갖고 열심히 활동해주십시오. 여 러분의 뜻이라면 우리 검찰청 환경 수사팀도 적극 힘이 되도록 노력하겠 습니다. 다시 말해서 여러분들의 고발이라면 가차 없이 지휘고하를 막론 하고 의법 조치하겠다고 약속하겠습니다. 따라서 오늘과 같은 K여고에 영광의 메아리는 서울을 비롯 수도권 지역을 거처 전국 방방곡곡으로 끊 임없이 퍼지고 퍼져 나갈 것입니다."

"와 아 아!"

우렁차게 터지는 함성과 함께 교장 선생님과 선생님들 전교 학생 모두의 박수 소리가 K여고 교정이 떠나 갈듯이 울려 퍼지고 울려 퍼졌다.

엄마의 깃발

어느 졸업식

서남쪽으로 뻗어 내린 야트막한 산자락에 봄의 햇살이 찬란하게 쏟아져 내리는 북덕산 양지 뜰이다. 희망찬 내일에 꿈을 펼치고 있는 8백여 명의 어린 새싹들에 엄마의 품속처럼 웅지를 품고 있는 탕정초등학교가 자리를 틀고 있다. 무한한 기초적 학문에 유일한 배움의 전당이 아니겠는가? 풍수지리에서 말하는 이곳 북덕산의 산형(山形)의 우향(右向)은 목(木)이요 좌향(坐向)은 해좌사향(亥坐司香) 형상이라 언젠가는 이곳 출신의 엄마가 아이를 가지면 훌륭한 인재를 낳을 수 있는 형국이기에 선인등단(仙人登壇)이란 명혈의 유래(由來)도 가지고 있단다.

탕정초등학교는 34년도 일제 강점기에 설립이 되었단다. 긴 역사적 유래일진대 왜 아니 감회가 깊지 않던가?

오늘은 희망찬 봄 햇살과 함께 제65회 졸업식 날이다. '탕정초등학교 62회 졸업식'이란 현수막 아래 단상 좌,우에는 아름다운 화혼도 펼쳐놓고 있어 한층 화려하고도 고조(高燥)하달까?

단상에는 아산시 교육청에서 나온 장학사님을 비롯하여 관내 기관장님들이 좌석하고 단 아래 좌측 유리 창가에는 선생님들이 모두 참석 횡대로 조용하게 앉아계신다. 우측 창가엔 학부형들이 횡대로 쭈욱 앉아들 있다.

건수는 엄마 대신 외할머니가 참석을 하고 있다. 70대 초반 지금은 노쇠한 모습이라 하지만 한때는 지주이면서 아산 군청 총무과장의 부인으로서 마님 소리를 듣던 고고한 품위는 아직도 남아 있지 않던가?

학교 정문 밖 도로에는 이따금씩 달리던 버스가 멈췄다 가는 사람들을 내리고 태운다. 졸업식 행사 진행에는 별 관심이 없는 듯 버스가 멈췄다가 또 출발하는 현지를 외할머니는 왠지 뚫어지게 건너다보며 살피고 있지 않던가?

불과 십여 년 전만 해도 일백오십여 명 정도의 졸업생들을 배출하면서 큰 행사 분위기를 도출도 했다지만 오늘의 졸업생은 36명에 불과 단출하다. 그동안 하나둘 떠나던 이농 현상은 이 고장에도 예외는 아닌 듯 어쩔 수 없는 형편으로 변하고 말았다.

개회사가 있은 다음

"먼저 표창순서가 되겠습니다. 호명하는 학생은 단상 앞으로 나와 주세요."

사회자 교감 선생님의 호명이다.

"명예의 교육부장관상에는 김건수 군이 선정되었습니다. 김건수 군 단상 앞으로 나와 주세요."

마이크 소리가 우렁우렁 강당 전체의 분위기를 띄운다. 건수는 어리둥절했다. 건수는 타교에서 전학 온 전례도 있기에 오늘의 최고 교육부장관상에는 마땅히 반장의 몫으로 짐작했던 바가 건수에게 돌아온 것이다. 뜻밖이었다.

건수는 단상 앞으로 나가기 전에 담임 한옥현 선생님과 먼저 눈을 마주친다. 담임 한 선생님은 고개를 약간 끄덕이며 괜찮다는 듯 미소를 띄운다. 선생님은 늘 밝고 단아한 표정이시다.

전국 백일장에 출전 '엄마의 깃발'로 작문 분야에서 입상했다는 경력 때문일까. 5학년 때 낙향한 건수에게 남달리 관심을 보이던 선생님이 최고 영예의 상을 건수에게 낙점했나보다. 평상시도 담임선생님은 건수에게 세심한 관심을 두지 않았던가? 어쩜 앞으로의 건수에게 희망과 용기를 불어 넣어주기 위한 배려인도 모르겠다.

아산시 교육청 장학사님은 먼저 단상에 나와서 기다리고 서 있다. 건수는 고개를 끄덕이는 담임선생님의 묵시를 받고서야 단상 앞으로 나갔다.

"위 어린이는 단정한 품행은 물론 학업성적이 우수할 뿐만 아니라 금년도 환경부에서 실시하는 환경보존 실천방안의 일원으로 전국 백일장에서 초등학교 부문 금상의 영예는 물론 타 어린이에게 모범이 되는바 이 상장을 드립니다."

장학사님은 건수를 향하여 양손으로 상장만 들고 있고 내용은 사회자 교감 선생님이 낭독한다. 교감 선생님이 낭독을 끝내자 장학사님이 건수에게 상장을 내려준다. 건수는 가슴이 뭉클 감격했다.

학업성적은 반장이 1등을 했다. 건수는 2등이다. 반장은 솔선수범으로 반 학생들을 이끌어 왔던 통솔력과 공헌도에서 전교 학생에 모범이 되어왔다는 것은 누구나 인정을 한다. 또 우리 학교는 아니지만 반장의 아버지는 온양온천에 위치한 모 중학교에 선생님이시다. 반장은 교육자 집안의 가정환경 속에서 1학년부터 6년 동안 반장을 놓쳐본 일이 없기도 하다. 그런데 왜 선생님은 졸업생에게 주는 최고의 상을 건수에게 주었을까 의아한 심정도 없지 않았다. 건수는 타교에서 전학 왔다는 점에서 감점 대상이 될 수도 있었다.

상장 수여가 전부 끝나고 단상에서 교장 선생님이 조금은 침통한 목소리로 격려사를 시작한다.

"우리 학교 탕정초등학교는 일본 학정의 일원으로 설립되었다고는 하나 당시 우리 선배 세대들은 10킬로미터나 되는 온양 읍내로 학교를 다녀야 했으니 여간 불편했던 일이 아니었다. 거기엔 들판을 가로질러 가기도 하고 산도 넘어야 하는가 하면 커다란 내(川)도 건너야 하는 험한 등굣길이었다. 이곳을 어린 것들이 다니다 보니 대단히 불편한 통학길이 아닐 수 없었기에 가난한 가정집의 아이들은 생각지도 못할 정도로 향학의 꿈이었다.

이런 불편한 시대적 입장에서 드디어 이 고장에도 학교가 설립되었으니 신학문의 전당으로서 큰 혜택이 아닐 수 없었다. 그래서 우리 고장 사람들과 선배들은 소중한 보물이라도 되는 양 애향심으로 꾸미고 가꾸어 오면서 운동장 둘레에는 향나무가 일 열 횡대로 틈 사이도 없이 빽빽이 늘어서 있어 자연스럽게 담장을 이루게 하였고, 또 20미터 간격으로 30여 그루의 플라타니스가 운동장 가장자리 횡대로 울창하게 서 있어 숲을 이루매 학교전체를 한 폭의 정원으로 꾸며 감싸 안아 줌으로 폭염이 내려쬐는 여름날에는 푸른 공간의 시원한 휴식처를 제공해주고 있지 않던가? 문교부에서 전국친환경자연과학모범학교로 선정되는 영광을 가져오기도 했다.

우리 학교 앞에 우뚝 솟은 삼봉산의 정기를 타고났기 때문이란다. 산맥과 물맥이 좋으면 훌륭한 인물이 난다는 교장 선생님의 지론은 빼놓지 않았다. 그래서 그런지 보잘것없는 이 지방 출신들이 곧잘 신문지상을 오르내리기도 한단다.

우리 학교도 마찬가지 이농 현상 때문에 오늘날 졸업생 수가 많이 줄었다고는 하지만 유구한 역사가 말해주듯이 여러분과 같은 수많은 졸업생을 배출했다. 우리 학교를 졸업하고 나간 선배들이 우리나라 사회 전반에 걸쳐 각 분야에서 열심히 활동들을 하고 있는바 D그룹 회장님도 계시고, 교육계는 H대학공대 학장님이 계신가하면 특히 국립대학이면서 우리나라 최고의 명문인 S대학 총장님도 우리 학교 출신이며 여러분의 선배란다. 또 문화예술계에서도 작품 활동에 열중하는 소설가도 있는가하면 안보 라인에서 조국을 지키는 장군님도 계실뿐더러 그 밖에도 학교 명예는 물론 국가와 사회 발전에 훌륭한 역할을 하고 있는 분들이 많이 있단다. 따라서 오늘 졸업하는 김건수 군 같은 경우는 전국 백일장에 출전 금상을 받았다는 것도 학교를 빛낸 훌륭한 업적이기에 그 역사는 길이 남을 것입니다. 따라서 여러분들도 앞으로 학교발전과 명예를 위하여 여러 선배님들보다도 더 훌륭한 사람이 되어 주기를 이 교장 선생님은 진심으로 바라며 끝으로 당부하고 싶은 말은 오늘 이 순간 이후부터 이 학교를 떠난다 하더라도 모교를 잊지 말고 기회가 있을 때마다 찾아와서 자라는 후배들에게 가르침도 많은 격려도 하여주기 바란다."

전교 조회 때마다 채찍질과 같은 훈시하고는 다르게 교장 선생님의 말씀은 진지하면서도 침통했다. 약간씩 떨려 나오는 목소리는 석별의 순간을 어쩌지 못하는 감정일 것이다.

담임선생님은 졸업식 전에도 건수에게 엄마의 소식을 자주 물어왔다.

"엄마는, 언제 다녀갔느냐?"

엄마 이야기만 나오면 건수는 슬프다. 건수는 대답을 못 한 채 고개를

숙이고 침통하게 서 있었다. 이렇게 영광스러운 자리에 건수는 엄마가 없으니 선생님도 아쉬움이 없지 않았던지

"엄마의 일이 아직도 풀리지 않은 모양이구나?"

하며 머리 숙인 건수를 쓰다듬어 주며 선생님도 말을 잊지 못하셨다.

"외할머니 건강하시니! 건수가 말 잘 듣고 심부름도 잘하는지 모르겠구나?"

어떤 때는 이렇게 외할머니의 안부도 물어주신다.

"할머니가 밥은 지으시니?"

건수가 혹시 밥까지 지어 먹고 다니는 것은 아닌지 걱정도 되는 모양이다.

"네에."

평상시도 한 선생님은 가끔씩 엄마의 소식을 물어오지 않았던가? 건수가 5학년 2학기가 시작되는 9월 말경에 서울에서 전학을 해왔다. 선생님은 처음 건수의 가정환경 조사서를 작성하면서 세심한 관심을 가져 주기도 했다. 우선 시골로 낙향했다는 점과 둘째 혼자 왔다는데 가정에 어떤 문제가 있다고 예감을 했던 모양이다. 가정적으로 피치 못할 사정이 아니면 가족이 이산할 수 없다고 생각한 선생님은 이때부터 외로운 건수를 챙겨주기 시작했다. 물론 건수가 처음 이 학교로 전학 올 때는 엄마가 데리고 왔었고, 그때 담임선생님도 엄마의 이야기로 건수의 사정을 대충 설명을 들어 알고 있었다.

건수의 외할머니는 아까부터 졸업식에는 별 관심이 없었던지 초조한 모습으로 창문 밖으로 시선을 돌려 학교 정문 쪽을 자꾸 내다본다. 이따금 건수의 표정도 살피며 땅이 꺼져라 한숨도 짓는다.

외할머니가 학교 정문 쪽을 자꾸 바라보는 것은 엄마를 기다리고 있

는 눈치다. 엄마가 꼭 있어야 할 자리에 없으니 할머니도 답답하고 안쓰러운 모양이다. 엄마가 오지 않는다는 것은 아버지 일이 잘 풀리지 않고 있다는 사실이다. 그렇다면 아버지는 아직도 감옥에 계시다는 것이다. 아버지의 사건을 풀기 위하여 엄마는 발바닥에 땀이 나도록 바쁘게 돌아다니는 형편이다.

엄마의 말대로 아버지는 정말 억울하게 감옥 생활을 하고 계시는 것일까? 엄마는 아버지가 절대 환경파괴범이 아니라고 주장한다. 진짜 그럴까? 아버지는 엄마 주장대로 환경파괴범이 아닌데 내용도 모르게 검찰에 잡혀 들어가서 억울한 수감생활에 고생하고 계시는 것일까?

아버지 민형은 우여곡절 끝에 영제화학을 창업한 기업초년생이다. 운이 없었다고 할까. 영제화학을 각고 끝에 창업하였다지만 제대로 운영도 해보지도 못한 채 화학공장에서 흘러나온 폐수관계로 환경파괴범이란 죄명을 쓰고 구속되어 지금 수감생활 중이며 엄마는 그런 아버지에 대하여 구명을 하기 위하여 지금 서울에 계신다. 그래서 건수의 졸업식에도 참석하지 못한 채 아직도 소식이 없다.

외할머니는 손자인 건수의 졸업식을 보면서 건수의 아버지 민형의 어린 시절을 돌이켜 본다. 아버지 민형의 졸업식도 오늘 건수의 졸업식보다도 더 쓸쓸하고 외롭게 맞이했는지 모른다. 외할머니는 지금의 건수의 엄마인 딸 지연이의 졸업식에 참가했다가 민형의 졸업식도 같이 보게 된 것이다. 건수의 아버지와 엄마는 초등학교 같은 학년 같은 반이었다. 그 졸업식에서 민형의 모습은 초라했다 하지만 지연은 화려했었다. 가정환경이 좋은 탓도 있었지만 학업성적도 좋아 우수상도 받았고 남녀공학에서 부반장 역할도 했던지라 공로상에 착한 어린이상까지 독차지했었다.

건수의 아버지 민형은 사십여 년 전에 지금 아들 건수의 모습과 똑같은 자리에서 똑같은 모습으로 졸업을 했지만 상을 하나도 받지 못한 외로운 아이였다고 외할머니는 최근 기회가 있을 때마다 소년 시절 아버지 민형의 과거를 건수에게 들려주기도 했다.

아버지의 소년 시절

왜정 시대를 거처 조국 해방과 6·25동란으로 이어지는 국란은 우리 민족에게 엄청난 수난과 비극을 가져 왔다.

시대적인 입장에서 소년의 할아버지도 예외는 아니었다. 일본의 학정에 일원으로 징용에 끌려가서 8·15 해방이 되었을 때다. 사이판 수복 전쟁에서 미군 제트기의 기총소사로 방공호를 작업을 하던 사람들이 다 죽어가는데도 소년의 할아버지는 용케 살아왔던 분이다. 하지만 당시 전쟁이 휩쓸고 간 자리마다 전염병들이 극성이 전쟁에서의 살인마보다도 더 무서운 존재로 부각되었다. 전염병은 먼저 아이들의 목숨을 가져갔다. 그런 괴질들이 마을을 휩쓸고 지나노라면 남녀, 노소를 막론하고 멀쩡하던 생명들이 수없이 죽어갔다. 그때의 장질부사와 홍역, 천연두, 폐병 따위는 오늘날 불치병으로 악명 높은 암이나 에이즈보다도 더 무서운 존재였고 코로나보다도 사망률이 높았다. 장대 같던 청, 장년들도 장질부사와 폐병에 걸렸다하면 생사를 가름할 수 없을 정도로 운명에 맡겨야 했고, 아침나절 건강하게 뛰놀던 아이들이 저녁이면 홍역이나, 천연두에 걸려 죽어 나갔다. 현대의학에서는 병도 아니려니와 지구상에서 완전히 퇴치되어 버린 하찮은 그따위 병들에, 모든 사람들이 괴질로 허망하게 그렇게 많이 죽어갔다. 전쟁이 휩쓸고 간 자리에서 건수의 할아버지 운명도 일찍이 당신의 부양가족인 어린 자식들에게 엄청난 가난을 유산처럼 남기고 세상을 떠나셨다.

무엇보다도 그 무렵 또 제일 무서운 것은 가난의 존재였다. 가족들이 깊은 가난으로 빠져들면서 모진 고생을 했다. 5남매 중 건수의 아버지 민형은 셋째 아들이고 삼촌은 유복자였다.

당시 할아버지가 남기고 간 유산은 논이 칠백여 평, 밭이 일천여 평, 어떤 용도라도 개발이 가능했던 야산이 삼천여 평 있었으니 가장이었던 건수의 큰아버지가 가족들과 열심히 살아 보자고 그 땅만 잘 이용했다면 그처럼 가난한 생활은 아니었을 텐데 문제는 가장인 건수의 큰아버지의 게으른 탓과 무능이었다. 큰아버지가 건사해야 할 농사터에는 곡식보다 잡풀이 더 무성했으니 그런 곳에서 무슨 곡식을 거둬드릴 수 있었겠는가? 그러다 보니 지독한 가난을 면할 수 없었고 양식이 떨어질 수밖에 없었다. 큰아버지의 무책임과 게으름이 가난을 불러들인 꼴이요 고생을 자초한 결과로 봐야 했다.

해마다 설날이 지나면 양식이 떨어지기 시작했다. 보리쌀이 나기까지는 3개월 정도를 더 견뎌야 하는데 그동안을 지내는 것이 그토록 고통스러웠다. 월동준비는 하나도 한 것이 없는데 매서운 추위와 굶주림은 영락없이 민형의 가정을 강타했다. 장래 쌀과 고지 쌀(품삯을)을 얻어다 먹는 것도 한계가 있었다. 빈 뱃속을 채우기 위하여 지겹도록 고구마를 먹으면서 아사 직전의 생존을 그런 식으로 견뎌야 했다.

일본국의 학정에 국가도 자급자족을 못 하는 형편에서 엎친데 겹친다고 민족 간의 6·25전쟁으로 엄청난 비극까지 겪어야 했으니 민생은 처절을 극할 수밖에 없고, 우방의 원조 없이는 살아남기가 불가능한 국가적 빈민 현상이었다. 미국으로부터 유, 무상으로 식량의 원조를 받아 충당할 수밖에 없었단다. 그렇지 않으면 국민들 태반이 굶어 죽어야 할 형편이었다.

충분한 양은 아니었지만 그렇게 원조를 받은 식량으로 전쟁의 난민들과 지역 영세민들에게 무상으로 배급을 주기도 했다. 그처럼 비참한 전쟁을 겪고 있는 우리 민족으로서는 그래도 미국의 원조를 받아 아사 상태를 면할 수 있었다니 불행 중 다행이었다고 할까. 배급하는 과정에서도 문제점은 많았다고 했다. 실정에 어긋난 기준 때문에 영세민들에게 그 몫이 공평하게 돌아갔느냐 하는 것이다. 영양실조로 쓰러지는 사람들이 허다한데 비상식량을 비축한 면사무소 창고에는 관리부실로 곡식이 썩어가고 있었으니 너무도 부당한 처사였다. 거기엔 쥐들도 한몫을 했다. 창고관리가 허술하다 보니 쥐들에게 빼앗기는 양도 만만치 않았다. 대책이 없는 쥐들의 천국이었다. 그래서 쥐 잡는 운동으로 심지어는 초등학생들까지 참여를 시켰는가 하면 경쟁까지 시켰다. 쥐꼬리를 가져오라 시켰다. 학교에서는 매주 월요일마다 수집했고 경쟁을 시켰으니 선생님들은 아이들에게 독촉을 아니 할 수가 없었다. 아무튼 면사무소 곡식 창고뿐만 아니라 일반 가정에도 쥐에게 뺏기는 양이 적지 않았다. 쥐는 전염병까지 오염시켰다. 그런 형편에서 민형네 가족은 양곡 한 톨도 혜택을 받지 못했다. 배급의 대상이 아니었다. 오늘날의 기초생활수급자로 피난민들은 배를 곯지 않는데 원주민 민형네는 굶고 살아야 했다. 정말 공평치 못한 처사였다. 일 년에 보릿고개, 쌀고개를 포함하여 5, 6개월 정도를 끼니가 없어 생으로 굶어가며 살아야 하는데도 당국으로부터 전혀 혜택을 받지 못한 채 몰인정하게 외면을 당했다. 할머니가 면사무소를 찾아가 부면장에게 우리 일곱 식구 다 굶어 죽게 되었으니 형편을 잘 살펴 달라고 사정도 해봤으나 소에 경 읽기 매정하기가 서릿발 같았다 한다.

손이 닳도록 할머니가 애절하게 사정을 해봤지만 그럴 때마다 거절 아무런 도움이 못 되었다. 없는 것 달라는 것도 아니고 한쪽에서는 관리를 잘못해서 양곡이 썩어 나가는 판인데, 그 정도 목메 사정을 했으면 목석이라도 움직거렸을 테지만 무 쪽 자르듯 무참하게 거절을 당해야만 했단다. 부면장의 답변 이유는 간단했다.

사정은 딱하나 심사기준에서 구호대상에서 제외되었다는 것이다. 이유는 장성한 큰아들에게 충분한 노동력이 있는데 무슨 배급을 달라는 것이냐고 박절을 했단다. 우리 면에서는 국가가 제정한 법에 따라 엄격하게 행정을 집행하고 있기에 절대로 안 되는 거란다. 만약의 경우 이런 대상까지 구호양곡을 지급하다 보면 한이 없을 뿐만이 아니라 직권남용죄에 적용 담당자가 책임을 면치 못한다는 것이다.

학교를 다니는 민형에겐 가난은 더 큰 고통을 주었다. 가난은 교과서 구입할 형편도 못되었고 때론 연필, 공책도 없었다. 책과 필기도구도 없는 소년은 빈 몸으로 학교를 왔다 갔다 했단다.

그런 소년 민형의 청소 당번 때 일이다. 빗자루로 교실 바닥을 쓸다가 3센티 되는 몽당연필을 하나 주웠다. 분실물을 습득했으니 당연히 선생님에게 신고를 했어야 했다. 그때 민형의 마음은 임자가 버린 것으로 착각을 했다. 3센티 정도밖에 남지 않았으니 붓 뚜껑을 끼우지 않으면 사용이 불가능한 물건이었다. 사용하기가 불편하여 임자가 버렸을 가능성도 있었고, 또 잃어버렸다 해도 '그깐 것'하고 포기할 수도 있었다. 연필이 없던 소년은 욕심이 생겼다. 민형에겐 요긴하게 쓸 수가 있었다. 그때 마침 소년에겐 공책은 있었는데 연필이 없어 구색이 맞지 않았다. 민형은 설마 하고 선생님께 분실물 습득 신고를 안 했다. 꼭 죄를 따진다면 분실물 무단이탈죄를 저지른 셈이다. 그냥 갖고 싶은 충동감이 앞섰다. 짧아서 그냥 사용할 수 없다는 것을 민형이 모르지 않았다. 임자가 버린 것으로 착각을 했다. 민형은 몽당연필을 집에 가지고 와서 붓 뚜껑에 끼웠다. 아주 훌륭했다. 내일부터 학교에 가면 선생님이 칠판에 써놓는 요점을 빼놓지 않고 필기할 수 있다는 희망에서 소년은 아주 만족했다. 이튿날 학교에서 연필을 습득했다는 생각을 잊고 무심중 사용했다.

"오늘 차례가 십오 쪽이지?"

선생님 말씀과 더불어 국어책을 펼치는 학생들의 부스럭거리는 소리가 교실 안 침묵을 가볍게 흔들어 놓을 즈음이다.

"선생님!"

갑자기 남창호가 큰소리로 외친다. 다소 교실 안 분위기가 술렁거렸다. 창호는 벌떡 일어났다. 책을 펼치던 선생님도, 또 반 전체 아이들이 창호의 돌출행동에 시선이 집중되었다.

"선생님! 민형이가 제 연필을 훔쳐갔어요!"

창호는 민형의 손에 들고 있는 연필을 바라보며 소리쳤다. 갑작스러운 창호의 행동에 홍당무가 되어 버린 민형은 어쩔 줄 모르고 당황했다. 예기치 못한 사건이다. 얼굴빛이 노랗게 사색이 되었다. 창호를 바라보던 선생님은 시선을 돌려 민형을 쏘아본다. 다음은 창호에게 묻는다.

"민형이가 가지고 있는 연필이 창호 네 꺼란 말이지?"

"제 연필은 노랑색이기 때문에 확실하게 표가 납니다."

그때 민형 자신도 손가락에 끼어 있는 연필을 내려다보았다. 역시 창호 말처럼 연필은 노란색이었다.

선생님은 잠시 민형을 쏘아보더니

"민형이, 너 그 연필 네 꺼가 맞아?"

질문은 매서웠다. 민형은 고개를 떨군 채 아무 말을 못 했다.

"야! 민형이 너 그 연필 창호 꺼 맞아, 네 꺼 아니지?"

민형은 말문이 꽉 막혔다.

"너 그 연필 이리 가지고 나와 봐. 그리고 창호도 이리 나오고."

소년은 몽당연필을 선생님 앞에 내밀고는 고개를 푹 숙였다.

민형에게 몽당연필을 받아든 선생님은 잠시 연필을 살펴보며 고개를 갸우뚱하더니 말했다.

"자, 그럼 네 꺼니까, 니가 가져가."

민형에게서 받아든 몽당연필을 선생님은 창호에게 넘겨준다. 몽당연필에 끼어있던 붓 뚜껑까지 모두 창호에게 뺏겨 버렸다. 창호 내는 방앗간을 했으니 남들 집보다 잘사는 편이었다. 몽당연필에 연연할 가정형편은 아니었다.

"이젠 도둑질까지 하는군. 이런 나쁜 놈, 선생님이 도둑질하라고 가르쳤더냐?"

선생님은 민형을 도둑놈으로 단정을 했다. 순간 선생님은 느닷없이 민형의 따귀를 후려쳤다. 소년은 교실 바닥에 푹 고꾸라졌다. 어제저녁부터 아침까지 굶고 학교에 왔으니 민형은 기력도 없었다. 물건 임자가 잊어버린 물건이라니 그렇게 인정했다.

소년은 금방 코피가 터져 교실 바닥으로 뚝뚝 떨어진다. 피가 많이 난다. 몽당연필은 어제 청소하다가 주웠다고 민형은 변명도 못 했다. 민형은 구타를 당했다는 것보다 붓 뚜껑까지 빼앗긴 것이 더 아쉬웠다.

신제품이 나오고 유행이 바뀌었다고, 요즈음은 얼마든지 사용 가능한 몇십만 원짜리 폐가전 제품과 폐가구들이 길바닥에 널려 있는 판에, 또 쓰레기도 돈을 주고 버려야 할 판에, 그까짓 몽당연필을 그것도 교실을 청소하다가 분실물로 습득한 건데, 사용을 할 수가 없었던 연필이기에 다른 사람에겐 몰라도 민형에겐 꼭 필요해서, 요긴하게 쓰겠다고 좋아했는데 그것을 훔쳤다고 공부시간에 여러 학생들이 지켜보는 자리에서 망신까지 당하면서 도둑놈이란 별명까지 붙었으니, 더구나 매까지 맞았으니 참으로 억울한 일이었다.

"어서 들어가 이 도둑놈아!"

엎어진 채 코피를 흘리고 있는 민형을 내려다보며 선생님이 소리쳤다. 꼴도 보기 싫었던 모양이다. 민형에겐 선생님의 호령 소리가 희미하게 들렸다. 비실비실 일어나서 민형은 제자리로 들어왔다.

며칠 전 민형은 창호와 주먹질을 하며 싸웠던 일이 있었다. 같은 학년이라도 창호는 민형보다 나이가 한 살 아래다. 민형은 아홉 살에 입학했는데 창호는 여덟 살에 입학했으니 당연 창호가 민형을 당할 수는 없었을 것이다. 창호는 복수심에서 자기가 버린 몽당연필을 마침 민형이 가지고 있는 것을 보고 도둑놈으로 선생님께 일러바친 것이다. 통쾌하게 복수했다.

아무튼 그날부터 민형에게 몽당연필 사건으로 갑자기 학교에서 슬랙이 보이(도둑놈)가 되었으니 앞으로 반 아이들한테 손가락질을 당할 것은 뻔했다. 세상인심이 밥을 굶고 학교를 다녀도 누구 하나 거들떠보지 않았던 시절이다. 민형은 반 아이들에게 천덕꾸러기가 될 뿐만 아니라 추한 꼴을 어떻게든 참고 견뎌야 했다. 배가 고파도 아닌 척, 기운이 없어도 있는 척하면서 남모르게 숨기며 학교를 다녀야 했다.

우리나라는 천년 역사다. 고주몽의 말발굽 소리가 힘차게 울려 퍼지던 만주벌판 시대가 지난, 통일신라 후 한반도의 천년 역사는 약소국을 면치 못했다. 삼국을 통일했다는 조국의 영토는 만주벌판을 비롯 황해도까지 지금의 북한 땅까지 당나라에 빼앗긴 처지에서 갑자기 약소국으로 전락하는 꼴이 되었으니 이런 국가적 불행이 어디 있다 하더냐? 작은 영토이다 보니 덩달아 국가적 빈곤국이 되기도 했다. 국토가 작고 비축량이 부족하다 보니 식량 조달까지 겹친 상황이다. 때문에 운이 좋아 봄비가 많이 와서 풍년이 들면 겨우 식량을 보충했고, 비가 오지 않아 모를 못 심으면 흉년이 들었다. 그럴 때는 부족한 식량만큼 백성들은 굶고 살아만 했다. 국제간의 무역이 없던 때라 다른 방법은 전혀 없었다. 더구나 우리나라에서도 부족한 식량을 대국인 중국에 해마다 조공까지 바쳐야 했으니 그 가난의 고통은 고스란히 백성들의 몫이 되었고 부족한 식량만큼 백성들은 굶주림으로 충당했다. 나라 살림을 하는 정치인들이 모든 잘못은 저질러놓고 뒤치다꺼리와 고통은 국민들에게 몽땅 떠넘기는 실정이었으니 굶주리는 고통은 국민들의 몫으로 될 수밖에 없었다. 정부에서는 가난은 나라님도 못 구한다는 변명이나 늘어놓을 뿐 책임 따위는 전부 백성들에게 전가했다. 정말 대책이 없는 노릇이라고 할까. 그렇다고 가난한 백성들은 정치인들에게 원망도 못했고 항의도 못했다.

당나라 측천무후에게 병력을 지원받아 백제를 멸망시키고 고구려를 멸망시킨 신라통일이 광활한 만주벌과 요동벌을 모두 당나라에 빼앗긴 채 약소국가로 전락하게 되었으니 몽골의 칭기즈칸의 점령을 피할 수 없었고, 칭기즈칸의 원나라 때부터 지배를 시작해서 명나라 청나라 때까지 식민지 노릇을 해야만 했다. 우리나라 백성들도 먹을 것이 없어 굶어 죽는 판에 그들 나라에 해마다 조공까지 바치며 살았으니 얼마다 비참했는가 가히 짐작이 간다. 백성들은 그저 자포자기와 같은 무기력으로 더구나 부패정치인들에게 시달리면서 가난을 운명처럼 여기며 살아야 했다. 원망도 하소연도 아무 소용이 없거니와 별다른 대책이 없었으니 제대로 먹지도 못한 채 짐승처럼 인생을 아무런 락(樂)도 즐거움도 없이 대부분의 우리 조상들은 살아온 것이다. 국란은 그칠 줄을 몰랐고 그럴 때마다 우리 민족은 시련과 상흔으로 얼룩져 왔다. 오천 년 긴 역사를 그 모양으로 백성들은 살아왔다. 오늘날 세계 경제 10위권은 오천 년 역사에서 우리 세대가 만든 기적이 아닐 수 없다. 정치인들이 아닌 기업인들이 이룩한 기적이다.

당시 우리나라의 풍년과 흉년의 원리는 간단했다. 모를 심어야 할 5월경에 봄비가 흡족하게 오면 풍년이고, 비가 안 오면 천기에 따라 흉년이 든다. 비가 적게 내리는 중동지역이 그러하듯이 우리나라 기후는 봄철에는 비가 해마다 적게 온다. 우리나라 기후는 6월에야 장마가 오는가 하면 그 장마 기간에 일 년 중 50% 이상의 비를 쏟아내린다. 우리나라는 물이 부족한 나라는 아니라지만 늘 봄철 모 이양 시기에만 비가 적게 내려 흉년을 가져 왔었다. 때로는 봄에도 비가 많이 내려 풍년을 가져오는 때도 없지 않다. 허나 조물주의 심술은 언제나 모 이양기가 지난 시기에 비를 내려줘 풍년보다 흉년이 더 많았다.

이는 태양계의 자연 현상이다. 그런 길고 긴 어둡고 가난한 시대가 통일 신라에서부터 1960년까지 이어져 온 것이다. 자그마치 그 세월이 천이백여 년이다. 천 년 세월 동안을 왕도정치의 무능으로 우리 민족은 국란과 가난의 고통을 겪으면서 살아온 것이다. 현대사 일제 침략기에 일본인들이 저수지를 만들고 농수로를 만들어 물을 저장했다가 모 이양기에 적절하게 이용들을 해왔다. 그래서 저수지 목록 안에 있으면 문전옥

답으로 취급되고 아니면 천수답이 되었다. 양수기가 발달한 요즘이야 산 꼭대기까지 물을 퍼올려 곡식을 심고 가꾼다지만 비 문명시대 우리나라는 기후조건에 따라 국가와 국민들의 생사가 가늠되는 꼴이 되었다. 한강 물이 식수는 물론 농수까지 경기도 일원 평택들까지 충족을 시키고도 강화도 서해안으로 흘려보내는 양이 얼마이더냐?

민형은 철저한 가난의 피해자였다. 그 시대에 누가 누구를 동정하겠느냐 만은 버려진 자식처럼 살아야만 했다. 가난한 집안의 아이들이 주목을 받기는커녕 미납된 사친회비나 교과서 대금 따위로 선생님이나 반 아이들한테 따돌림까지 받으면서 구박 덩어리요, 말썽의 대상이 되었으니 얼마나 비참했으며 이게 누구의 책임이라 하겠는가?

첫째 시간 종이 울린다. 교실에 들어온 선생님이 제일 먼저 하는 일은 출석을 부른 다음은 사친회비를 징수하는 것이다.

"사친회비 가져온 사람 앞으로 나와!"

선생님은 반 전체를 휘 둘러본다. 사친회비를 가져온 아이들은 자랑스럽게 나온다. 선생님이 반겨주니 그럴 만도 했다. 사친회비를 잘 내는 것도 모범생으로 점수에 올라가니 성적에도 반영된다. 월별 기준으로 징수를 하다 보니 날마다 사친회비 타령이요 독촉이다.

선생님은 돈을 받고 장부에 확인을 하고 영수증을 발행한다. 다음에 선생님은 빼놓지 않는 행동이 있다. 미납자를 일일이 확인한다. 민형도 마찬가지다.

"민형이 너, 사친회비가 얼마나 밀렸는지 알고나 있는 거냐?"

돈 이야기라면 민형은 할 말이 없다. 돈이라면 민형은 기가 죽지만 대책도 없으니 선생님의 처분이나 바랄 뿐이다. 설마 퇴학이야 시키겠는가 하는 생각에서 어떻게 보면 뱃장 같은 심보였다. 염치도 없고 얼굴 가

죽이 두터운 놈이라는 것 민형 자신이 더 잘 알고 있다. 학교에서 강제로 퇴학을 시킨다면 모를까 그렇지 않으면 퇴학당하는 날까지 민형은 학교에 다닐 것이라고 작심도 했다.

"민형이 너 때문에 우리 반이 전교에서 사친회비 징수성적이 꼴찌라는 것 알고 있지? 어떻게 할 거야? 공짜로 학교를 다닐 거야. 미룬다고 해결되는 것도 아닌데 어떻게 할 거야 말해 봐?"

선생님이 입체 해준 일부 교과서 대금도 못 내는 판이니 곱게 봐줄 리가 없었다. 선생님한테 미움 받는 여러 가지 조건들은 모두 학부형의 책임이요 가난 때문이지 민형의 죄도 잘못도 아니라는 것을 서로 간에 잘 알고 있는 사회적 문제들이다. 그러나 모두가 성의 문제라고 선생님들은 계산하고 있다. 민형은 그런 선생님을 원망하지는 않았다. 6년 동안 학교를 무작정 공짜로 다닌 셈이니 그럴 만도 했다. 중·고등 학교와 달리 초등학교는 의무교육이기 때문에 다행히 민형은 쫓겨나지 않고 살아남을 수 있었다. 이승만 대통령의 문교정책이었다.

때문에 중·고등학교와 달리 시친회비를 안 냈다고 강제로 퇴학시키는 일은 없었다. 그런 조건 때문에 민형은 초등학교일망정 억지로 졸업할 수가 있었다. 민형에겐 천만 다행한 일이었다.

징수성적이 전교에서 반이 꼴찌라면 선생님도 당연히 책임을 면치 못했다. 그 당시 학교 운영은 국가에서 지급하는 전도금보다 자급자족하는 차원에서 사친회비 징수는 더욱 불가피해 학교를 운영하는데 비중이 전도금 쪽보다도 더 컸다. 사친회비 징수 목표가 달성되지 않으면 학교 운영에도 막대한 지장을 초래했다. 선생님들의 봉급 중 일부인 후생비(전시수당)전액을 사친회비에서 지급을 했다. 어떠한 방법으로든 징수를 감당하는 담임선생님들에게 사명감처럼 책임이 부여될 수밖에 없었다.

학생들의 성적을 올리기 위한 교육은 뒷전이다. 사친회비 징수 성적에 경쟁력이 더 심했다. 직원조회 때마다 서릿발 같은 교장 선생님의 독촉에 징수성적이 부진한 선생님도 괴로울 정도다.

매일 그래픽을 들여다보며 교장 선생님은 성적이 부진한 담임선생님들을 일일이 호명하며 이유를 캐물었다. 지출할 예산이 부족했으니 전교 차원에서도 징수가 부진한 상태이기에 독촉하는 것이다.

당장 월말에 자체에서 해결해야 할 예산 중에는 선생님들에게 지급해야 할 후생비도 포함되었으니, 예산을 확보해야 한다고 사친회비 징수에 박차를 가할 때마다 교장 선생님의 불호령이 떨어진다. 심지어는 국가에서 주는 공무원 월급도 지연되는 경우가 있었으니 나라 형편이 어떠했는가 짐작이 갔다.

선생님들은 사친회비를 징수하고 그 징수성적을 올리는데 고충이 심했다. 교사들의 근무성적도 사친회비 징수성적을 중점 반영시켰다. 때문에 사친회비 잘 내는 학생이 선생님을 도와주는 꼴도 되었다. 선생님도 공부 잘하는 학생보다 사친회비 잘 내는 학생들을 더 예뻐해 주었다. 기말마다 교육청에 보고하는 선생님들의 개인별 근무평가에도 그 사실이 반영되었으니 심각할 정도였다. 이런 형편에서 우리 반이 전교에서 꼴찌라니 이건 보통 일이 아니다. 민형은 선생님에게 아주 골치 아픈 존재였다. 선생님 입장에 공감이 가는 민형은 선생님께 여간 죄스런 일이 아니었다. 민형 혼자 누적된 미납금만 해도 비율은 높았다. 민형은 가정형편이 어려워서가 아니라 '뺑돌이'라고 전교에서 이름날 정도로 소문이 났다. 일 년 중 한두 달 정도 내는 것이 고작이었으니 왜 아니 그렇겠는가?

선생님들 간에도 알 만한 사람은 다 알고 있으면서 질긴 녀석이라고 취급을 받기도 했다. 신학기마다 반을 편성할 때 민형이 들어있는 반은 선생님들끼리도 서로 기피하려고 한다는 것을 민형도 알고 있는 사실이다. 사친회비뿐만이 아니었다. 책값과 잡종금도 제대로 납부하는 경우가 없다. 선생님들에게 문제아로 낙인 된 민형이 차라리 자퇴하여주기를 내심 바랬을지도 모른다.

"민형이 너는 어려운 가정을 도와서 농사일이나 열심히 하는 것이 좋지 않겠어!"

농담조로 자퇴를 종용하는 선생님도 사실상 있었다. 그러나 진심은 아닐 거라고 민형은 믿었다. 그래서 민형의 생각은 달랐다. 학교에서 강제로 퇴학시키지 않는 한 선생님들에게 미움은 받을지언정 어떤 어려움이 닥쳐올지라도 졸업은 꼭 해야 한다고 마음속으로 굳게 다짐했었다. 중학교에 진학시켜 줄 가정형편도 아니고 큰형님의 심보도 아니기에 여기에서 중단하면 학교하고는 영원히 멀어진다는 것을 민형은 잘 알고 있었다. 다른 형제들 모두 무학인데 초등학교라도 다닌다는 것이 오히려 다행이라 여겼다. 사친회비를 안 준다고 책을 안 사준다고 불평할 처지가 아니었다. 원망하기보다는 크게 봐준 처사에 도리어 고맙게 생각해야 할 일이다. 이게 민형이네 60년대 가정형편이었다.

가슴 아픈 침묵

원인은 산후 처리를 잘못해서 그랬단다. 민형의 어머니는 젊어서부터 해수병(천식)이 깊었다. 기관지에 경련이 일어나는 병으로서 숨이 가쁘고 호흡이 곤란한 병으로 기침을 많이 한다. 초겨울부터 시작하는 기침은 이듬해 봄부터 조금씩 가라앉기 시작하여 여름이 돌아와야 끝이 난다. 겨울날 새벽부터 시작되는 기침 소리는 마을 사람들이 다 알아들을 정도로 요란했다. 베개에 얼굴을 묻고 엎드려 기침할 때는 양손으론 배까지 움켜쥐고 몸부림치는 일도 많았다.

대신 민형 어머니의 길쌈 솜씨는 기능보유자를 뺨쳤다. 물레로 목화실을 뽑아내고 꼬치로 명주실을 뽑아내는 솜씨부터 베틀에 턱 앉아서 씨줄을 허리에 척 감아 당기고는 익숙한 손과 발놀림으로 북으로 날줄을 엮어 짜내는 모습이란 자랑스럽게 보일 뿐만 아니라 성스럽게 보일 정도이었다. 결혼 전 친정에서 외할머니한테 배운 솜씨다.

유명세가 인근 마을까지 퍼질 정도로 인기가 좋았지만 체력이 뒷받침을 해주지 못하는 입장에서는 아무 소용이 없었다. 품팔이로 남의 집 일

나갔다가 쓰러지는 소통을 겪어 그도 시들해졌다. 이유는 영양실조에 의한 빈혈 증상이었다. 민형의 어머니가 남의 집에 일을 나갈 때면 일렀다.

"민형아 이따 점심때가 되면 네 동생 데리고 엄마한테 오거라."

민형은 어머니가 시킨 대로 점심때가 되면 동생을 데리고 엄마가 일하는 집 대문 앞에서 서성거린다. 밥상이 나오면 엄마는 영락없이 민형을 부른다.

"뱃속이 거북 한디."

끼니때가 되면 엄마는 갑자기 배가 아픈 듯이 문지르며 엄살을 부리고는 당신 몫으로 나온 밥을 두 아들에게 먹인다.

"눌은밥이나 있으면 한 종지 주세요."

그리고는 온종일 밥을 굶고라도 남의 일이니 하루 양은 다 채워주어야 한다. 그런 어머니의 태도에 아는 사람은 다 안다. 인정 많은 아줌마는 외면을 못 하고 밥 한 그릇을 갖다 주며 먹고 기운을 차려야 일을 잘하지 하며 슬쩍 넘긴다지만 한두 번 경험한 주인아줌마는 그런 꼴을 보고도 모르는 척 그냥 넘기기도 한다. 실상 아침도 굶고 간 당신은 굶어도 자식들은 그렇게라도 먹여야겠다는 어머니 마음이었다. 정말 어머니의 마음은 거룩한 존재다. 어머니의 마음 중에서도 자식 사랑은 어느 여자에게도 가지고 있는 거룩한 존재다.

민형이 초등학교에 들어가 철이 난 후에는 그런 짓을 피했다지만, 집에서도 어머니는 늘 그런 식이었다. 자식들이 다 먹고 난 다음 빈 밥상에서 훌쩍거리기만 한다. 뱃고래는 항상 등창에 붙어있다. 점점 몸은 약해지고 해수병은 날이 갈수록 깊어 갔다. 그러니 어머니의 길쌈 기술도 인기가 떨어지고 찾는 이도 점점 줄어들었다. 환자를 데려다 일을 시킨다는 것도 홀가분한 마음이 아니었기에 부담도 되었고 자식들이 따라붙는 것도 꼴 보기 싫었다. 핑계한다는 것을 뻔히 알면서 일꾼을 굶기고 일 시킬 수 없으니 그랬다. 나중에 일이지만 당신에게 일을 배웠으니 꼭 당신의 기술이 독보적인 존재로 영원할 수는 없었다. 필요할 때만 불렀고 당신의 기술을 야금야금 터득한 후부터의 동네 사람들은 아예 당신을 부르지 않았다. 이렇게 생활력을 잃은 당신은 큰아들에게 면목이 없었고 그렇게 한 가지씩 생활권을 내어주다 보니 큰아들에게 완전히 실권을 잃고 말았고 그래서 큰아들 하는 일에 간섭을 하지 않았다. 남편의 죽음은 한 여인에게 이렇게 모진 역경과 고통을 떠 넘겨주고 간 꼴이 되었다.

생활권을 쥔 큰아들은 노동력이 충분히 있었으나 억척스럽지 못하고 게으른 탓에 아무것도 되는 일이 없었다. 마땅히 부양에 책임을 져야 할 사람이 자신의 본분은 다 하지 못하면서, 윗사람의 위세와 힘의 원리로만 행세를 했다. 가난한 가정생활에 뭐 뜻대로 되는 일 없으니 짜증과 신경질만 하루하루 늘어갔고 성질만 난폭해지기 시작했다. 분노를 폭발할 곳은 뻔했다. 밖에서가 아니라 집안에서다. 만만한 게 동생들이다. 동생들 따귀나 내갈기다 보면 분이 풀리는 모양이다. 그런 큰아들 옆에서 당신은 어머니의 권리도 사랑도 모든 것을 포기한 양 슬그머니 얼굴을 돌리며 외면하는 것이 고작이었다. 전혀 간섭을 하지 않으려 했다. 동생들 역시 당신의 역성과 도움을 바라지 않았다. 당신이 외면을 해도 그럴 수밖에 없을 것이라고 포기해 버렸다.

큰아들의 솜씨는 좋은 편이었다. 무슨 일이든 시작만 했다 하면 끝마무리는 예술작품처럼 완벽했다. 짚신도 삼았다 하면 털 하나 없이 깨끗했다. 꼼꼼한 솜씨 때문에 속도감은 없었지만 대충하는 일은 없었다. 그렇게 솜씨는 좋아도 느린 속도감과 게으른 탓에 무얼 어떻게 해보고자 하는 성의도 융통성도 없었다.

민형의 집에서 학교와의 거리는 약 500미터 정도, 가깝기는 했을망정 45도쯤 되는 비탈진 산 고개를 하나 넘어야 된다. 갈산이 고개다.

"짚신이 다 떨어졌어요."

민형이 볼멘소리로 이야기를 해도 큰형님은 듣는 둥 마는 둥 차라리 못 들은 척 반응이 없다. 민형은 분명히 들었다고 생각, 더 이상은 졸라대지 못했다. 잘못하면 큰형님의 화를 불러올 수도 있었다. 그럴 때에 돌아오는 것은 따귀밖에 없다.

민형의 성적은 반에서 우등생 선에 들어갈까 말까다. 사실은 우등권에 들어갈 수도 있는데 그놈의 사친회비 관계로 선생님한테 밉게 보이기도 했다지만 미술에서 항상 평균 점수를 잃기 때문이다. 크레용도 없고 도화지도 없다. 때문에 그림을 그릴 수가 없었다. 그래서 항상 미술 점수가 과락을 했다. 민형은 그걸 안다. 그런데 큰형님은 없는 집안에서 학교 보내주었으면 공부라도 잘해야 되는 거 아니냐고 늘 탓이다. 너만 학교를 보내줬으면 공부라도 잘해야 되는 거 아니냐고 짜증이다. 한두 개 틀린 시험지를 놓고 이것은 왜 틀렸느냐고 트집을 잡기가 일쑤다. 산수 문제 같은 경우 정작 공식을 몰라 못 푼 문제도 있다지만 실수로 틀리는 경우도 있다.

민형은 집에 있는 날에는 밭에 나가 김을 매며 풀을 뽑거나 또 오후 같은 때는 소꼴을 한 짐씩 벼 와야 한다. 그것을 안 했을 때는 날벼락이 떨어진다. 민형이 소꼴을 벼오지 않으면 그날 저녁 소도 굶는다. 그러나 열심히 해도 고생한 만큼 효과는 없었다. 어린 탓이고 농사일을 잘할 줄 몰라서다. 큰형님의 매질은 꼭 따귀다. 눈치만 달라도 민형은 손바닥으로 얼른 귀부터 막는다. 매는 맞아도 고막은 터지지 말아야 한다는 의지다. 다른 부분이야 상처가 나도 아물면 그만이다. 어쨌든 고막이 터지면 안 된다. 영원히 귀머거리 신세가 되면 앞으로 희망이 없다. 큰형님의 구타는 인정사정 따위 하고는 멀다. 바른 손으로 따귀를 탁 때리면 민형은 왼쪽으로 고꾸라지고 왼손으로 탁 치면 오른쪽으로 고꾸라진다. 구타는 아무튼 큰형님의 분노가 다 풀릴 때까지다.

민형은 눈이 오는 산 고개 비탈길을 게다(나무토막으로 만든 일본식 슬리퍼)를 신고 학교에 가야 한다. 눈길에는 게다가 절대 맞지 않다. 게다 밑바닥에 눈이 달라붙어서 딱딱하게 뭉친다. 게다 밑바닥에 눈이 딱딱하게 뭉쳐 굳어있으니 발목에 중심을 잃는다. 민형은 조심스럽게 또각또각 발자국을 옮긴다. 살얼음판에서 묘기 행진이다. 중심을 잡아 발자국을 천천히 띄어도 게다 밑창의 눈 뭉치는 점점 커진다. 민형은 게다를 벗어서 돌멩이나 바윗덩어리에 탁탁 내려친다. 돌같이 뭉친 눈이 게다의 밑바닥에서 떨어진다. 다시 게다를 신고 걷기 시작한다. 역시 게다 밑바닥에 금세 다시 눈이 딱딱하게 덩어리로 뭉친다. 아무리 조심해서 걸어도 비탈길을 내려가노라면 눈에 젖은 발이 게다에서 찌익 미끄러진다. 그땐 영락없이 게다 끈이 끊어진다. 하는 수 없이 끊어진 게다 끈을 들고 눈길을 맨발로 걸어서 학교에 가야한다. 짚신은 눈이 하얗게 덮인 비탈길이라도 게다처럼 미끄러지지 않는다는 것을 생각해 본다.

요즘 사람들은 눈 내리는 거리를 낭만으로 즐긴다지만 민형은 추위와 눈을 제일 싫어한다. 발바닥은 온통 눈과 진흙, 얼음으로 범벅이 된다. 민형은 그렇게 젖은 발로 교실에 들어간다. 아침에 당번들이 깨끗하게 청소해 놓은 교실 바닥을 진흙 발자국으로 흉측스럽게 그림을 그려놓는다. 발바닥이 진흙투성이니 방법이 없다. 초칠까지 먹여 윤이 반질반질하게 나도록 정성으로 청소해 놓은 교실 바닥에 눈 속을 헤집은 젖은 발자국을 그렇게 남긴다. 교실 바닥을 더럽힌 생각에 미안하고 또 무슨 일이 일어날까 봐 두려운 마음에 꽁꽁 얼어붙은 발가락이 시럽다는 생각은 엄두도 못 낼 형편이다. 도둑놈을 잡을 때 눈이 뒤통수에도 있다는 선생님이 그 꼴을 그냥 보고 넘길 리가 없다. 이래저래 민형은 천덕꾸러기였다.

"오늘 청소 당번들 누구야, 모두 이리 나와. 이게 청소라고 했어, 이놈들아!"

당번들을 앞으로 불러 세워놓고 민형이가 남긴 발자국을 청소 당번에게 보여주며 청소를 잘못했다고 체벌로 모두 손바닥 두 대씩 회초리로 내갈긴다. 맷집이 약하고 매를 맞아보지 않은 아이들은 죽어라고 엄살을 떤다. 선생님은 교실 바닥을 더럽힌 주범이 민형이란 사실을 짐작은 하고 있을 것이다. 첫 교시가 끝나고 선생님이 교무실로 들어가면 청소 당번 애들은 민형에게로 쫙 몰려온다.

"너 때문이야 이 '슬래기 보이(도둑놈)'야."

슬래기 보이는 영어로서 아이들에게 당시 유행어가 되었었다. 일개 분단 열 두어 명이 빙 둘러싸고 그중에 민형보다 기운이 센 놈이 먼저 달려들기 시작한다. 그러면 애들이 몽땅 달려든다. 민형이가 쓰러지면 짓밟기까지 한다. 그렇게 맞고 민형은 집에 돌아와서 어머니에게 학교에서 있었던 일을 언젠가 이야기를 했더니

"젖은 양말을 왜 신고 교실에 들어갔어, 차라리 양말을 벗고 우물로 가서 발을 닦은 다음 맨발로 교실에 들어가면 괜찮을 텐데!"

그렇게 말하는 어머니는 민형의 얼굴을 빤히 내려다보면서 눈물을 글썽한다.

눈이 많이 내리는 계절은 1, 2월이다. 그때쯤이면 민형네는 약속이나 한 듯이 먹을 양식도 떨어진다. 민형이 그렇게 몰매를 맞을 때는 재수 없

게도 아침밥을 굶고 학교 가는 날이 많다.

"아무리 고생이 되고, 천덕꾸러기가 되어도 초등학교만이라도 졸업을 해야 된다."

민형에게는 '왕따' 따돌림당하는 것 따위는 별것 아니라고 중얼거리며 이를 악문다.

고아원의 전쟁고아들도 밥을 굶지 않는다. 공부를 열심히 하면 고등학교까지는 다닐 수 있다. 민형은 고아 신세만도 못하다는 것을 안다. 차라리 민형은 그까짓 것 생각지 말자고 마음먹는다. 학교에서는 사친회비, 책값, 잡부금 등을 안 낸다고 선생님이 노골적으로 구박하지는 않는다. 대신에 다른 트집으로 숙제를 안 해온 것으로 돌린다. 교과서, 연필, 공책이 없는데 숙제를 어떻게 하겠는가. 그놈의 숙제 때문에 늘 선생님에게 트집이 잡히고 그러면 체벌로 변소 청소는 도맡아 할 정도다. 당장 먹을 것도 없는데 돈타령하고 학용품 타령하고, 짚신 삼아 달라고 하면 그따위 소리나 한다고 큰형님은 성질부터 낸다. 그러나 민형은 몇 끼를 굶고 학교는 다닐망정 교과서하고 공책, 연필이나 있었으면 좋겠다는 생각을 했다.

엉뚱한 유혹

민형은 이승만 대통령을 가장 존경하고 고마운 사람이라고 서슴없이 대답을 한다. 왜? 냐고 한다면 그분이 초등학교 의무교육을 실시하였기 때문이다. 사친회비 때문에 민형은 퇴학을 당했을 것이기 때문이다.

온양읍내 장날이 마침 일요일이었다. 3월 신학기다. 저마다 한 학년씩 진급했고 새 학년 새 교과서를 받아들고 등교 공부를 하는데 4학년으로 진급한 민형은 교과서가 없다. 물론 공책도 연필도 없다. 빈손으로 학교를 다닐 판이다. 그런 민형에게 5학년인 같은 마을 원학희가 찾아왔다.

"야 민형아, 우리 온양읍내로 장 구경 갈래?"

"안 돼, 나는 오늘 나무하러 산에 가야 해."

큰형님이 아침에 남의 집 품팔이 나가면서 시킨 일이다. 이건 절대 어기면 안 된다. 당장 부엌에 땔감이 떨어진 상태다. 만약 이걸 어기는 날에는 또 어떤 벼락이 떨어질지 모르는 일이다. 지상명령이다. 땔감이 없는 어머니도 걱정 중이다.

"야, 너는 교과서도 없잖아? 그러니 우리 전과(종합참고서) 슬래기(도둑질)하러 책방에 안 갈래?"

원학희의 전과 소리에 민형은 귀가 번쩍 띈다. 교과서 전 과목을 한 권으로 간추려서 엮은 참고서다. 전과만 있으면 교과서가 없어도 공부하는 데는 지장이 없다. 사실은 전과가 교과서보다 공부하기 더 좋은 편이다.

"난 그런 거 할 줄 몰라."

"너는 나 하는 대로 따라만 하면 돼."

전과라는데 욕심이 목까지 꽉 찬다. 민형은 원학희의 유혹을 뿌리칠 수가 없었다. 생각다 못해 원학희를 따라나섰다. 교과서를 대신해 전과가 생긴다면 얼마나 좋을까 생각만 하여도 희망이 박찬 일이었다. 큰형님이 시킨 나무 따위는 안중에도 없었다. 그까짓 거 시킨 일 안 했다고 벼락을 친다고 매밖에 더 맞겠는가. 민형은 어깨에 걸머지고 있던 나무지게를 팽개치고 원학희를 따라나섰다.

민형의 마을에서 읍내까지는 10킬로미터쯤 된다. 중간에는 나루터가 있다. 겨울 동안에는 다리를 놓아 내(川)를 건너다닐 수 있다지만 비가 많이 내리는 여름에는 배를 띄워 사람들을 태워 건너게 한다.

원학희는 온양 시내를 쓰윽 한 바퀴 돌고 나서 책방으로 들어간다. 민형은 원학희 뒤만 졸졸 따라다녔다.

"민형아, 내가 먼저 할 테니 너는 내 뒤따라서 그대로 하면 돼. 대신 조심스럽게 잘해야 된다. 들키면 큰일 나. 죽었다고 복창해야 돼, 너 알았어?"

가슴이 떨리지만 민형도 조심스럽게 원학희를 따라 책방 안으로 들어갔다. 민형은 유심히 원학희 옆에서 행동을 살펴보았다. 원학희가 몇 번 경험도 있고 성공했다는 이야기를 기회가 있을 때마다 자랑을 해서 알고는 있다. 훔친 전과를 보여주기도 했었다. 그럴 때마다 민형은 나하고는 상관없는 일이라고 관심도 두지 않았었다. 그런 기회가 나한테 온 것이다. 막상 닥치고 보니 겁이 났다.

책방에 들어간 원학희는 좌판 진열대에 가슴을 착 붙인다. 좌판대 높이는 70센치 미터 정도가 된다. 원학희 가슴 높이하고 같다. 좌판 진열대 위에는 초등학교용 책들이 학년별로 수북이 쌓여 있다. 국정교과서 지정 서점이다.

원학희는 5학년용 전과가 있는 앞에 가서 마주 서더니 전과를 골라서 펼쳐놓고 책장을 넘기면서 내용을 훑어보는 척한다. 곁눈질하는 원학희의 눈알은 주인아저씨의 행동 일거수, 일투족 하나도 빼놓지 않고 살핀다. 눈은 반짝반짝 빛나고 있었다.

주인아저씨는 어떤 고등학생과 책값을 흥정, 그때 마침 돈을 주고받는 결제 중이었다. 민형도 원학희 행동과 주인아저씨의 거동을 번갈아 살핀다. 원학희의 왼손은 좌판 진열대 위에서 전과 책장을 넘기면서 계속 내용을 훑어보는 척하고, 오른손으론 또 다른 전과 한 권을 잽싸게 좌판 진열대 밑으로 내린다. 원학희는 여전히 앞가슴을 진열대에 착 붙이고 있다. 진열대 밑으로 내린 그 전과를 원학희는 슬금슬금 상의 옷 속 왼쪽 겨드랑에 바짝 추켜 낀다. 다음은 왼쪽 손을 좌판대에서 내린다. 전과를 밑으로 빠져 내리지 않도록 왼쪽 겨드랑에 꼭 낀다. 일단 작업이 끝난 오른손은 다시 진열대 위로 올리고는 다른 전과를 펼쳐놓고 읽어보는 척한다. 고등학생과 책값을 흥정하는 주인아저씨는 전혀 눈치를 채지 못하고 카운터 쪽으로 걸어간다.

작업이 다 끝난 원학희는 민형에게 슬쩍 눈짓하고는 유유히 책방 밖으로 걸어나간다. 너도 이런 식으로 책을 훔쳐 가지고 나오라는 암호다. 원학희의 작업 행동은 아주 유연하고 완벽했다. 어린 꼬마들을 조금이라도 의심할 사람은 세상에 하나도 없었다. 성공이다.

이젠 민형의 차례다. 원학희의 완벽한 수법을 보고 배웠으니 민형도 행동을 개시해야 할 차례다. 처음 책방에 들어갈 때 원학희는 이런 말을 했었다.

"내가 먼저 전과를 훔쳐가지고 오른쪽 골목으로 빠져나오면 사거리에 약방이 있다. 그 약방 앞에서 기다릴 테니 너도 요령껏 훔쳐가지고 그리로 와, 제일 중요한 것은 주인아저씨 거동을 잘 살펴야 되는 거다, 알겠지?"

이렇게 다짐을 하고 들어갔었다. 민형도 원학희처럼 좌판대에 앞가슴을 착 붙였다. 좌판대 높이는 민형 앞가슴 키보다 조금 높은 편이었다. 그토록 욕심나던 4학년 전과가 눈앞 진열대에 수북이 쌓여 있다. 울컥 욕심이 솟구친다. 가슴이 두근거리고 갑자기 숨까지 가쁘다. 민형도 원학희처럼 전과를 왼손으로 펼쳐놓고 내용을 살펴보는 척하며 주위를 살폈다. 어느새 손님들이 다 빠져나가고 책을 읽고 있는 학생 두 명밖에 없었다. 책방 안은 너무 한가하고 조용했다. 주인아저씨는 카운터에 앉아서 손님들의 거동을 살피고 있었다. 자주 민형을 처다보는 기분이다. 원학희가 작업할때 하고는 분위기가 백팔십도 달랐다. 기회가 좀처럼 나지 않았다. 밖에서는 원학희가 눈이 빠지도록 기다릴 텐데 민형은 점차 마음이 조급해지고 초조해지기 시작한다. 빨리 훔쳐서 나가야 하는데 주인아저씨가 빤히 책방 안을 살피고 있으니 기회가 오지를 않았다. 책방에 처음 들어갈 때는 중, 고생 정도 되는 남녀 학생들도 여러 명 있었고 아저씨들도 몇 명 있었다. 그런데 지금은 모두 그들이 빠져나간 상태다. 민형은 그 자세대로 전과를 펼쳐놓고 내용을 살펴보는 척했다. 시간이 많이 지나고 있다. 민형은 기회를 계속 기다리고 있었다.

그때 마침 손님 한 명이 들어왔다. 주인아저씨에게 무슨 책이 있느냐고 묻는다. 주인아저씨는 벽 진열장에 문학 서적들이 즐비하게 진열된 쪽에 가서 책을 찾고 있었다. 아마 소설책을 찾는 모양이다. 순간 민형에게 관심이 없는 듯했다.

이때다 생각한 민형은 오른손으로 전과 한 권을 진열대 밑으로 얼른 내렸다. 빠른 동작으로 전과를 왼쪽 팔 겨드랑 옷 속에 꽉 끼었다. 민형이 자신은 민첩하게 행동을 한다고 했지만 아니었다. 민형의 행동은 옆에서 보기에 분명 수상한 티가 났을 것이다. 서툴고 어색하게 보였을 것이다. 원학희는 아주 침착했는데 민형은 아니었을 것이다. 너무 빨리 서둘렀던 모양이다. 민형이는 겨드랑 속에 있는 책이 빠지지 않도록 왼쪽 팔로 꽉 끼었다.

돌아서기 전에 주인아저씨를 힐끔 건너다보았다. 주인아저씨는 손님과 책과 돈을 주고받고 있었다. 민형은 빠른 동작으로 돌아섰다. 출입구 쪽으로 발길을 재촉했다. 가슴이 두근두근 뛰고 다리도 후들후들 떨린다. 무중력 상태서 몸이 공중으로 붕 뜨는 기분이다. 민형이가 막 출입구 미닫이 유리창 문을 옆으로 밀고 문지방을 넘으려는 순간이다.

"야 너, 잠깐 거기 좀 서 있어."

주인아저씨가 재빠르게 민형에게로 쫓아왔다. 주인아저씨의 목소리를 들은 민형은 문지방을 넘지 못하고 그 자리에서 두 발이 딱 굳어 버린 듯 더 이상 움직일 수가 없었다. 민형은 재빨리 도망해야 한다. 붙잡히면 죽는다는 생각에 재빨리 뛰어 도망하려는 순간 아뿔사 억센 주인아저씨의 손아귀가 민형의 뒤 목덜미를 움켜잡고 휙 나꿔채는 게 아닌가? 민형은 책방 안으로 나둥그러졌다. 동시에 민형의 겨드랑에 끼여 있던 전과는 땅바닥으로 굴러떨어졌다. 넘어진 민형을 내려다보던 주인아저씨는 땅바닥에 떨어진 전과를 우선 주워서 다시 좌판대 진열장 제자리에 올려놓고 기가 막힌 지 민형의 목덜미를 한 손으로 잡아채고는 카운터 의자에 걸터앉으며 민형을 강제로 무릎 꿇린다.

순간적인 소란에 책방 안에 있던 손님들이 저마다 민형의 꼴을 건너다본다.

"너, 이거 왜 훔쳤어?"

따귀 한대 찰싹.

"너, 도둑놈이지?"

따귀 한대 찰싹. 한마디 말과 동시에 찰싹찰싹 따귀를 올려붙인다. 볼에서 확확 불이 난다. 주인아저씨는 수없이 때리고 민형은 수없이 맞았다. 분노에 찬 주인아저씨의 손바닥엔 억센 힘이 들어가 있었다.

"싸가지가 없는 놈이구먼. 너 오늘 나한테 죽어봐라 이놈아. 요즘 장사도 안되는 판에 재수없게 이런 놈이 끼어들어, 이 자식 오늘 내가 너의 버릇을 단단히 고쳐 줄 거다."

분이 풀릴 때까지 때릴 양 주인 아저씨의 표정은 분노가 가득 차 있었다. 민형은 꼼짝도 못 하고 주인아저씨 앞에 무릎을 꿇린 채 따귀를 맞을 때마다 쓰러졌다 일어나기를 수십 차례 반복했다.

"잘못 했습니다. 용서해 주세요?"

민형은 수없이 빌었지만 주인아저씨는 듣는 둥 마는 둥 한다. 30분 정도를 그렇게 아저씨는 때리고 민형은 맞았다. 그때 마침 손님이 왔다. 책을 찾는다. 그런데 그 손님이 마침 출입구 미닫이 유리창 문을 닫지 않고 들어 왔다. 문이 열려있는 상태다. 민형의 눈이 반짝 빛난다.

"너 이 새끼 꼼짝 말고 여기 있어. 한 발짝이라도 도망가면 그땐 널 죽여 버릴 거야!"

주인아저씨는 엄포를 놓고 손님이 주문한 책을 찾기 위하여 벽 진열대 책장 쪽으로 간다. 민형과는 거리가 5미터 정도 떨어졌다. 이런 기회에 도망가지 못하면 주인아저씨한테 맞아 죽을 것만 같은 생각이 얼핏 들었다. 또 도둑놈으로 순경에게 끌려갈 생각을 하니 눈앞이 캄캄했다. 마침 미닫이문이 열려있으니 기회란 생각이 들었다. 민형은 이를 악물었다. 주인아저씨는 손님과 책값을 주고받는 중이었다. 후다닥 출입구 쪽을 향하여 쏜살같이 내달렸다.

"너, 거기 못 서! 도망가면 죽여 버릴 꺼야."

큰 소리로 주인아저씨가 엄포하며 쫓아왔지만 손님과 흥정 중이었으니 밖에까지 쫓아 나오지는 못했다. 못 들은 척 민형은 죽어라고 뛰었다. 잡히면 죽는다. 민형은 골목으로 뛰면서 원학희가 있는가 얼핏 보았지만 없었다. 골목이 여러 개였다. 약방도 안 보였다. 다급한데 여러 개의 골목을 찾아다닐 만큼 여유가 없었다. 곧 주인아저씨가 뒤쫓아와 목덜미를 움켜잡고 나꿔챌 것만 같았다. 장날이라 장바닥에 사람들은 수도 없이 많았다. 사람들 틈 사이를 비집고 민형은 정신없이 뛰었다. 그래도 아이라 그랬던지 주위 사람들에게 별 관심은 보여주진 않았다.

민형은 10킬로 정도나 되는 집으로 내처 뛰어 도망했다. 민형은 마을에 당도하자 원학희 집으로 먼저 갔다. 먼저 와서 있을 듯한 원학희는 집에 없었고 마을 어느 구석에도 없었다.

아직 읍내에서 오지 않은 모양이다. 민형은 마음이 불안했다. 아침에 남의 집에 품앗이로 일을 나가면서

"너 오늘, 나무 한 짐 꼭 해 와."

다짐하는 큰형님의 목소리가 거슬리지만 지금 산으로 나무하러 갈 심사나 경황이 아니었다. 삼태기처럼 산으로 둘러싸인 마을은 남, 서 방향으로만 확 터져 있으면서 들판으로 연결된다. 마을 쪽 우측 산기슭에는 묘뿡도리(묘가 여러 개 모여 있는 가족묘지 잔디밭)가 있다. 그곳에서는 동구 밖 넓은 들판이 지평선처럼 펼쳐 멀리까지 보인다. 푸른 들판 저 멀리에는 장항선 열차가 이따금 흰 연기를 내뿜으며 달린다. 방게처럼 지나가는 자동차들도 비포장도로에서 뽀얀 먼지를 풍기며 달린다. 까마득하지만 온양 시내도 아주 멀리 희미하게 보인다. 온양읍내로 가는 신작로도 쭉 뻗어 있다.

마을 아이들이 모여 공치기도 하며 즐겨 찾는 놀이터로 십상이다. 민형은 잔디밭에 앉아서 원학희가 오기만을 기다렸다. 시간으로 봐서 벌써 왔어야 할 원학희가 오지 않는다. 오랜 시간을 기다렸다. 기다릴수록 마음이 불안해진다. 오늘 하루해도 뉘엿뉘엿 서쪽으로 기울 무렵이다. 아마 3시간 정도 더 이상 기다렸을 것이다. 동구 밖 멀리에서 아이 한 명이 눈에 띈다. 원학희 모습이 틀림이 없어 보였다. 터덜터덜 혼자 마을을 향하여 걸어오고 있었다. 반가워서 민형은 원학희에게로 내차 달려갔다.

민형을 본 원학희는 다짜고짜로 따귀도 때리고 발길질도 하면서 연거푸 내갈긴다. 민형은 느닷없이 따귀를 맞았다. 오나가나 동네북이다. 영문을 몰라 원학희를 건너다보고 서 있자 소리를 질렀다.

"다 너 때문이야 이 새끼야, 너 때문에 내가 대신 책방 주인한테 붙들려서 지금까지 얼마나 많이 매를 맞았는지 알아? 이 새끼야"

화풀이하는 원학희는 울화가 얼마나 치밀었던지 눈물까지 흘린다. 몹시 억울한 표정이다.

책을 먼저 훔쳐서 나온 원학희는 책방 옆 골목 약방 앞에서 휘파람을 불며 좋은 기분으로 민형을 기다리고 있었다. 한참을 기다려도 민형이 나오지 않자, 거동을 살피려고 다른 책방에서 산 것처럼 책을 버젓이 들고 책방 앞을 지나갔다. 한번 으쓱 지나가니 민형이 보이지 않더란다. 잘못 보았는가 두 번째 지나가려는데 책방 아저씨가 잽싸게 쫓아와 학회 목덜미를 낚아채더라는 것이다. 먼저 원학희 손에 들렸던 전과를 뺏더니 다그쳤다.

"너 이 책 어디서 났어?"

"저쪽 책방에서 샀어요."

콱 오리발을 내밀었단다.

"그래 알았다. 이 새끼야!"

아저씨는 전화로 저쪽 책방에다 간단하게 확인한다. 온양 시내에는 책방이 모두 두 곳밖에 없었다. 즉각 들통이 났다. 민형을 놓친 아저씨는 꿩 대신 닭, 약이 머리끝까지 올라 있었다.

아저씨한테 원학희는 한바탕 매를 맞았다. 민형 몫까지 맞은 셈이다. 잡았던 민형을 놓쳤으니 얼마나 화가 치밀었을까??

"너랑 같이 왔던 놈 있지? 그놈이 방금 도망갔는데 너는 지금 그놈을 당장 잡아 와? 그럼 너는 용서해 줄게. 만약에 안 잡아 오면 너는 경찰서에 연락해서 감옥에 보낼 테니 너 알아서 해. 그놈을 잡아 오면 너는 용서해 집으로 보내 줄 꺼야. 대신에 그놈을 감옥에 보낼 것이다. 알겠어 이 나쁜 놈아?"

아저씨의 화는 좀처럼 풀릴 줄을 몰랐다.

"고무신은 여기에다 벗어놓고 갔다 와 알겠어, 이눔아?"

고무신만 뺏으면 도망하지 못할 것으로 책방 주인도 이미 짐작하고 있었던지 대뜸 담보를 잡겠단다. 당시의 고무신은 누구나 소중하게 여기던 물건이었다. 그랬다.

민형은 6년 동안 지연이 엄마에게서 선물 받은 것 말고는 단 한 켤레도 신어보지 못한 고무신이다.

원학희 아버지는 목수였다. 농사터도 있었으니 시골에서는 벌이가 좋은 편이요, 원학희는 더구나 외아들이기도 했다. 부잣집은 아니었지만 집안에서는 귀염둥이였다. 할머니의 사랑은 극진했다. 동네에서 원학희를 건드려 울리기만 하면 할머니가 누구든 그냥 두지 않았다. 집안 형편이 원학희는 늘 고무신은 신고 다닐 수 있었지만 이런 일로 포기할 수는 없었다. 사실 재미로 책을 훔쳤지 형편이 안 돼서 책을 훔친 것은 아니었다.

당시엔 책방 아저씨도, 원학희도 고무신이 귀중하다는 것을 잘 알고 있었다. 원학희는 아저씨가 시키는 대로 고무신을 책방 안에 벗어놓고 민형을 잡으러 맨발로 나왔다. 민형을 잡아야 내가 산다고 원학희는 다짐을 했다. 이제는 친구도 동료도 아니다. 내가 살아나려면 너를 잡아야 한다는 각오다. 그래야 빼앗긴 고무신도 찾을 수 있다는 생각이다. 원학희는 단김에 나루터까지 내달렸다. 읍내에서 마을까지의 중간 지점이 나루터다. 여름철 장마 때면 홍수가 휩쓴다. 외나무다리는 물에 뜬다. 그럼 사공은 나룻배를 띄워 행인들을 건네다 주는 곳이다. 원학희는 단숨에 그 나루터까지 민형을 잡으러 달려왔지만 꽁지가 빠지게 도망 나온 민형이 그때까지 나루터에 남아 있을 턱이 없었다. 때마침 사공도 새참을 먹으러 집에 들어가 없던 차였다.

원학희는 허탕했다. 하는 수 없이 책방으로 되돌아갈 수밖에 없었다. 고무신을 포기할 수는 없었기 때문이다. 책방까지 되돌아간 원학희를 아저씨는 일부러 민형을 안 잡아 온 줄 알고 있는 모양이다. 원학희는 담보

물인 고무신 때문에 도망도 못 한 채 주인의 처분대로 때리면 맞고 벌주면 받으면서 죽도록 용서를 빌었지만 주인아저씨의 분노가 풀릴 턱이 없었다. 좀처럼 풀리지 않았다. 주인의 분노와 오기는 대단했다.

경찰서에 안 끌려간 것이 그래도 다행으로 생각한 원학희는 주인아저씨를 오히려 고마워했다. 장장 세 시간 동안 붙들려 매를 맞고 벌을 받았다. 만약의 경우 민형이 원학희에게 붙잡혔다면 힘도 원학희보다 약하고 또 잘못도 했으니 꼼짝없이 잡혀갔을 것이고, 주인에게 괘씸죄가 붙어 더 많이 맞고 더 많이 체벌을 받았을 것이다. 그랬으니 원학희는 민형에게 화풀이할 만도 했다. 원학희는 얼마나 분통이 터졌겠는가. 민형이 아니었다면 전과 책도 공짜로 생겼을 것이고 모진 매와 벌도 받지 않았을 것이다. 좋다고 떵까떵까 춤을 췄을 것이다.

사실 실패의 원인은 전적으로 민형 때문이었다. 원학희는 화가 풀릴 때까지 민형이를 때리기도 하고 발길로 차이기도 했다. 워낙 잘못했으니 민형은 반항도 못 했다. 반항해봤자 힘으로 원학희를 이겨낼 수도 없었다.

한바탕 원학희에게 두들겨 맞았지만 그래도 마음은 편하게 집으로 왔다. 워낙 잘못했으니 억울한 생각은 없었다.

"너 어디 갔다 오는 거야? 나무는 왜 안 했어?"

엄마가 기다렸다는 듯이 민형을 건너다보며 묻는다. 그런데 민형은 그날 나무를 못했다. 부엌 나무 칸에 땔나무가 없이 빈 공간만 횅하게 눈에 띈다. 죄책감에서 민형이 불안에 떨고 있을 즈음 저녁에서야 큰형님이 집에 돌아왔다. 큰형님은 우선 부엌 나무 칸을 확인하는 식이었다. 나무를 했다면 그득해야 할 나무 칸이 비어있으니 갑자기 눈에 살기가 돈는다. 대뜸,

"민형이 너 이리와 봐."

윗방에서 숨을 죽이고 있던 민형은 큰형님의 불호령에 움찔 놀란다.

"민형이 너, 당장 이리 못 나오겠어."

분노가 섞인 큰형님의 목소리는 유난히도 크고 날카로웠다. 민형은 안 갈 수 없었다. 몸을 움츠리고 큰형님 앞으로 갔다.

"왜 나무 안 해 왔어, 이 자식아?"

동시에 큰형님의 오른손이 번쩍하면서 민형의 왼쪽 뺨에 확 불이 붙는다. 오른쪽 왼쪽 연타로 확확 불이 난다. 민형은 고꾸라졌다. 고꾸라진 민형은 잔뜩 몸을 움츠린다. 이제는 큰형님의 발길질이 들어온다. 역시 분이 풀릴 때까지다. 얼마간 계속되던 손길이 멈춘다. 분이 어느 정도 풀린 모양이다.

"꼴도 보기 싫으니 당장 나가버려 이 자식아."

마지막 주먹질과 함께 버럭 소리를 지른다. 간신히 일어난 민형은 이젠 밖으로 쫓겨났다. 물론 저녁밥도 먹기 전에 사건이 터진 것이다. 늘 그런 식이다. 민형의 동생은 겁에 질려 기침 소리도 없이 숨결만 쌕쌕 추녀 밑에서 몸을 떨고 있다.

둘째 형님은 밥이나 얻어먹는 조건으로 남의 집에 머슴살이 갔고, 누님은 서울로 식모살이 갔으니 남은 식구는 동생하고 민형뿐이다. 어머니는 부엌에서 무얼 하는지 모른 척한다. 이따금 기침 소리만 낼 뿐이다.

오늘 민형이 나무를 왜 안 했는지 형님도 엄마도 모른다. 이유를 누구도 알아서는 아니 된다. 억울하고 분통이 터져도 혼자만 알고 있어야 한다. 참고서를 훔치러 갔다가 그랬노라고 솔직한 이유를 대봤자 나쁜 짓했다고 한 대라도 더 얻어맞을 것이 뻔했다. 변명 따위가 무슨 소용이 있겠는가. 차라리 맞자고 입술을 꽉 깨물었다. 자기가 시키는 일을 감히 어겼다는 게 괘씸했을 것이다. 따귀를 때리는 것도 성이 차지 않았는지 주먹으로 머리통까지 후려갈긴다. 해수병으로 늘 골골대는 어머니는 형님 눈치만 볼뿐 역성은 없다.

오나가나 민형은 매 깜이었다. 쫓겨나서 추녀 밑에서 쪼그리고 앉아 밤을 새우자니 배도 고프다. 어둠을 휘젓고 다니는 개새끼들은 늑대같이 도둑고양이들은 여우같이 느껴진다. 무서워서 소름이 끼친다. 민형을 통째로 삼켜버릴 귀신들이 달려들 것만 같다. 그렇다고 죽지는 않을 것이다. 다만 고통스러울 뿐이다.

소년의 가출

　민형은 이런 고통의 원인이 모두 가난 때문에 오는 것이라고 여겼다. 이번 같은 경우도 그랬다. 공부에 너무 욕심을 부리지 말았어야 했다. 형님이 시키는 대로 나무나 했으면 이런 꼴은 당하지 않았을 것이라고 후회를 했다. 큰형님이 무서워 민형은 집에 들어가지 못했다. 하필 달도 없는 그믐밤이다. 지척을 분간할 수 없을 정도로 캄캄절벽이다. "바스락바스락" 쥐가 기어가는 소리에도 깜짝깜짝 놀랄 지경이다. 너무나 무섭다. 집으로 들어가고 싶다. 배도 고프다. 추워서 몸도 떨린다. 민형은 잔뜩 몸을 움츠린다. 쪼그리고 앉아 양다리 무릎을 양팔로 가슴에 꽉 껴안고 옹동거리고 앉아 담 밑에서 밤을 새워야 했다. 가족들은 아무도 나와 보지 않는다. 형제들이야 큰형님이 무서워서 그렇다지만 어머니마저도 인기척이 없다. 열 손가락 어느 것을 깨물어도 안 아픈 손가락이 없다는데 어머니는 큰형님이 그토록 동생들을 학대해도 못 본 척 외면을 해야 하는지 때론 야속했다. 곰곰이 생각을 해 봐도 이해를 할 수가 없었다. 아버지가 없다는 이유일까? 가난 때문일까? 어머니 몫으로 외가댁에서 개발이 가능한 사천오백여 평의 야산을 가지고 시집 왔는데 또 밭이 일천여 평 정도나 되었는데 그 정도라면 어머니의 처지에서 위축되지 않아도될 텐데, 왜 어머니는 어깨를 내리고 저토록 힘이 빠져 있는지 매 맞는자식 역성해주지 않는 어머니가 야속하다기보다 오히려 측은했다. 가난은 모든 행복을 뺏어간다. 가정의 행복도 파계하고, 건강도 파계하고, 배움도 파계하고, 문화생활도 파계하고, 사랑도 우애도 다 파계한다. 가난앞에서 무엇도 인간의 행복은 없다. 너무 비참할 뿐이다.

이럴 때마다 민형은 주먹을 꼬옥 쥔다. 다른 형제들 다 무학인데 나는초등학교라도 다니고 있으니 그래도 다행이다 싶다. 누구 말마따나 한글은 깨우쳤으니 이쯤으로 만족할 수밖에 없지 않겠나. 견디자, 참고 견디자. 견뎌야 한다. 민형은 열 번이고 스무 번이고 다짐했다.

드디어 민형은 초등학교 과정 6년을 졸업했다. 중학교에 가는 반 아이들 일부는 희망이 부풀어 좋아하지만 큰형님의 마음 씀씀이나 가정형편으로 봐서 민형은 중학교 진학에 꿈은 일찌감치 포기를 해야 했다. '나도중학교에 가면 얼마나 좋을까!' 중학교에 가서 공부를 더 하고 싶은 마음이 간절했지만 헛된 희망일 뿐이다.

담임선생님이나 반 아이들한테 그토록 구박을 받으면서도 그동안 흘리지 않았던 눈물이 펑 민형의 양 볼에 쏟아진다. 어쨌든 초등학교는 졸업을 했다. 어차피 기댈 곳이 없다면 이제부터는 나홀로 세상을 살아갈 수밖에 없다는 생각뿐이다. 중학교에 진학해서 공부를 더 하고 싶다는 생각은 민형의 처지에서 사치스런 요원한 꿈이다. 운명인 걸 생각한들 무슨 소용이 있겠는가. 초등학교라도 졸업했으니 분명 한글은 깨우쳤다.

초년의 고생은 돈을 주고도 못 산다는 말을 민형은 절대 부정한다. 부모를 잘못 만난 탓이다. 무엇보다 아버지가 세상을 일찍 떠난 이유다. 민형의 경우와 같이 초등학교 학력으론 쓸모가 없다는 것을 민형 자신 모르지 않는다? 바닥 인생을 살아갈 수밖에 없다는 생각이다. 사회 통념상 고등학교 졸업자 이상으로 기준을 세웠던 국가나 사회적인 제도에서 어디 간들 인정을 받을 수 있겠는가? 사회 통념상 모든 사람의 인격은 학력이 대변해주는 세상이 되었다. 결정권자의 서류심사 기준에서부터 초등학교 출신은 인정해 주질 않는 학력 미달이라는 선입견이 있어 탈락이다. 배운 게 없으니 또한 아는 것도 없다.

부모가 무능하지 않으면 무책임하다든지 아니면 부모가 일찍 돌아가셨다든지 어쨌든 어릴 땐 누구나 부모의 보호로부터 성장할 수밖에 없는 실정에서 민형에게 공부와 거기에 따른 학력은 부모와 관계될 수밖에 없다는 생각이다. 아무튼 성장 과정에서 이런 불행을 당하게 된다면 우선 학교를 못 다니고 그래서 해야 할 공부를 못하니 이것은 그의 인생에 치명적인 결점이 될 것이다. '학력이 없는데 어디 누구 앞에 가서 이력서를 내놓고 명암을 내놓는단 말이냐'고 어느 노동판에서 소주 한 잔을 걸치고 푸념하는 사람의 표정에 실감을 한다. '나도 우리 아버지만 살아계셨다면 이런 따라지 인생은 아니 되었을 텐데 사람 팔자 시간문제라'고 푸념하지 않던가?

민형은 먼 북쪽 하늘을 바라본다. 두둥실 떠 있는 하얀 새털구름 사이로 솔개 한 마리가 유유히 떠서 날갯짓을 한다. 저렇게 평화롭게 비상을 하다가도 목표물이 설정되었다 하면 비호같은 공격에 날개를 펼친다.

앞으로 어떻게 살아가나 민형은 며칠을 두고 곰곰이 생각해 봤다. 아무리 생각해도 길은 두 가지뿐이었다. 큰형님 밑에서 농사일을 하던지, 아니라면 가출이다. 그런데 농사일도 농토가 있어야 여건이 맞지 않는가? 그렇다고 누구도 진로를 알선해 줄 사람도 없다. 그렇다면 무작정 가출할 수밖에 없지 않은가? 계산은 뻔했다. 서울만 가면 살길이 터질 것만 같았다.

'그래, 떠나자!'

서울에 누님이 살고는 있으나 남의 집 식모살이를 하고 있는 처지에서 무슨 도움이 되겠는가? 철도국 선로반에서 수리공으로 있는 이종형님이 영등포 신길동에 살고 있다. 친척이라고는 고작 거기뿐이다. 우선 거기까지라도 가보자고 산에서 나무를 하면서 민형은 결심을 했다. 6·25 동란 때 그 가족 일행이 민형네 집으로 피난을 와서 일 년간 같이 살았으니 설마 문전박대까지는 아니 할 것으로 믿어졌다.

3월이면 봄이 왔다고들 하지만 아침저녁으론 아직 춥지 않던가? 조금 더 추위가 풀려야 떠날 수 있다는 생각이다.

민형은 초등학교를 졸업하고 한 달이 지난 4월에 접어들었다. 집에서는 나무하러 간다고 지게를 걸머지고 앞산으로 갔다. 낫과 갈퀴는 산 아래 지게 위에다 가지런히 챙겨 놓고 모산을 향하여 길을 떠났다. 다시는 고향에 오질 않을 생각이었다.

기차역 모산까지는 4킬로 미터 정도 되었다. 물론 돈은 한 푼도 없지만 가야 한다. 돈이야 있으면 얼마든지 좋겠지만 없는 돈 타령은 해서 무얼 하겠는가. 없다고 서울에 못 가는 것은 아닐 것이다. 마음만 먹으면 걸어서 갈 수도 있다는 생각이다. 그러나 3백 리나 되는 서울을 걸어서 간다는 것도 쉬운 일은 아닐 것이다. 곰곰이 생각 끝에 기차를 타고 가야 한다고 결심을 했다. 모산에서 서울까지 돈도 없이 기차를 어떻게 타고 갈 것인가 생각해보지만 무슨 답이 있겠는가? 막연한 일이긴 했다. 민형은 주머니를 뒤져 보았다. 돈이 한 푼이라도 있을 리가 없다. 처량한 마음에 괜히 한 번 뒤져 봤을 뿐이다. 나무를 팔아서 마련한 돈이 조금은 있었으나 그나마도 형님한테 몽땅 빼앗겼다. 주머니 속에는 나무 부스러기와 먼지뿐이다. 기차표 살 돈이 없다. 그래도 기차는 타야 한다고 민형은 마음을 굳혔다. 무임승차다. 천안으로 중학교를 다니는 동네 형들이 요령껏 기차를 공짜로 타고 다닌다는 소리를 수도 없이 들은 바 있었다.

모산역 개찰구에서는 역무원 아저씨가 한 사람, 한 사람 정확하게 차표를 개찰한다. 민형은 개찰하는 모습을 잠시 관찰한다. 시골 역이라서 그런지 내리고 타는 승객들이 얼마 없다. 기차를 타려면 개찰구를 통과해야 한다. 붙들리면 또 구타를 당할 것이다. 사정은 임박한 데 틈이 보이질 않는다. 개찰구 쪽엔 절대로 통과할 수가 없으니 민형은 다른 방법을 찾아야 한다고 궁리를 한다. 민형은 역사 왼쪽으로 50미터쯤 올라갔다. 거기엔 역무원들도 없거니와 일반인들도 아무도 없었다. 여기다 싶은 생각이 들었다. 민형은 각개전투 낮은 포복으로 몸을 최대한 낮춰 은폐를 했다. 누구든 간에 눈에 띈다는 것은 불리한 조건이지 도움 될 일은 하나도 없을 것이다. 출입을 통제하는 철조망에 바싹 접근했다. 개찰구를 통과해서 나온 사람들이 승강장에서 기차를 기다리며 서성거리고 있다. 역무원들의 눈에 띄지 말고 손님들 틈에 끼여야 한다. 좀처럼 기회가 오지 않았다. 서툰 짓하다가 역무원 아저씨에게 붙들리면 모든 계획은 수포로 돌아간다. 서울도 못 가면서 역무원들에게 괜히 두들겨 맞을 것이 뻔했다. 민형은 매 따위는 무서울 것이 없다. 까짓것 때리면 맞으면 될 거 아닌가! 매도 많이 맞다 보니 별거 아니다. 민형이 두려운 것은 서울을 못 간다는 것뿐이다. 실패하면 집으로 돌아가야 하는데 집에는 죽어도 가기가 싫다. 한 번 들통이 나면 집에서도 감시를 받게 되고 그럼 가출의 꿈은 무산되지 않겠는가? 어떤 방법으로든 기차를 타야 한다. 기차를 못 타면 300리 길을 걸어서라도 가야 한다는 절박감이 든다. 민형은 낮은 포복 자세로 최대한 몸을 움츠리고 기차가 오기를 기다렸다.

"빠 아 앙"

장항선 서울행 완행열차가 온양온천 쪽에서 기적 소리를 울리며 홈으로 들어오고 있었다. 승강장으로 나와서 기차를 기다리던 역장 아저씨도 그 순간부터 행동이 빨라진다. 역에 가까워지자 속도를 완전히 줄이면서 차장이 기차 창문 밖으로 상체를 내민다. 역장도 차장과 통표 휴대기의 교환고저 거리를 맞추노라 정신을 집중할 순간이다. 바로 이때다. 철조망 밖에서 엎드려있던 민형은 민첩하게 잽싸게 승강장 위로 뛰어서 승객들 틈에 살짝 끼었다. 통표 휴대기를 교환하느라 역장은 다행히도 정신이 없다. 민형은 어느 아줌마 앞에 끼었다. 같은 일행인 척했다. 벌렁벌렁 가슴이 뛴다. 아줌마 앞에 서 있던 민형은 기차가 멈추자 얼른 올라탔다. 몸집이 작으니 틈새를 비집고 들어가기도 쉬웠다. 드디어 승차까지는 성공을 했다. 그렇다고 아직 안심할 단계는 아니다. 2단계 위험은 또 있다. 기차 안에서 검표도 무사히 넘겨야 한다. 완행열차 삼등칸은 초만원이었다. 민형은 언감생심 좌석까진 바라지 않았다. 민형은 객실 칸 이음새에 서 있었다. 검표하는 승무원의 눈길을 피하기 위해서다. 역무원에게 들키면 강제로 쫓겨나야 한다. 이제부터 서울까지 검표는 한 번 남았다. 그 한 번만 요령껏 잘 넘기면 된다.

산과 들판이 차창 밖으로 획획 스쳐 지난다. 들판에는 못자리를 가꾸는 농부들의 손길이 바쁘다. 민형이가 집에 있다면 저런 일도 해야 한다. 남 일 같지 않다. 퇴비를 내는 농부들도 있다.

열차 이음새에 있노라니 세찬 바람이 온몸을 휘감는다. 4월이라 하지만 볼 따귀가 시렸다. 졸음이 온다. 민형은 참아야 한다고 허벅지를 꼬집는다. 여기에서 졸면 밖으로 떨어질 수도 있다. 달리는 기차는 아마 오산쯤을 지나고 있는 듯했다. 민형은 3분 정도 깜빡했다. 고개를 흔들어 잠을 쫓고는 객실 쪽을 살펴보았다. 검표 승무원 두 사람이 드디어 나타났다. 한 사람도 빠짐없이 촘촘히 검표를 한다. 민형은 얼른 화장실로 들어가 숨었다. 바지를 까고 대변을 보는 척했다. 화장실까지는 확인을 안 하고 지나가기를 바랐다. 그런데 아니다. 화장실 문이 확 열린다. 검표 승무원이었다. 깜짝 놀란 민형은 몹시 겁이 났다. 민형은 변기에 앉아있으면서 계속 변을 보는 척했다. 가슴이 호들호들 떨린다. 숨이 가빠진다. 모든 희망이 한꺼번에 무너지는 것 같았다. 절망 상태였다.

"너, 표 있어? 표 내놔 봐?"

승무원들은 악취가 진동하는데도 아랑곳하지 않는다.

"엄마가 갖고 있는데요."

생각나는 대로 거짓말을 했다.

"니, 엄마가 어딨는데?

"저 안에 있어요!"

객실에는 만원이라서 좌석에 앉아있는 사람보다 서 있는 사람이 훨씬 많았다.

"너 거짓말 아냐?"

"가서 물어보세요."

민형은 턱으로 객실을 가리켰다. 장소가 화장실이고 상대가 애들이고 또 변을 보고 있으니까 별스럽지 않게 생각했던지

"알았어 너, 빨리 변보고 나와 이따가 확인할 테니까."

하고는 지나간다. 우선 이렇게 한 차례 고비는 넘어갔다. 민형은 승무

원들이 검표를 끝내고 지나간 반대편 객실로 도망해 계속 눈치를 살폈으나 한 번 지나간 승무원들은 다시 오지 않았다.

서울 생활

이종형님댁은 민형이 생각했던 여건하고는 너무나 차이가 많았다. 우선 기거하기가 불편했다. 취직이라니 어림도 없는 일, 며칠간 기거하기도 어려운 형편이었다. 일본식 목재 건축물이면서 형태는 낡을 대로 낡은 단독주택이다. 좁은 대지 공간에 부속 건물들을 계속 증축하다 보니 구석마다 방이 여러 개 있어서 어쩜 여인숙 같기도 했지만 당분간 일망정 작은 민형의 몸뚱이 하나쯤 낄 만한 공간도 없었다.

신길동과 접경하고 있는 대방동엔 공군본부와 공군 사관학교가 있고 그리고 미군 부대가 있었다.

미군 부대가 근처에 있다 보니 미군들이 시도 때도 없이 드나들었다. 주로 흑인들이 단골로 즐겨 찾는 비문화적 유흥가다. 숯 토방에서 타다 말고 튀어나온 듯 새까만 얼굴 바탕에 흰 이를 드러내고 붉은 혓바닥으로 시시덕거리며 때로는 고성방가로 행패를 부리는 꼴을 보기란 온몸에 소름이 쫙 돋고 가시가 돋을 지경이다. 방이 다섯 개중 4개는 아가씨들에게 월세를 놓고 있었다. 그 아가씨들 방에는 미군 흑인들이 낮밤을 가리지 않고 수시로 드나들었다. 양색시들이다.

방이 없어 세를 놓지 못할 지경이라선지 이종 형수를 비롯해 자녀들까지 여섯 식구가 방 한 칸에서 옹기종기 끼여 살아가는 형편이다.

"혼자 왔어요?"

"네-에."

기운이 하나도 없었다. 배고픈 탓도 있으나 가출하고 나왔으니 떳떳지 못한 처지에서 그랬을 것이다.

"왜, 왔어 무슨 일 있어요?"

"아-뇨."

"학교는 어떻게 하고 왔어요?"

"졸업했어요."

"그럼 중학교는 안 갔어요?"

"네-에."

"학교도 안 가고 집에서 뭣하게, 할 일 있어요?"

"……!"

"형편이 안 되었던 모양이군요. 쯧쯧쯧 그렇게도 어려웠던가요?"

이종 형수는 6·25때 당시 피난살이를 민형의 집에서 했으니 박절할 처지는 아니었다. 이종형님은 철도청 공무원으로 철도 수리반에서 일을 하고 있었다. 민형과의 연령차가 30여 년이나 되었다.

"우리 집은 밥은 먹을 수 있어도 잠잘 곳이 마땅치 않아요."

이종 형수는 반가워하면서도 한편으론 걱정하는 면도 있는 듯했다.

난처한 표정을 짓는 이종 형수는 먹을 것보다도 기거할 곳이 마땅치 않기 때문이란다.

민형까지 낄 자리가 없었다. 불청객 노릇한다는 것이 가출할 때 생각보다 훨씬 어려운 형편이었다. 이종 형수의 심부름이라도 해줄 것이 있으면 끼여 지내기가 한결 떳떳할 테지만 민형이 할 일은 전혀 없었다. 밥을 얻어먹기보다 저녁에 잠잘 때면 눈치가 보였다. 다락방이 하나 있었으나 형수의 아들 녀석과 두 명이 몸을 비비며 있자니 사실 서로 불편했다. 당장은 그곳에서 비비고 있을 수밖에 없었다. 이종 형수의 명령이니 아이들도 싫어하지는 않았지만 민형의 마음은 편치 않았다. 이이들도 엄마와 같이 피난 생활을 민형 집에서 했으니 낯설지는 않았다.

"시골로 내려가기 싫으면, 김포로 가 있으면 이모님이 좋아할 텐데요?"

김포(부천시 고강동)에는 이모님 부부가 따로 농사를 짓고 있으니 가서 농사일이나 거들어 주라는 뜻이다.

"요즘 농사일이 눈, 코 뜰 새 없이 바쁠 텐데 가면 심부름이라도 할 수 있지 않겠어요? 이모님도 좋아할 텐데 하며 이종 형수가 먼저 방향 제시를 해준다. 더는 한 집에서 지내기가 불편했던 모양이다. 하루도 더 지내기가 불편할 정도다. 이틀을 지낸 뒤 민형은 그 집을 나왔다. 눈치가 보여서 더는 견딜 수가 없었다.

"김포로 갈 꺼예요?"

"……?"

민형이 갈 데가 없다는 것을 이종 형수가 더 잘 알고 있었다. 김포로 가 봤자 농사일이나 거들 판이니 형수가 더는 권고할 수가 없었던 모양 슬쩍 물어본 말이다. 그저 체면치레에 불과했다. 그래도 걱정은 되었던 모양이다.

"누나한테 가보려고요."

막상 갈 곳은 없어도 그렇게 변명을 하고는 거리로 나왔지만 민형을

떠다밀 듯이 내보내는 형수의 마음도 편할 것 같지가 않았다. 민형은 식
모살이하는 누나한테도 가 있을 수 없다는 것을 형수도 짐작은 하고 있
을 것이다. 민형은 볼멘소리를 하고는 무작정 이종사촌댁을 나왔다. 눈
물이 핑 돌았지만 민형은 참았다.

막상 거리로 나온 민형은 갈 곳이 없었다. 서울만 가면 무엇이던지 되
겠지, 막연한 생각하고는 거리가 멀었다. 식모살이 하는 누님을 찾아가
보았자 서로 마음만 아플 뿐이다. 민형뿐만 아니다. 서울에만 가면 무언
가 되겠지 하는 막연한 꿈을 안고 무작정 상경하는 시대적 상황이다.

민형은 하루 종일 무작정 거리를 쏘다녔다. 노량진을 지나 한강 다리
를 건너서 서울역에서 남대문 안으로 들어서면서 무작정 걸었다. 얼마
를 쏘다녔는지 지쳐서 쪼그리고 앉아있으면 잠이 올 것 같다. 아무 곳이
나 가릴 것 없이 닥치는 대로 잠을 자고 눈을 뜨면 또 돌아다녔다. 빌딩
숲 사이도 차량들의 물결 사이도 행인들의 사이도 가리지 않고 무작정
쏘다녔다. 서울거리는 민형에게 신기하기까지 했다. 형형색색들의 네온
간판들 그리고 가게 진열장마다 수만 가지 상품들이 보기만 해도 신기했
고 호화로웠다. 서울이라더니 과연 별천지였다. 해가 지면 캄캄한 어둠
이 뒤덮어 내리고 그러면 옆에서 뺨을 쳐도 분간 못 할 고향 마을에 비하
면 간판과 가로등이 도시 전체를 대낮처럼 밝히고 있지 않은가?

몇 날을 마냥 쏘다녔다. 며칠 동안은 배가 고프더니 이젠 이도 면역이
되었던지 배가 고픈 줄도 모르겠다. 해가 지고 밤이 와도 어데 가서 잠잘
곳도 없는 형편이다. 엄청나게 큰 고층 건물들을 포함 크고 작은 집들은
즐비하게 많은 데 막상 민형 한 몸 낄 곳은 없었다. 저런 건물들에 비하
면 민형의 한 몸은 미세한 먼지만큼의 크기에 불과하건만 그 작은 민형
의 몸 하나 붙일 곳이 없었다. 또 그 많은 사람들 중 민형에겐 아는 이도

없고 먹을 것도 없고 잘 곳도 없었다. 민형은 밤낮을 가리지 않고 며칠을 쏘다녔다. 서울 생활 며칠 동안 덕분으로 구경은 잘했다지만 이런 모든 것들이 다 좋은 것은 아니었다. 눈요기로 만족한다는 것도 이젠 아니다.

낮밤을 가리지 않고 자꾸 잠이 쏟아진다. 꿍꿍 일하는 것만이 어려운 게 아니다. 걸어 다니는 것도 힘이 들었다. 아무 곳이든지 상관없다. 잠만 자면 그만이다. 배고픈 것도 워낙 면역이 되었던지라 무감각할 뿐이다. 자꾸 정신만 혼몽해진다. 피그르 잠이 쏟아진다.

"이 봐, 애야?"

몸을 잔뜩 웅크리고서 모로 쓰러진 민형의 팔을 누군가 힘차게 흔들며 깨우는 소리다. 무슨 소리인가 들리는 것 같기는 한데 민형은 잠이 깨질 않는다. 미궁으로 자꾸 빠져드는 기분이다.

흰 가운을 입은 사람들이 분주하게 왔다 갔다 한다. 희미하게 정신이 들어온다. 병원 같다. 낯선 아줌마의 얼굴이 민형을 근심스럽게 내려다보고 있다. 눈을 뜬 민형은 어리둥절하다.

"애야 정신이 좀 드니?"

서둘러 한 발 다가서며 말을 시키는 낯선 아줌마는 반가운 기색이다.

"……."

아줌마가 물어보는 말에 답변은 해야겠는데 민형은 입이 떨어지지 않는다. 입안에서 어물거릴 뿐이다.

"다행이네요!"

아줌마는 민형의 손을 꼬옥 잡아준다.

담임선생님한테 사친회비 안 가져 왔다고 집으로 쫓겨 와서 어머니에게 칭얼대고 있을 때 어머니는 민형의 손목을 꼬옥 잡아주며

"이럴 바엔 그까짓 학교 그만두거라. 그깟 초등학교쯤 졸업해봤자, 아무 쓸모도 없어. 괜히 고생만 더할 뿐이다. 어차피 진학은 할 수 없을 테니 그깐 학교 다녀봤자 고생만 더 할 뿐 무슨 소용이 있겠느냐?"

눈물을 훔치던 그런 어머니의 손길같이 따뜻했었다.

간호사가 병실로 들어왔다.

"못 먹어서 영양실조래요, 이젠 퇴원시켜도 된답니다."

아줌마에게 간호사가 의사 선생님의 의견을 전달한다.

"다행이네요."

아줌마는 긴 안도의 숨을 길게 내쉰다. 병원에 와서 민형은 삼 일만에 혼몽에서 깨어났단다. 퇴원 수속하는 아줌마에게 간호사의 설명이다.

"그런데 어디서 이 아이를 발견한 거예요?"

간호사가 덧붙여 묻는다.

"우리 살림집 담 밑에서 쪼그리고 앉아있는 것을 봤어요. 처음엔 별스럽지 않게 생각하고는 지나치고 말았지요. 이튿날에도 그 자리에서 쓰러져있지 않겠어요. 그래 이상하다 싶어 흔들어 깨워 봤더니 별 반응이 없더라구요."

갑자기 겁이 나던 중 마침 택시가 지나가기에 태워서 병원으로 왔다는 것이다. 처음 병원으로 왔을 때는 아사(餓死) 상태이었단다. 그런 상태에서는 몇 시간차에서 숨을 거둘 수가 있단다. 민형을 치료해준 주치의 말이다.

"너 집이 어디야, 무슨 동네야?"

간호사가 캐물었다. 민형은 말없이 고개를 숙이고 있다.

"니, 엄마는 어딨어?"

"……."

아줌마가 민형의 얼굴에 더 가까이 대며 이것저것을 물었다.

대답을 못 하는 민형은 고개만 떨구고 있었다.

"갈 곳이 없는 것 같은데 어떻게 하지요? 저러다 죽겠어요? 아이는 참하게 생겼는데 불쌍하네요."

간호사가 걱정스럽게 아줌마에게 물었다.

"글쎄 말이에요. 할 수 없지요, 며칠 동안이라도 우선 우리 집으로 데리고 가보죠."

집으로 데리고 온 민형을 아줌마는 우선 목욕부터시켰다. 갈아입으라고 속옷부터 한 벌씩 내준다. 빤스, 런닝구는 민형이 처음 입어본다. 시골에서는 겉옷만으로 생활을 했던 민형이다. 아줌마네 집은 민형에게 생전 처음 들어와 보는 으리으리한 이층 양옥집이었다.

온 국토를 초토화하고 온 민족을 말살시키려 했던 민족상쟁의 처절했던 전쟁의 상처가 아줌마네에도 모질게 휩쓸고 지나갔단다. 전쟁의 피해는 누구라 할 것 없이 컸다지만 아줌마네는 더욱 혹독했단다. 하지만 30여 년이 지난 지금의 아줌마네는 그런 전쟁의 흔적은 어느 곳에서도 찾아볼 수 없었다. 아줌마네는 벽돌구조 시멘트 슬래브 이층 양옥집이었다. 마루가 민형의 시골집 한 평짜리 안방보다 열 배는 커 보였다. 고급스러운 소파가 세 개로 나눠 거실 한편에 자리를 잡고 있었고, 한쪽 벽에는 책장 속에 세계문학 전집을 비롯한 서적들이 꽉 들어차 있다. 피아노가 붙어 있으면서 검은 빛깔이 윤이 반들반들 거울처럼 맑았다. 또 한 쪽 벽.

효녀 심청이가 임당수(옹진반도 앞바다)에 빠졌다가 용왕님을 만났다는 동화를 초등학교 3학년 때 담임 여자 선생님이 재미있게 들려주던 이야기가 생각난다. 호화찬란한 용궁을 선생님은 그토록 열심히 설명했듯이 민형이 지금 그런 꿈속을 헤매고 있는 기분이다.

초등학교 생활 6년 동안 여러 담임선생님들 모두가 사친회비 미납관계로 민형을 미워했지만, 3학년 때 담임 여선생님만큼은 민형을 미워하지 않았다. 학습 내용 요점을 칠판에 써놓고 공책에다 필기하라고 시킨 다음 누가 열심히 적고 있나 돌아다니며 살피던 선생님이 민형 앞에 와서는 멈춘다.

"김민형 너는 왜 가만히 앉아있어?"

책상 위에 공책만 펼쳐놓고 있는 민형에게

"니, 책은 어딨어?"

"……."

민형은 가만히 고개를 숙였다.

"이 애는 책이 없어요. 연필도 없고요, 항상 그래요 애는. 공책이 있으면 연필이 없구, 연필이 있으면 공책이 없구 맨날 그 짝이예요."

민형의 짝이 옆에서 호들갑스럽게 설명한다.

"그랬구나, 그럼 선생님이 연필을 하나 줄까!"

선생님은 교탁으로 가서 선생님이 쓰던 연필을 하나 갖다 주었다. 민형이가 학교에서 동정을 받아 본 것은 연필 한 자루가 처음이었다. 민형은 감격했다. 선생님한테 야단맞거나 꾸지람 들을 줄 알고 겁이 났었다. 민형은 그때 그 좋은 감정을 영원히 가슴에 담고 있었다.

전쟁의 포화로 잿더미가 되어 버린 6·25 상처가 삼십여 년이 지나도 아물지 않는 50년대가 다 지나도 혹독한 가난의 시대는 멈출 줄을 몰랐다. 나 살기 바쁜 세상에 누가 누구에게 동정을 하며 살아가겠는가. 쪼글쪼글 허기진 배를 채우는데 무엇을 가릴까마는 술지게미, 보리개떡 심지어는 개구리 뒷다리를 구워 먹는 것도 배를 채우는 하나의 방법이었다.

　비바람이 몰아치는 들판에 멋대로 버려진 인동초처럼 모질고 끈질기게 생명력을 이어가는 폐허 속에서 유일하게 선생님은 홀로 꽃을 피우며 생존하는 존재와 같이 민형의 마음에 새겨져 있어 아줌에게서 그런 따뜻한 선생님의 사랑이 느껴진다.

　며칠이 지나서야 민형의 건강은 탈진 상태에서 회복되었다. 그러나 민형은 건강이 회복되는 것이 오히려 두려웠다. 아줌마네 집에서 쫓겨나면 또 거리를 헤매야만 한다. 무작정 거리를 헤매는 것도 이젠 겁이 난다. 어디로 가야 할지 막연한 채 어둠이 닥쳐올 밤이 더욱 무서워진다. 건강이 회복되는 것이 오히려 민형은 두렵기만 했다. 아줌마댁에서 잠시나마 더 머물고 싶다는 생각이 간절했다.

　"너 고향이 어딘지 모르겠으나 엄마한테 내려가거라! 너 혼자 서울에 있으면 그런 고생 또 한다. 잘못되면 넌 죽어?"

　아줌마는 다정하게 민형을 타일렀다. 할 말이 없으면 민형은 고개를 숙여 버리는 것이 버릇처럼 되어있다. 민형은 고향에는 절대 안 내려간다고 다짐 한 바가 있다. 한참을 타이르던 아줌마가 덧붙였다.

　"너 그럼 고향에 가기 싫으면 우리 집에서 아줌마랑 같이 있을래? 니가 원하면 일자리도 마련해 주고 야간이라도 학교는 보내 줄 테니까?"

　아줌마는 아저씨가 안 계셨다. 중학교 3학년에 다니는 딸이 하나 있을 뿐 가족이 단출했다.

　대지가 백여 평이 넘는데 앞뜰에는 향나무, 단풍나무, 라일락 등 기타 정원수들이 조화를 이루고 앵두나무, 석류나무도 섞여 있었다. 잔디도 파릇하게 돋아 오른다.

　비어있는 이층이 민형이 거처할 방이다. 아래층 안방은 아줌마가 사용하고 건넛방에는 이 집에서 최소한 신데렐라처럼 뜨고 있는 딸의 방이다. 가족이 많지 않은 덕이라고 해야겠지만 아줌마는 민형을 아들처럼 사랑해 주었다. 민형이 머물기로 한 날부터 아줌마도 생활이 많이 달라졌다. 한 가족이 되고 보니 여러모로 신경을 쓰는 눈치다. 민형이 사용하는 방에 필요한 살림살이도 챙겨주고 민형이 입어야 할 옷가지도 하나둘씩 장만해 주었다. 아줌마의 딸도 누나같이 정겨웠다.

아줌마는 한식집을 무교동에서 경영하고 있었다. 민형도 아줌마를 따라 나가 가게에서 잔심부름도 해주게 되었으니 다행이었다. 하루 찾아오는 손님들이 보통 5백여 명이나 되었으니 영업 규모가 꽤나 큰 편이었다. 상가 건물 이층까지 모두 식당으로 사용했다. 주전 메뉴가 불갈비였고 갈비탕, 불고기, 설렁탕, 냉면들이다.

지금은 모든 아픔을 잊어가며 살아가고는 있다지만 아줌마만큼 처절을 극했던 전쟁의 상처를 받은 사람도 없을 거라 했다. 아줌마의 고향은 옹진반도였다. 1·4후퇴 당시 엄마의 강보에 쌓여 밀리고 또 밀리는 톱질 전쟁 속에서 목선인 고기잡이배를 타고 충청도 어느 섬까지 밀려갔다가 다시 오르기 시작, 최종적으로 이곳 서울에 머물게 되었다지만 여기까지 오는데 왜 고생을 아니 하였겠는가.

아버지는 백인엽 장군이 지휘하는 18연대에서 중대장 직분으로 부대 후퇴작전에 엄호작전을 펼치다가 작전은 성공하였으나 치열하기로 유명했던 옹진반도 후퇴작전에서 애석하게도 전사를 했단다. 작전 도중에 가족들과 피난민들을 마지막 어선에 무사히 승선시켜 놓고는 선착장에서 손을 흔들던 모습이 영원한 작별인사가 되고 말았단다. 그때 아줌마는 두 살배기 어린 딸이었고 엄마 등에 업혀 전쟁을 치르는 동안 아버지를 전쟁터에 남겨둔 채 눈물로 세월을 보냈던 엄마와 함께 고향을 떠날 수밖에 없었단다.

남, 북간 민족전쟁은 단란하고 행복했던 젊은 그들 부부를 주검과 이승으로 갈라놓지 않았던가? 그 중대장은 가족들과 피난민들을 어선에 무사히 승선시켜 놓고는 선착장에서 손을 흔들던 모습이 영원한 작별인사가 되고 말았다. 그때 아줌마는 2살배기 딸 하나를 등에 업고 내려와 인동초처럼 강한 여인의 모습으로 살아오면서 그때 그 장면을 생각하거나 이야기를 할 때면 숙연해진단다.

친정 부모님들이 이런 식으로 음식점을 경영했었고, 피난길 그 딸이 남편을 잃고 처음 서울에 정착하면서 시작한 생업이라 했다. 처음엔 리어카에 비닐로 포장을 두르고 동대문 운동장 근처에다 소주와 우동을 팔기 시작했다. 거리에서 리어커에 포장을 쳐놓고 영업을 했던 것이 바로 포장마차의 원조라 할 것이고 1세대라 할 것이다. 이렇게 차츰 모은 돈으로 테이블 4개로 국밥집을 무교동에서 다시 시작을 했다. 가게에 딸린 방 한 개에서 살림 겸 손님들을 받아가며 열심이 영업을 했다. 박리다매 형식으로 넉넉하고 푸짐하게 항상 상을 차렸다. 이웃 동업자들에 비하여 음식 값은 같았으나 꾸미도 많이 주고 고기 한 점이라도 더 얹어 푸짐하게 자료를 아끼지 않았단다. 소문은 퍼지고 또 퍼졌다. 시작할 무렵에는 따분할 정도로 손님의 발길은 뜸하고 허술했으나 시간이 가고 날이 지날수록 손님들이 늘어나더니 나중에 자리가 없어 차례를 기다릴 정도로 손님이 몰려들기 시작했단다. 입맛에서 입맛으로 먹어본 사람들이 다시 찾아오면서 입소문이 났고 그렇게 효과가 나타나기 시작하면서 벽돌을 쌓듯이 식당은 번창했다.

알뜰하게 모이는 돈으로 셋집을 내 집으로 만들고 하나둘씩 옆집을 사서 늘리기 시작했다. 현재의 규모가 이루어지기까지 삼십 년이 넘은 세월이 걸렸다. 아줌마 자신이 후덕하기도 했지만 경영원칙이 청결이었고 종업원들의 친절이었다. 손님들마다 음식이 후하고 깔끔하며 담백하다고 이구동성으로 칭찬을 아끼지 않았다.

'음식점의 경영방식에서 독특한 맛을 개발할 수 있다면 손님은 오지 말라 해도 오게 되어있다.'

연탄불에 밤새도록 고운 해장국이 냄새만 맡아도 맛이 있고 없고를 알 수 있을 정도로 그만큼 노력 끝에 달인이 된 것이다. 아줌마의 평범한 신조다.

음식점에서 생활하다 보니 민형은 먹는 것도 걱정이 없거니와 잠자리도 걱정이 없었다. 아줌마네 살림집도 민형의 방이 하나 따로 있었고 가게에서도 잠자리는 편안했다. 광에서 인심 난다고 영업이 잘되니 다른 영업집에 비하여 종업원들에게 보수와 복지문제도 늘 후했다. 민형은 마음이 우선 편했다.

아줌마는 새벽 6시면 가게로 나간다. 연탄불에 밤새도록 삶은 고깃국물에 양념하고 쌀을 씻어 담그고 하면서 오늘 하루 동안 영업을 할 수 있도록 만반에 준비를 손수 해놓고 종업원들을 기다린다. 철저한 이런 생활 태도와 영업방식이 아주 몸에 뱄다. 음식점을 하기 위하여 태어난 사람처럼 자연스럽게 어울렸다.

"자영업이 잘되고 못 되는 것은 자기가 할 탓이란다."

이런 이야기를 아줌마는 종업들이나 손님들 앞에서 서슴없이 했다. 이렇게 가게를 운영하면서 결혼생활 이 년 만에 생과 사로 끝나 버린 남편의 혼을 가슴에 묻고 그 깊은 슬픔의 상처를 치유하면서 여인의 한을 달래왔고, 스스로 외로운 삶을 달래면서 여기까지 살아왔단다. 어린 민형에게도 아줌마는 차별하지 않고 심부름 대가, 라고 한 달에 한 번씩 꼬박꼬박 예금통장에 돈을 넣어주면서 민형에게 꿈을 심어 주었다. 월급을 타도 민형은 쓸데가 없었다. 옷도 사주고 학비까지도 아줌마가 감당해 주었다.

"공부는 할 때 해야 한다. 걱정하지 말고 너는 학교를 다녀라."

민형은 이듬해 새 학기부터 야간이지만 중학교에 입학할 수 있는 행운도 얻었다. 물론 아줌마가 주선을 해주었다.

민형이 처음 한 일이 아줌마 밑에서 심부름과 가게 청소하는 것이었지만 하루 이틀 하다 보니 조금씩 익숙해지고 요령이 생겼다. 서당개 3년이라 했다. 누가 시키지 않아도 스스로 일을 찾아 거들기도 했다. 열심히 하는 민형의 모습을 아줌마가 눈여겨보기도 했다지만 식당 모든 가족들이 지켜보는 가운데서 인정을 받기도 했다. 처음엔 아줌마가 만류했지만 민형은 가게에서 가급적 생활을 했다. 먹는 것도, 자는 것도, 공부하는 것도 가게에서 했다. 그래야 아줌마의 일을 도울 수가 있다고 생각했다. 종업원들이 퇴근을 하고 나면 민형이 팔뚝을 걷어붙이고 그릇들도 깨끗이 닦고, 구석구석 청소도 말끔히 했다. 아줌마가 나오기 전에 민형은 일찍 일어나 아줌마가 하던 일들을 한쪽부터 감당하기 시작했다. 아줌마는 말렸지만 민형은 개의치 않고 그저 묵묵히 했다. 민형은 남보다 일찍 일어나고 늦게 잤다. 이것이 내가 사는 방법이라 생각했다.

민형의 성적표를 처음 받아보는 아줌마는 아주 흐뭇했다. 보람이 있다고 생각하시는 모양이다. 대견하다고 아줌마는 민형을 칭찬도 했다. 초등학교 시절과 달리 여건이 좋은데 못할 것도 없었다.

또래들 보다 이 년 늦어서야 민형은 대학을 졸업하였고 군에서 제대도 했다. 모두가 아줌마의 보은이라 여겼다. 여기까지가 아줌마의 보살핌으로 성장을 했다.

서로 의지하면서 살아가자고 아줌마는 떠나겠다는 민형을 만류했다.

"그만 고집부리지 말고 나하고 살아, 결혼도 시켜주고 살림도 내줄 테니까?"

아줌마는 떠나려는 민형을 달랬다. 민형도 이왕 도움받는 것 자립할 때까지 도움받고 싶었다. 그러나 앞으로 진로문제는 아줌마의 생각하고는 달랐다. 민형은 식당에서 더 머물러 봤자 허드렛일이지 더 큰 역할은 없었다. 어차피 아줌마와는 헤어져야 한다. 진로문제이니 민형도 고심 끝에 내린 결론이었다. 민형은 H대학에서 화학을 전공했다. 아줌마가 생각해주는 배려와 민형은 길이 달랐다. 전문학문을 살려보겠다는 의지였다.

민형은 대학 졸업까지 아줌마네 식당에서 있었다. 아줌마는 그동안 저축했던 돈을 돈들을 모아서 목돈으로 마련해주기도 했다. 이 돈은 이 나라 산업발전에도 요긴하게 사용되리라 민형은 다짐했었다. 어디를 간들 아줌마의 배려와 보은을 민형이 잊을까만은 그래도 다짐을 하고 다짐을 하면서 아줌마의 곁을 떠났다.

아버지의 영광

민형은 D그룹 연구실에 공채로 입사한 5년 후 우대 조건의 선발로 기영화학 연구실장으로 종사하다가 15년 후 영제화학을 창업했다. 드디어 각고 끝에 민형은 기업주가 되었고 자립을 했다. 노력과 시련 끝에 얻어낸 결과이기도 했고 열매이기도 했다. 하늘을 나는 기분이었다. 혼자 세상을 다 얻은 기분이었다.

오전 중으로 일찍이 공장 일들을 끝내고 하루 일과를 마쳤다. 그동안 공장을 창업하는데 수고한 직원들에게도 성과급 조로 지급을 하고는 퇴근도 시켰다.

크리스마스 캐럴이 온통 거리에 퍼지고 네온들이 번쩍거리는 성탄절 이브 저녁이다. 그날따라 건수 아빠 민형도 일찍 집에 들어왔다. 한보따리 선물 꾸러미를 들고 현관에 들어오는 아버지 민형은 근래에 보기 드문 즐거운 표정이었다.

"자, 이것은 우리 건수 운동화구 이것은 재킷이구."

쇼핑백을 펼치면서 아버지는 건수의 가슴에 한아름 선물을 안겨주었다.

"자, 이것은 모두 당신 꺼야."

또 하나의 쇼핑백을 통채로 엄마에게 넘겨준다.

"웬 떡."

환하게 웃음이 퍼지는 엄마의 얼굴도 기쁨이 넘쳐흘렀다. 엄마는 다소 흥분한 탓인지 쇼핑백을 뒤지는 손길이 가볍게 떨리기까지 했다. 엄마의 투피스 양장 한 벌과 화장품 한 세트를 꺼냈다. 거기엔 알박이 반지도 있었다. 지금 아내가 끼고 있는 반지는 큐빅이 아니던가? 결혼비용이 부족했던 민형의 능력으로는 당시 그럴 수밖에 없었다. 엄마 또한 그런 민형의 형편을 아는지라 서운한 감정을 버리고 기꺼이 받아들였던 바 있었다. 엄마는 무척도 감격했다.

"당신 그동안 고생 많았어! 다음 주에는 우리 건수 데리고 장모님도 찾아가자구."

앞으로는 챙길 것 챙겨가며 가장 노릇을 하겠다고 민형은 평상시 신념을 털어놓기도 했다.

아버지 민형에게 이렇게 기분 좋은 날은 밖에 공장일이 잘 풀렸다고 봐야 한다. 아버지가 공장을 설립 경영해 보겠다고 동분서주한 지 5년이 가까웠을 때였다.

기영화학 연구실에서 십여 년이 넘도록 종사하셨던 아버지다. 공장을 창업해 보겠다고 의지를 불태우면서 오랫동안 동분서주했었다. 발명 특허를 내는 데까지는 별문제가 없었으나 공장 부지를 확보해서 건물을 짓고, 기계 설비를 하는 데까지 자본을 동원하는데 은행대출을 받는 등 무척 힘이 들었다. 기술 인력을 구성하는 것도 쉬운 일은 아니었다. 물론 거래처를 확보하는 것도 쉬운 일은 아니며 여기까지 오는데 준비 과정에서 모든 어려움을 참아가며 인내하고 배우고 터득하면서 견디는데 많은 고통과 시련을 같이해야 했다. 그렇게 생산한 제품을 아버지는 드디어 납품하기까지 성공했다. 드디어 생산 공장을 창업한 것이다. 생산의 양과 납품의 양도 기초 설계에 따라 별 차질 없이 일단은 성공했다.

오늘 민형은 대기업에 납품한 생산 제품에 대하여 대금 결제를 받았다. 첫 번째 사례이기에 아버지도 스스로 신기함을 느끼면서 감격했다.

"여보, 우리 어려운 고비 다 넘겼어. 이젠 차려놓은 공장 열심히 운영하고 좋은 물건 많이 만들어서 거래처에 납품만 하면 된다고. 창업 당시처럼 신경 많이 안 써도 공장은 돌아가게 되었으니 앞으론 꾸준히 노력만 하면 된다구요."

아버지는 여전히 흥분한 표정이었다.

"당신 그동안 정말 잘 참아 주었어! 이건 분명 우리에게 행운이면서 당신에게 신이 내린 복이라구!"

엄마의 양손을 마주 잡고 흔들어 대는 아버지의 손도 약간 떨리고 있었다. 공장을 설립하는데 성패를 가늠치 못했던 그동안 왜 노심초사 아니 하였겠는가. 승자처럼 쾌감을 느끼는 모습이었다.

아버지는 저녁 밥상을 앞에 놓고 늘상 먹던 된장찌개였지만 한 술을 입에 떠 넣고는 기뻐하는 엄마의 얼굴을 쳐다보면서,

"아, 맛있다. 당신 음식 솜씨는 아주 일품이라니까!"

라며 흐뭇해했다. 그런 아버지의 얼굴을 바라보며 엄마 역시 촉촉이 눈이 젖어 있었다. 식사를 끝낸 후에도 엄마와 아버지의 감격한 흥분은 좀처럼 가라앉지 않나 보다.

"여보, 건수에게 새로 사 온 재킷 한 번 입혀보지 그래, 잘 맞는가?"

엄마가 건수에게 옷을 입혔다. 아버지 민형은 건수를 앞뒤로 돌려세

우면서

　"우리 건수 아주 잘 생겼네, 그렇지 여보!"

　하면서 건수를 와락 껴안는다. 옆에 있던 엄마도 건수를 대견하게 바라보았다.

　"그럼 하나밖에 없는 우리 아들인데 후회 없이 훌륭하게 키워야지."

　"엄마, 아버지가 사장님이 되었어?"

　"그랬단다, 아버지가 기업주가 되었단다."

　"그럼 우리도 부자가 된 거야?"

　"앞으로 그렇게 될 거야."

　아버지는 옆에서 빙그레 웃고 있었다.

몰락

밤 열 시쯤이다. 인터폰 소리가 요란하게 울렸다. 늦은 밤이라서 그런지 가슴이 섬칫하다. 낯선 두 사람이 찾아왔다. 영문을 모르는 엄마는 어리둥절한다.

"김민형 씨 댁 맞습니까?"

불청객처럼 찾아온 두 아저씨는 무엇보다도 몸짓이 아주 꼿꼿했다. 간단간단하게 끊는 말씨도 극히 사무적이었다.

"네에, 그런데요?"

엄마는 불안스럽게 대답한다. 방범등을 등진 아저씨들은 그늘에 가려 인상이 확실하게 나타나지 않았다.

"안, 계신가요?"

엄마하고는 관심도 없다는 듯 아버지 행방만 묻던 그들은 다그친다.

"왜 그러시는데요?

엄마는 그들의 행동에 마음까지 위축되는 듯했다.

"잠깐 뵙자고 해주세요."

"어디서 오신 누구신데 왜, 그러세요?"

엄마는 몹시 불길한지 영문을 알아야겠다는 식이다.

"김민형 씨한테 직접 용건을 설명할 터이니 불러주세요."

도전적인 그들의 자세는 여전했다. 한마디 언어도 한순간의 몸짓도 허술한 데가 없다.

엄마는 더 이상 상대방의 접근을 물리치질 못했다. 갑작스럽게 닥친 일이라서 어떻게 해볼 도리가 없는 듯했다.

"여보, 여기 누가 찾아오셨는데 잠깐 나와 보세요?"

엄마는 거실을 향하여 소리쳤다.

"누군데?"

귀찮다는 듯이 거실에서 나온 아버지는 태연했다. 추리닝 차림 그대로였다. 밤늦게 자기를 찾는다고 별다른 일이야 있겠느냐고 태연했다. 기다리고 있던 그들은 아버지가 나오자 앞으로 한 발 다가서며 확인했다.

"당신이 김민형 씨 맞습니까?"

그들은 이미 김민형이라는 사실을 심중에 굳힌 듯 재확인하는 자세로 의례적으로 묻는 듯했다.

"도대체 누구신데 이 밤에 이처럼 무례합니까?"

아버지는 신경질적이면서 거리낌 없이 대답했다.

"경찰에서 나왔습니다. 미안하지만 경찰서까지 동행해 주셔야 하겠습니다."

태연했던 아버지는 일순간 표정이 창백해진다. 영문은 알 수 없다지만, 밤늦게 찾아온 사람들의 상대가 경찰청 수사관이라는데 아버지는 두려움을 느끼지 않을 수가 없었던 듯싶다. 어깨의 힘이 빠지는 모양이다.

돌을 맞아 잔잔했던 호수가 일렁이듯 얼굴 근육에 경련이 일고 있었다.

"무슨 일입니까?

"뭐 좀 조사할 게 있습니다."

아버지는 이상하다는 듯이 머리를 갸우뚱, 의문을 제시했다.

"제가 뭐 잘못한 거라도 있습니까?"

"가보시면 압니다."

"지금요?"

아버지는 의외라는 듯 다그친다.

"네, 지금요."

"늦었는데 내일 가면 안 되나요?"

우선 궁금한 일에 시간의 여유를 갖고 생각해보자고 아버지는 내일로 미뤄 보았지만

"안됩니다. 지금 당장 가야 합니다."

그들은 단호했다. 아버지는 이미 자신의 행동에 자유를 잃어가고 있다.

"이유는 알고 가야 할 것이 아닙니까?"

영문을 모르면서 무작정 따라갈 수는 없다는 듯이 아버지도 버텨본다.

"이 사람이, 당신 조용하게 따라나설 수 없겠어?"

그들은 더 이상 참을 수 없다는 듯이 완전히 위압적인 자세로 행동의 반전이다. 조용하게 따라나서지 않으면 강제로 연행하겠다는 투다.

"이유를 먼저 알려주는 것이 순서 아닙니까?"

당당했던 아버지의 자존심은 비굴할 정도로 망가져 간다.

"잔소리 말고 따라나설 수 없겠어. 가족들 앞에서 망신주지 않으려고

노력하고 있는데 자꾸 버티겠다는 것은 무리 아닙니까?"

옆에서 말없이 서 있던 동행인 한 사람이 아버지 곁으로 한발 다가선다. 왼손에 빼든 수갑이 순간적으로 번쩍 불빛에 반사된다. 무협지에 등장하는 협객의 칼날이 달빛에 번쩍 서기를 내뿜는 듯 선뜻하게 가슴을 저민다.

여차하면 치겠다는 것이다. 아버지 어깨에서 기가 빠져나가는 것이 눈에 띌 정도였다. 아버지는 차츰 저항의 의지를 잃어가고 있었다. 더 버틸 태도가 없어 보였다.

"자, 어서 가지요?"

그들은 기세 당차게 다그친다.

"이대로 갈 수는 없잖아요?"

아버지의 목소리는 약간 떨리기까지 했다. 평상시 그렇게도 당당했던 아버지의 모습이 오늘따라 왜 그런지 그들에 앞에서 작아 보였다.

"그럼 빨리 들어가서 옷 갈아입고 나와요."

아버지를 완전히 제압한 그들은 여유만만했다. 예우하던 공대의 말도 어느 순간엔가 '요'자가 떨어져 나가 반말이었다. 링에서 다운된 상대를 내려다보듯 쾌감을 느끼는 승자처럼 게임은 끝났다는 그들의 기세다.

아버지는 허술한 잠바 차림으로 그들을 따라나섰다. 아버지 손목에 채워진 쇠고랑이 전등불 밑에서 반짝 스친다. 스테인리스로 된 날카롭고 견고한 쇠붙이가 아버지의 활동과 자유를 완전히 제압하고 있었다.

아버지 민형이가 영제화학을 창업한 후 상품을 생산해서 거래처에 납품을 한 다음 그 대금을 처음으로 결제를 받아 엄마 손바닥에 선물과 함께 봉투를 쥐어 주면서 좋아하던 바로 그날 밤, 경찰청 수사과 요원들에게 영문도 모른 채 아버지는 연행되었다. 호사다마라 했다. 좋은 일에는 언제나 마가 낀다는 것이다.

"왜 이러세요. 뭘 잘못했다고 사람을 이렇게 잡아가는 거예요. 이유가 있어야 되잖아요. 영장이 있으면 어디 내놔 봐요!"

심상치 않게 돌아가는 상황에 엄마는 분을 참지 못하고 펄펄 뛰었다. 거센 항의와 애원이 동시에 얽혀오는 엄마는 끌려가는 아버지의 팔을 끌어당겨 보기도 하고, 그들의 억센 팔뚝에 매달려도 보았지만 아무 소용이 없었다. 아버지는 그들의 의도대로 끌려가고 말았다. 건수도 엄마의 치맛자락에 매달려

"와――앙"

하고 울음을 터트려 보았지만 그들은 전혀 개의치 않은 채 당당하게 아버지를 끌고 가 버렸다. 오로지 직무를 집행하겠다는 그들은 살얼음처럼 냉정해 인간미 따위하고는 무관했었다. 희망에 벅찼던 단 하룻밤, 건수네 가정은 순간에 이처럼 참혹한 함정에 빠지고야 말았다. 전혀 예상치 못한 불행이었다. 왜 끌려가야 하는지 아버지 자신도 몰랐다. 엄마가 알 수 있는 것도 아니었고, 건수도 무슨 까닭인지 오들오들 몸만 떨고 있었을 뿐이다. 나는 새도 떨어뜨린다는 경찰의 번뜩이는 칼날에 아야, 소리도 못한 채, 미아리 고개 너머로 납북인사들이 밧줄에 엮여가는 모습을 텔레비전에서 보았듯이 아버지도 그런 모습으로 어느 칼에 죽는지도 모르면서 그렇게 끌려가고야 말았다.

"걱정 마, 잘못이 없는데 설마 무슨 일이야 있겠어!"

이 한마디를 남기고 아버지는 경찰에 끌려가고 말았다.

몸 둘 바를 모르던 그날 밤 엄마는 거실을 왔다 갔다 하며 불길한 생각으로 밤을 꼬박 새웠다. 실성한 사람이 따로 없었다. 그 밤이 새기 전에 아버지가 돌아올 줄로 알고 엄마는 기다렸을 것이다. 그러나 그렇게 끌

려간 아버지는 그날 밤 돌아오지 않았다. 그 이튿날도 그다음 날도 아버지는 돌아올 줄 몰랐다.

그래도 별일 없겠지, 설마 하던 엄마가 바쁘게 뛰어다니기 시작한 것은 5일 후였다. 아버지는 환경파괴범으로 체포되었다는 것이다. 공장에 폐수를 하천으로 흘려보냈고 그래서 하천이 오염되었단다.

그 하천은 서울을 비롯, 수도권 지역에 수돗물을 공급하는 북한강으로 유입되는 지류다. 즉 폐수를 북한강으로 흘려보냈다는 혐의다. 흘러들어간 폐수는 곧 한강 상수원을 오염시켰을 뿐만이 아니라 3급수로 수질을 떨어뜨렸을 것이란다. 그렇다면 엄청난 범죄가 아닐 수 없다. 한강물은 수도권 2000만 시민들이 식수로 사용하는 생명수가 아니던가? 이런 범행을 저지른 자는 반드시 색출해 엄벌에 처해야 한다고 신문, 방송을 통하여 연일 보도가 되던 시기와 맞아 떨어진 것이다. 그렇지 않아도 북한강 수질이 근래에 많이 오염되었다고 아주 예민하게 시민들이 우려하던 바다.

수도권 2000만 시민의 생명을 담보로 하는 식수가 오염되었다면 대단한 사건임에는 틀림없다. 이것은 칼을 들고 생명을 빼앗는 강도 살인 사건보다도 더 파렴치범이 아닐 수 없단다. 살인사건에 희생된 사람은 한두 사람에 불과하지만 폐수오염 사건은 자연환경 파괴와 함께 한두 명의 인명 피해로 끝나는 것이 아니기 때문이다. 각종 물고기를 비롯, 파충류 및 곤충들에 이르기까지 생태계를 파멸시키는 결과를 가져오는 범죄이기도 하다. 최악의 경우 인간 생명을 말살하는 행위로 취급될 수도 있다. 말썽이 나자 관계 당국에서는 즉각적으로 수사팀을 구성 범인색출에 나섰다.

엄청난 사건임에 틀림없다. 누구든 그 엄청난 사건에 연류되었다면 이는 절대 용서받을 수가 없을 것이다. 따라서 용서를 구할 수도 없거니와 용서를 받아서도 아니 된다. 또 다른 범죄를 예방하기 위하여도 당연히 지은 죄 만큼 처벌을 받아야 마땅했다.

그런데 아버지는 공장을 창업한 지도 얼마 되지 않았지만, 공식적인 기준에 의하여 정화시설을 설치도 했다.

Y천으로 흐르는 지천 주변 상류에는 여러 곳 마을이 있으면서 많은 주민들이 살고 있다. 크고 작은 공장들도 있다. 거기엔 축산폐수를 비롯해서 가정집 생활하수도 많은 양이 흘러내린다. 공장들의 폐수도 모두 이 하천으로 흘러내린다. 그래서 하류에는 언제나 물이 많이 흐르는 편이다. 여러 개의 지천이 합쳐 흐르기 때문이다. 이 하천은 평상시도 늘 말썽이 많던 곳이다. 하천 하류에서 발견되는 폐수가 왜 오염이 되었는지 그 원인을 찾아낸다는 것도 쉬운 일이 아니었다. 누구의 행위인지 그 범인을 찾기란 더구나 어렵다. 여러 마을과 공장들의 폐수가 흐르는 하천을 모두 샅샅이 뒤져도 오염물질을 방출한 뒤 오랜 시간이 지나면 색출하기가 더욱 어려웠다.

그런 까닭으로 이 하수천은 정부 당국과 지자체는 물론 매스컴 매체에 이르기까지 그 일대에 대하여 관심이 집중되는 곳이기도 하기에 언젠가부터 환경보전지역으로 설정 집중관리를 하게 되었다. 그러자 공장을 비롯한 유해 건축물에 대하여는 신축허가까지 통제되었다. 어떻게 보면 영제화학이 마지막으로 설립허가를 받는 행운을 가져오기도 했다.

아버지가 체포되던 일주일 전쯤 일이다. 한강으로 흘러 들어가는 지류 하천이 오염되었다고 환경 감시단에 적발되자 당국에서는 즉각적으로 특별 조사팀이 구성 전담 수사팀을 발동했다. 그 살벌한 처지에서 아버지가 검거된 것이다. 공장에서 생산하는 화학약품의 성분이 검찰의 수사과정에서 적발되었단다.

검거된 아버지는 억울하다고 끝까지 주장했다. 완벽할 만큼 철저하게 정화조를 시설하고 관리하여 왔는데 왜 우리 공장에 의하여 폐수가 흘렀느냐는 것이다. 현재에도 정화조에 이상이 없지 않느냐, 이상이 있는가 직접 공장에 나가 확인 수사를 해달라고 제반 타당성을 주장, 어필했으나 수사관들을 설득하기엔 역부족 증거 입증을 못 했다.

공장에서 흘러내리는 하천수를 국립과학연구소에 의뢰, 분석 결과 고체가성소다, 염화가리 중조마그넷 싸이트 성분이 검출되었다는 것이다. 기준치에 몇 배를 흡수했을 때 사람의 인체에도 해로울 정도이고 더 많은 양을 흡수했을 때는 목숨까지 위엄을 받을 정도로 검출되었다는 것이다. 거기엔 아버지도 무고하다고 입증할 증거와 물증을 제시하지 못했다. 재조사를 해서 물증과 증거에 대하여 타당성이 확인되면 인정해 주겠다고 검찰 측에서 마지막 기회를 아버지에게 요구했으나 여기에 아버지는 부응하지 못했다. 아버지의 양심은 결백해도 아무 소용이 없는 채 환경공해 사범 벌칙에 준하여 얽혀 들어간 것이다. 다만 정화조만큼은 철저했다고 주장했으나 그것만으로 혐의를 벗어날 수는 없었다.

그 일대에는 공해를 유발할 수 있는 공장들이 많다. 유사한 동업자들도 있었다. 아버지가 공장을 설립할 당시 직, 간접적으로 방해하는 동업자들도 있었던 것으로 안다. 또 인근 주민들의 반대도 만만치는 않았다. 사사건건 당국에 조사도 받았다. 한때 공장시설을 중단하는 사태까지도 있었다. 그러나 원칙을 벗어나지 않았고 특히 시설기준에 어긋남이 없이 설계를 했으며 또 앞으로 우리나라 산업발전에 이바지할 수 있다는 사실에 인정을 받아 허가가 되었다. 상공차원에서 장려하는 사업으로 인정을 받았기에 민원에 대한 마찰에도 불구하고 어쩔 수 없이 당국에서는 준공

허가를 내준 것이다.

민원의 차원에서 노골적으로 반대에 앞장섰던 사람들도 준공허가가 떨어지고 난 다음엔 결국 주춤거려 시비도 조용하게 잠행했다.

아버지는 어떤 일이든 진행하다 보면 문제점이 돌출하게 마련이고 시비가 따르게 마련이라면서 당연한 것처럼 받아들이고 일부 그들과 합의점을 찾기도 했었다.

드디어 준공허가를 받던 그날 밤 아버지는 기분 좋을 만큼 근사하게 술에 취해 있었다. 현관문을 따주고 서 있는 엄마의 허리를 양팔로 껴안아 번쩍 들고 "야−호" 소리와 함께 방을 한 바퀴 돌고는 엄마와 같이 소파에 털썩 주저앉았다. 다음 건수도 꼬옥 껴안았다가 헹가래를 치고는 말했다.

"우리 건수 미국 유학까지 보내 주려면 아버지가 부지런히 돈을 벌어야지."

그때 아버지의 그 표정은 세상을 다 얻은 것처럼 기뻐했었다. 그토록 희망에 부풀었던 아버지였는데 지금 이런 꼴이 되다니 참담한 노릇이 아닐 수 없었다.

이 하천은 계곡물이 흘러서 생긴 양보다 인근 주민들의 생활하수와 난립한 공장에서 흘러내리는 공업용수들이 더 많은 편이란다. 때문에 환경단체와 주민들의 관심이 항상 집중되는 곳이면서 공장은 공장대로 주민들은 주민들대로 다툼이 잦은 곳이다. 그런 와중에 건수네 공장에서 이런 불상사가 발생한 것이다. 그렇다. 한강 물은 2천만 수도권 인구가 먹고 마시며 사용하는 소중한 자원이다. 철저한 관리가 아니면 지탱하기가 어렵다.

"여보 당신 어떻게 된 거야? 정말 우리 공장은 상관이 없는 거야?"

구치소에 있는 아버지를 면회하면서 엄마가 진지하게 사실을 물어봤다.

"아냐, 우린 아냐. 이건 분명히 어떤 음모가 숨겨져 있을 거야."

아버지는 절대 부인했다.

"우리 공장에서 나오는 폐수에서는 물고기도 살아 갈 수 있다구."

아버지는 장담을 했다.

이처럼 자신 있게 이야기를 하는 아버지의 의지는 단호했다. 그런데도 경찰은 엄마에게 환경 감시단의 고발장과 국립과학연구소에서 수질 검사를 한 내역서를 보여주면서 범죄의 불가피성을 피력했다.

환경 유해 사범으로 아버지의 범죄사실은 모두 검찰에서도 인정되어 구속기소 되었다.

법원 형사재판 과정에서도 아버지는 아니라고 부인하며 방방 뛰었지만 결국 수사기관에서 요구하는 증거를 입증하지 못한 채 검사의 10년 구형까지 받았다. 법정 최고형 형벌이다.

"요즘 환경파괴범은 사람의 인명뿐만 아니라 생태계 존립 관계까지 위협하고 있음은 물론 어떤 범죄형보다 중대한 범죄로 취급해 법이 정하는바 최고형을 선고하는 뜻에서 징역 10년의 구형을 내렸단다."

이 사건에 대한 법원 검찰의 의지는 일벌필도의 의미를 부여해 엄격하고 단호했다. 공장까지 영업정지 3년 가처분을 내렸다. 모함이기에 억울하다고 결백을 주장하던 아버지는 중형이 떨어지자 기진하고 말았다. 입증을 하지 못하면 누명을 벗을 길이 없다. 누명을 벗지 못하면 판사가 내리는 형벌을 막을 수가 없다.

건수 네는 한순간에 비전도 희망도 행복도 모두 꺾이고 말았다. 완전히 파멸되는 상태로 아버지는 낙심했다. 사실 공장을 설립하는 동안 자본금으로 있는 돈 다 끌어들였다. 대부분 은행대출을 동원했다. 그렇게 창업한 공장이 영업정지 처분을 받았으니 자생능력이 전혀 불가능했다. 이익을 추구하기 위한 상대성 원리에서 시기와 갈등으로 무고와 모함으로 야기되는 사건들이 주변에는 너무나도 많지 않던가? 거기엔 억울하게 당하는 자도 있을 것이다.

설령 범죄행위를 저지르지 않았다 해도 혐의를 입증하지 못하면 빠져나올 수가 없지 않은가? 모함이라고 심증은 가나 사건에 따라 사실을 사실대로 밝혀내지 못하고 또 밝혀낼 수 없는 처지에서 아버지는 자신에 대하여 좌절할 수밖에 없었을 것이다. 자신의 한계, 삶에 대한 무력감, 감당할 수 없는 모든 사건들에게 좌절할 수밖에 없었을 것이다. 아무리 목소리를 높여 주장해도 들어주는 사람도 받아주는 사람도 없었다.

인연

민형은 영제화학을 창업하면서 새로운 의지를 다졌다. 어릴 적 게으르고 무능했던 큰형님의 생활 태도를 보고 느끼며 고생하면서 자라온 민형은 어디, 어떤 일을 하든지 최선을 다해야 한다고 신념을 다지기도 했었다. 열심히 찾다 보면 없던 길도 생기게 마련이라고 다짐도 했다.

예기치 못했던 그런 아버지의 구속사건에 충격을 받은 엄마는 사치스럽게 걱정이나 하고 있을 처지가 아니라고 문밖을 나섰다. 어느 누구 한 사람 아는 이가 없는 엄마의 처지라 하겠지만 이대로 포기할 수는 없다고 또 남편의 신의를 엄마는 믿었다. 사건에 대한 진상규명에 반드시 범인은 따로 있을 것으로 확신을 하면서 엄마는 어금니를 물었다. 어느 칼에 죽는가 알고는 죽어야 한다고 엄마는 주먹도 불끈 쥐었다. 검찰에 끌려가고 하루가 지나 이틀이 지나도 풀려나지 못하는 아버지를 기다리던 엄마는 거리로 나섰다. 검찰청으로 환경 감시단으로 쫓아다니며 사건 내용에 대한 진상을 파악하기 위하여 발 빠른 행보를 가졌다. 사건을 철저하게 들추다 보면 반드시 조그만 단서라도 발견할 수 있으리라는 희망도 가져보았다. 비바람 눈보라가 몰아쳐도 산꼭대기 바위틈 사이에서도 끈질기게 살아나는 매듭진 소나무처럼, 반드시 살길은 있다고 확신, 작은 실마리부터 찾아보자고 다짐했다.

그러나 이는 마음과 의지뿐이지 무엇을 어떻게 어디에서부터 가닥을 잡아 사건을 풀어나가야 할지 막연했다. 남편은 졸지에 구속되었는데 힘이 되어줄 사람은 아무도 없었다. 아무리 궁리를 모아도 의논할 사람도 없거니와 도와줄 사람도 없었다.

엄마와 아버지는 초등학교 5학년 때 한 학년 한 반이었다. 한 반에서 같이 공부를 하다 보니 엄마 지연은 민형이 어떤 아이라는 것을 잘 알 수 있었다. 민형은 사사건건 반에서 어떻게 보면 말썽꾸러기가 되었다. 그처럼 말썽의 대상이 된 이유가 민형 본인의 잘못이 아니라는 것도 잘 알고 있다. 학교에서 민형의 모든 문제는 학부형인 보호자가 해결을 해주어야 할 일들이다.

민형이 반 전체에 끼치는 영향은 여러 가지로 컸다. 민형 자신으로도 변명의 여지가 없다. 민형 때문에 반이 전교에서 사친회비 징수성적이 꼴지로 전락하는 이유 때문만도 아니다.

전쟁과 함께 피폐할 대로 피폐한 국민적 생활여건 속에서 전염병까지 극성부리다 보니 국가로서도 별다른 대책이 없었다. 아침에 힘차게 뛰어놀던 아이가 저녁에 병이 들어 죽어 나가는 꼴은 너무도 참혹했다. 무차별적으로 휩쓸고 돌아다니는 전염병의 학살이었다.

대신에 학교에서는 월요일마다 전교 아침조회 때 용의 검사를 실시했다. 옷차림에서부터 두발, 치아, 손발톱에 이르기까지 철저했다. 여기에서도 담임선생님들도 매우 신경을 썼다. 다른 반보다 지적되는 학생이 많으면 역시 교장 선생님으로부터 추궁을 받았다. 최근 코로나 예방에서 전 국민들이 마스크를 착용하라고 당국에서 권고하듯이 왜정 시대도 그러했다. 전염병을 예방하는데 첫째 조건이 청결이라 여겼던 시대적 차원에서 용의 검사는 필수라 생각했던지라 정부 차원에서도 적극적으로 유도했던 정책이었다. 그래서 토요일 수업이 끝나면 월요일 용의 검사를 대비해서 담임선생님이 먼저 예비 검사를 실시하고는 지적되는 아이들에게 다짐을 했었다. 옷이 찢어졌거나 때가 낀 아이들에게는 바꿔 입고 오라고 시켰고 두발이나 손톱 발톱 치아 등까지 깨끗이 닦고 학교에 오라고 따로 일렀다. 몸단장이 깨끗하질 못하면 전염병에 걸리기 쉽고 또 전염을 시킨다는 이유다. 학교에서 이렇게 철저하게 단속을 해도 지적되는 아이들이 많았다. 가정형편이 따라주질 못해 그랬다. 만약의 경우 옷이 찢어졌으면 갈아입든지 아니면 바늘로 꿰매 입든지 해야 하겠지만 이건 부모들이 해주어야 할 문제지 아이들의 몫이 아니었다.

"김민형! 너는 두발 하고 옷을 빨아 입고 학교에 와라. 알겠어?"

담임선생님이 이렇게 지적을 해준다. 그런데 옷이야 단벌이라도 엄마가 빨아 주고 찢어진 부분이 있으면 바늘로 꿰매 주면 되겠지만 두발에는 대책이 없었다. 동네에 바리깡을 가지고 있는 집이 딱 한 집이 있었으나 영업은 아니었다. 어른들은 동네마다 다니며 유료로 출장 이발을 해주는 사람이 있었다. 그래서 봄, 가을로 겉보리 한 말과 벼 한 말을 값으로 받아갔다. 삭발을 하는 어린이나 중·고 학생들은 반값을 받았으나 민형이 같은 경우는 그런 계약조건에서도 제외되었으니 용의 검사를 할 때마다 두발로 지적을 당했다. 그러지 않아도 사친회비 미납으로 미움받는 처지에서 용의 검사까지 말썽을 부리니 선생님에게 미움받는 것은 당연했다. 때로는 바리깡이 있는 집에 나무 한 짐을 해다 주면 그 댓가로 머리를 깎아주는 경우도 있었다지만 그것도 서로 기회가 만들어져야 가능했다.

최종적인 책임은 늘 민형에게로 돌아왔다. 괘씸죄로 미움만 돌아오는 것이 아니라 체벌로 일주일간 변소 청소였고, 반 아이들한테도 모두 미움을 받는 아이가 되었지만 그럴 때 단 한 사람 지연은 민형을 이해를 하고 있었다.

지연과 친하게 된 직접적인 동기는 4학년 겨울이었다. 하굣길 그날도 민형은 학교에서 혼자 오는 길이었다. 가난 때문에 항상 아이들 뒷전에서 어울리지를 못하고 있다 보니 민형은 언제나 외톨이었다. 그러나 그런 왕따 따위는 민형에겐 아무렇지 않았다. 학교에서 퇴학만 당하지 않는 것만으로도 다행으로 여겼다. 온몸을 옹둥거리고 손을 호호 불며 혼자 고갯길을 넘어오는 길이었다. 칼끝 예리한 바람에 쏠려 수평으로 날리는 눈발이 허공을 온통 뿌옇게 뒤덮어 오는 날씨가 아주 사나웠다. 추운 탓인지 지나가는 행인들도 없을 때다.

지연이가 산 비탈길 눈 속에 빠져 혼자 울고 있지 않던가? 발목을 잡고 꼼짝을 못한 채 울고 있었다. 민형은 재빨리 쫓아가 넘어진 지연을 부축하여 일으키려 하자. '아 아앗' 지연은 자지러지게 비명을 지른다. 지연은 눈길을 헛디뎌 비탈 아래로 미끄러져 눈 속에 빠져있었다. 오른쪽 발목까지 삐었다. 민형이 쫓아가 지연의 팔을 잡고 일으켜 보려고도 했지만 지연은 꼼짝을 못하고 비명만 지를 뿐이다. 민형은 지연을 겨드랑에 끼고 부축을 하려고 해도 전혀 움직이지를 못한다. 얼마나 아픈지 전혀 몸을 추스르지를 못했다. 한 발자국도 걸음을 딛질 못했다. 발목이 꺾였으니 무척 아플 것이 뻔했다. 민형은 지연을 길 위로 간신이 끌어올린 다음 등에 업고 산 고개를 넘어 지연의 집에까지 힘겹게 데려다주었다.

민형의 등에 업혀 들어오는 지연을 본 엄마는 깜짝 놀라 허겁지겁 지연을 받아 안고서 방으로 들어갔다. 지연의 엄마는 몹시 당황하고 있었다. 지연을 업어다 준 민형은 지연네 앞마당에서 혼자 잠시 멋쩍게 엉거주춤 서 있다가 슬그머니 밖으로 나와 집을 향하고 있을 때다.

"애야 애야…."

누가 멀리서 부르는 소리에 민형은 무심결에 뒤를 돌아보았다. 생각지 않았는데 지연의 엄마가 바깥마당까지 쫓아 나와서 소릴 지른다. 민형이 뒤돌아보자 손을 높이 들고 손짓을 한다.

"애야 이리 좀 잠깐 와봐라. 어서."

민형은 오라고 손짓하는 지연의 엄마 앞으로 갔다. 수고했다는 대가로 밥이라도 한 끼 주면 고마울 것 같은 마음도 없지는 않았다. 지연의 엄마는 먼저 민형의 남루하고 허술한 옷차림새를 보고는 깜짝 놀란다. 눈 속을 헤맨 짚신 발과 떨어진 무명양말이 흠뻑 젖어 있었고 찢어진 양말 코에 엄지 발가락이 삐죽이 튀어나와 벌겋게 얼어붙은 꼴을 보고는 이럴 수가! 놀란다. 지연의 엄마는 얼른 민형의 손을 잡고 안방으로 끌어들인다. 그리고는 성급하게 화롯불을 민형 앞에 놓고는 따뜻하게 손, 발을 녹여주지 않던가?

"너 민형이 아니냐? 쯔 쯧!"

체감 온도가 영하 10도를 오르내리는 오늘 같은 날 짚신 발로 학교를 다니는 민형이 꼴을 보고 지연의 엄마는 눈을 똥그랗게 뜨며 놀란다. 민형네 집이 가난은 했을망정 이럴 정도까지라니 놀라는 듯했다.

반 전체에서 지연이만 운동화를 신고 학교를 다닐 정도로 지연은 귀한 집 딸이었다. 지연의 아버지는 군청에 과장님이라고 그를 일러 동네 사람들이 그렇게 불렀다. 대농이기도 했다. 시골에서는 끗발이 좋았던 집안이다.

민형이가 생각했던 대로 지연네서 저녁까지 얻어먹고 집으로 왔고 이튿날 저녁에는 지연이 엄마가 민형네 집으로 찾아왔다. 그리고는 고무신 한 켤레와 양말 두 켤레를 선물했다. 지연 엄마는 출근하는 지연이 아버지에게 부탁 퇴근길에 읍내에서 사 온 것들이다. 민형은 그 고무신이 태어나서 처음으로 신어보는 소중한 물건이었다. 정말 황홀하고 귀한 선물이었다. 민형은 그 고무신을 겨울철 눈 오는 날만 골라서 신었으니 삼 년을 신고 다녔다.

그때부터 지연은 민형을 적극 도와줬다. 반에서 모두 다 민형을 천덕꾸러기로 취급들을 했지만 지연은 늘 민형을 감싸주었다. 지연은 민형에게 연필도 주고 미술시간 같은 때 크레용도 빌려 주곤 했다. 또 반 아이들이 민형에게 욕을 하며 때리거나 하면 대뜸 나서서 말려주기도 하고 때로는 경우를 따져 이해를 시켜주기도 했다. 그랬어도 지연에게 맞서는 아이들은 없었다. 지연은 공부도 잘했고 예쁘기도 했으며 여자 반장이기도 했으니 누가 감이 대들지를 못했다. 뿐만이 아니었다. 지연 엄마까지도 이따금 민형을 데려다 밥도 먹여주기도 하고 지연이 오빠가 입던 헌옷도 입혀주는 호의도 베풀었다. 그런 지연과 엄마에게 민형은 늘 고마움을 느끼며 살아왔다.

교과서가 없어 숙제 때문에 늘 말썽이 된다는 사실을 지연도 잘 아는 터라 숙제 빨리 끝내 놓고,

"너 숙제 안 했지? 자 이 책 가지고 가서 숙제해. 선생님한테 또 야단 맞지 말구!"

작은 거지만 민형을 이런 식으로 도와주고 거들어 주는 지연의 여린 마음은 남달리 세심했다.

서울에서 만남

  지연은 고등학교 때부터 서울에서 학교를 다녔다. 그때 민형은 서울에 있는 식당에서 일을 할 때였다. 그래서 지연은 가끔 식당에서 일하는 민형을 찾아오기도 했다. 수소문까지 해서 어렵게 찾아온 것이다.

  "너를 무척 찾았어, 시골에서는 네 소식을 아는 사람이 없더라. 그런데 우연이 누가 너를 길바닥에서 봤고 무교동 어느 식당에서 일을 한다는 것을 알고 너를 찾아온 거야. 이 근처 식당을 다 헤맸어!"

  민형을 처음 만났을 때 지연은 반가워서 그랬던지 우는 건지 웃는 건지 분간할 수 없을 정도로 얼굴에 눈물이 핑 돌았다. 민형은 가출로 고향을 떠난 후 누구에게도 소식을 전한 바 없었다. 고향 집을 도망 나왔으니 섣불리 했다간 큰형님에게 잡혀갈 수도 있다는 생각에, 또 누구 한 사람 반겨줄 사람도 없는 처지에서 민형의 머릿속엔 늘 자괴감이 떠나지 않았다. 어떻게 보면 어린 마음에 숨어 지내는 것이었다. 민형이 고향을 떠난 지 5년 만에 만난 것이다.

  "고생은 안 하는 거야?"

그런 지연을 바라보는 민형도 아무 말을 못 했다.

"나 서울에서 학교 다녀. CH여고 2학년이야."

한참 동안 진정이 된 뒤에야 지연은 밝은 표정으로 자기소개를 했다.

그때부터 지연은 잊지 않을 만큼 식당에서 일하는 민형을 찾아왔었다. 민형이 일하는 식당에서 식사도 하고 갔다. 아줌마의 배려였다. 친구들하고 같이 와서 어울리다 가는 때도 있었다.

건수의 아버지 민형과 지연의 만남은 이렇게 다시 시작되었다. 지연의 집에서는 두 사람 간의 만남을 절대 반대했다. 서로의 가정형편이 걸맞지 않은 이유였다.

"지연아, 좋아한다고 결혼이 꼭 성사되는 것은 아니다. 가난이 우리 일상생활에 어느만큼 불편을 주는 건지 넌 아직 모를 것이다. 살다 보면 한두 가지가 아니란다. 가난 앞에서는 행복도 즐거움도 모두 사치스런 존재일 뿐이란다. 사람이 살아가는데 가난만큼 무서운 존재도 없단다. 적당히 고향 친구로나 사귀거라."

누구보다도 지연의 엄마가 조심스럽게 말렸다. 두 사람 사이가 가까워질수록 지연 엄마는 염려가 되어 반대를 했고 나중에는 쫓아다니면서까지 반대를 했다. 그렇다고 지연의 고집이 꺾이지는 않았다. 또한 반대하는 어른들에 맞서 반항까지 했다. 심한 갈등과 더불어 위기감마저 감돌만큼 집안 분위기가 냉냉하기도 했었다. 지연도 결코 민형과의 관계를 굽히지 않았다. 민형이 기영화학에 연구실장 자리에 있을 때였다. 민형은 H대학 화학과 출신이 아니던가? 그들의 만남에 지연엄마가 반대하는 것도 한계가 있었다. 민형 보다도 지연이가 더욱 적극적이었다. 집안 형편으로 봐서 지연이가 민형을 좋아할 처지가 아닌데 또한 민형이가 감히 지연을 좋아할 처지가 아니란 점 모르지 않지만 어른들의 반대가 그토록 큰 벽에 부딪혔어도, 때문에 무척 어려움을 겪으면서도 그들은 결혼까지 했지만 신랑 신부는 마냥 즐거워해야 할 결혼 첫날밤에 호텔도 아닌 여관방에서 서로 부둥켜안고,

"앞으로 우리 열심히 살아가자, 하면 될 꺼야, 우리 힘들어도 참자."

눈물을 흘리며 남다른 다짐을 했었다. 지연이 쪽보다도 민형이 쪽에서 더 감회가 깊었다. 어려움을 견디니 오늘 같은 좋은 날도 왔다고 감격하기도 했다.

"이젠 찌든 과거의 설움도 우리 이 순간부터 모두 훌훌 털어 버리자."

질곡 된 세월 동안의 기쁨이기에 누구보다도 민형은 감격했는지도 모른다. 지연이 민형을 보는 입장에서 훌륭해서 선택한 길은 결코 아니었다. 지연은 정상적인 코스로 고학력 과정을 마치었지만 민형은 아니다. 그것도 아줌마 덕에 중학교는 야간이었지만 고등학교 때부터 대학까지는 정상이었다. 공립 Y고등학교 출신이었다.

같은 마을에서 살아왔으니 지연은 불행했던 민형의 과거를 잘 알고 있다. 그래도 지연은 민형이 곁으로 왔다. 사랑 때문이었을까? 지연은 민형에 대한 사랑이 무엇인지 자신도 잘 모른다. 초등학교 때도 그랬지만 항상 홀로 서 있는 민형을 지연 자신이 건너다보면서 그저 도와주고 싶은 연민의 정뿐이었다. 외로운 민형을 도와주는 것으로 지연은 만족을 했었다. 언제나 민형을 지켜봐 주었고 쓰러질 것 같으면 옆에서 버팀목이 되어 주고 싶었다. 벽을 만들어 주어야 능소화는 그 벽을 타고 한올 한올 뿌리를 박으며 뻗어 오른다. 지연은 자신이 받침대처럼 서 있어 줘야 민형은 넝쿨을 뻗어 올라갈 수 있다고 여겼다. 저 사람의 의지력은 때를 만나면 무성하게 벽을 덮어 나갈 것이라고 지연은 믿기도 했다. 불행한 자에게 동정도 아니요, 대가도 아니다. 좋고 나쁘고가 어디 있으며 행

복과 사랑을 따질 것이 무엇이 있겠느냐고 했다. 물론 봉사는 아니었다. 삼십 대 초반에 성사된 만남, 건수를 낳은 것도 삼십 대 그 무렵이었다.

민형의 부부는 자녀를 많이 낳아 기르고 가르치며 뒷바라지할 생각은 없었다. 그래서 아래위 턱우리 없이 건수는 외톨로 태어났다. 대신에 건수 하나에게는 최선을 다 해보자는 엄마 지연의 뜻이었다.

낙향

그런 민형이 팔당 수원지로 이어지는 Y천을 오염시켰다는 환경저해 사범으로 검거된 것이다. 민형은 또다시 모진 돌부리에 부딪히고 말았다.

지연은 환경 감시단으로 환경부처로 검찰로 신발이 닳도록 쏘다녔다. 민형 그 사람은 절대 그런 무모한 짓을 할 사람이 아니며 사건 진의는 반드시 따로 있을 터이니 꼭 찾고 밝혀내야 한다고, 무고한 사람 잡아 놓고 공연히 시간 낭비하지 말라고 수사의 방향을 바꿔야 진범을 찾을 수 있다고 탄원도 해보고 애원도 했지만 검찰의 태도는 요지부동이었다.

과학 문명이 발달할수록 그 비례대로 환경 파괴는 더욱 심할 뿐 지구 전체가 몸살을 앓게 마련이란 점을 민형 자신이 더 잘 알고 있었다. 공장마다 폐수 처리가 심각하지 않던가? 그러기에 공장을 건축하는데 무엇보다도 정화조 차원에서 철저했다. 또 화학 공장마다 말썽이 끊일 날이 없다는 것 모르지 않는다. 당국으로부터 조사 대상이 되는 이유도 정화시설과 매연 때문이다. 건축비가 많이 들어도 이런 시설은 완벽해야 된

다고 민형은 애당초부터 철저했었다. 그러기에 엄마도 그 부분에 대하여
는 아버지가 각별이 신경썼다는 것을 잘 알고 있었다.

"이 사람이 억울하다면 진범이 따로 있다는 것이 아닙니까? 그럼 그
진범을 밝혀보세요?"

수사관들의 반문이다. 진범이 누군가 찾기만 하면 즉시 풀어준다는
것이다. 엄마가 완강하게 부인하자 검찰에서도 조작일 가능성도 나름대
로 배제할 수는 없다고 수사 방향을 확대, 주변 인물들을 내사해보았지
만 혐의점을 발견하지 못했단다. 폐수는 영재화학공업사 민형의 공장 하
수구에서 흘렀다는 것은 분명하게 확인된바 누구도 부인할 수 없는 일이
다. 조작극이라고 민형 자신이 그 확증을 찾아내지 못하면 범죄는 영재
화학공업사 대표 김민형에게 떨어진다는 것은 기정사실이다.

환경저해 사범에게 일벌필도로 내려지는 적용법은 엄격했다. 준엄한
법에 민형은 처분을 받을 수밖에 방법이 없다. 엄마는 더 이상 관계당국
을 쫓아다니는 것은 시간 낭비라고 했다. 해결 방법은 다른 곳에서 찾아
야 한다고 관계 당국의 선처 따위는 포기하고 말았다. 맞대응하자. 최선
에 방어는 최선의 공격이다. 현 상태에서 살아남는 방법은 진범을 찾아
내는 것뿐이다. 찾지 못하면 법이 정하는 바에 의하여 민형은 억울해도
단죄를 받아야 한다.

해결 방법에 대하여 엄마는 급선회했다. 남편의 주장이 사실이라면
범인은 반드시 따로 있다고 믿었다. 그 범인을 꼭 찾아야 한다고 나섰다.

엄마가 밖으로 활동하다 보니 집안 꼴은 엉망이 되었다. 영재화학을
창업하다 보니 집안에 여윳돈이 있을 리 만무했다. 엄마의 돌봄이 없으
니 어린 건수는 집에서 혼자 울다가 지쳐 잠들어 버리는 때가 보통이다.

범죄는 사람의 짓이라 확신하지만 이 세상에 사람이 한 둘이겠는가?

그 많은 사람들 중 누가 범인이라고 어떻게 꼭 집어 찾아내겠는가? 길에 나서면 걸리는 게 사람들인데, 내가 범인이라고 이마에 써서 붙이고 다니는 것도 아닌데, 아니 완벽하게 범죄사실을 감추고 다닐 텐데, '누구에게 물어 당신이 범인이 아니겠느냐고' 찾아낼 수 있다는 것인가? 계획적인 범죄라면 더구나 어렵다는 생각이다. 잘못 찍어내면 그건 무고죄에 해당된다. 생각할수록 어려움은 커질 뿐이다. 남을 모략하기 위하여 만든 죄악인데 허술한 짓을 하였겠는가? 그걸 무슨 재주로 찾아낸단 말인가. 그것도 남에게 없는 죄를 뒤집어씌우는 악랄하고 비열한 짓인데 말이다. 다른 범죄사실과 다르게 들통이 나면 당장 구속 처벌을 받을 텐데 이를 누가 모르겠는가.

목적이 무엇인지 모르나 어쨌든 범행을 저지르고 숨어버린 범인을 무슨 재주로, 어떻게 찾아낼 수 있단 말인가? 거리를 무작정 헤매다 보니 모든 행인들이 범죄인 같은 착각도 없지 않다. 요즘 엄마까지도 정상이 아니었다. 엄마는 범인을 찾겠다고 매일처럼 거리를 헤매고 다닌다. 꼬투리 하나도 잡지 못하는 엄마는 캄캄절벽 그래도 범인은 꼭 찾아야 한다는 신념 하나만으로 하루 종일 거리를 헤매다가 늦은 밤에나 집에 돌아올 때면 온몸이 파김치가 되었다. 이렇게 내 몸 하나도 지탱하기 어려운 지경에서 집에 돌아오면 엄마를 기다리다 지쳐 엎드려 잠든 건수를 볼 땐 가슴이 미어진다. 저 어린 것이 무슨 잘못이 있다던가?

이런 생활이 하루 이틀에 끝나는 것도 아니다. 냉장고를 뒤져 보아도 먹을 것이라고는 셔빠진 김치 쪼가리뿐이다. 바닥난 가계부엔 구리동전 하나도 쪼개 써야 할 판이다. 별궁리를 다 해봐도 엄마에겐 어떤 뾰족한 수도 묘수도 떠오르지 않았다. 궁리 끝에 엄마는 결심이라도 하는 듯 말했다.

"건수야, 너 시골 외할머니댁에 가서 있어라. 당분간 우리 떨어져서 살아야 할 것 같다."

최후의 선택이기도 했다. 지연은 건수의 머리를 와락 끌어당겨 가슴에 품고는 부르르 몸을 떨었다.

"싫어, 난 싫어!"

엄마를 빤히 올려다보며 울상을 하는 건수에게 거듭 말했다.

"이것은 엄마의 마지막 선택이란다."

"싫어, 난 엄마하고 있을 거야!"

건수도 5학년이나 되었으니 집안이 어떤 꼴로 돌아가는지 대충은 알고 있겠지만 펄펄 뛴다.

"건수야 우리 당분간 떨어져서 살자. 아니면 우리 가족은 다 파멸하고 말 꺼야, 설마 건수 네가 그걸 모른다 하지 않겠지!"

표정이 심각한 엄마를 바라보는 건수는 또 무슨 말이 나올지 두려워 엄마를 똑바로 바라보지도 못한다. 예감했던지 더 이상 반항은 하지 않았다.

"아버지 문제가 해결되면 그때 다시 우리 모여서 살자. 빨리 아버지가 나와야지, 아니면 우리 집안이 어떻게 된다는 것 너도 짐작하는바 있을 게 아니냐?"

건수를 달래는 엄마의 마음은 피를 토하는 느낌이었다. 더 이상 투정을 부릴 처지가 아니란 생각에서 엄마의 품에 포옥 안기는 건수도 바르르 몸을 떤다.

"시골 외할머니네 가서 있어!"

"……"

건수는 더욱 엄마의 품으로 얼굴을 파고든다. 집안 꼴과 엄마의 어려움을 알고 있는 듯 건수도 엄마를 더 어렵게 해서는 안 된다고 생각한 모양이다. 자꾸 가슴속으로 파고드는 건수를 더 꼬옥 껴안은 엄마의 팔에는 더욱 힘이 들어간다. 건수는 그날 밤 엄마 가슴속에서 깊게 잠들었다.

엄마 따라서 건수는 외할머니댁을 찾아왔다. 칠순이 넘었다고는 하지만 요즘 따라 외할머니는 더 노쇠해 보였다. 옛날에 그처럼도 고고하게 마님 노릇을 하던 모습은 어디에서도 찾아볼 수가 없을 듯싶다. 할아버지가 세상을 떠나면서 더욱 쇠약해 보인다. 시골에서 혼자 지내는 외로운 형편이 그대로 모습에 나타났다.

엄마는 외삼촌도 생각해보고 시골 큰아버지도 생각해봤지만 건수를 마음 놓고 맡길 곳은 친정어머니뿐이란 생각이 든다.

"건수야 외할머니하고 같이 살자면 많이 불편할 꺼다. 고생은 되어도 우리 참자. 그 길 만이 우리가 살길인 걸 어떻게 하겠어? 너도 아버지가 보고 싶을 테지, 우리 열심히 노력하면서 견디자!"

엄마는 건수의 옷과 책가방 모두를 챙겼다.

"건수야! 엄마가 보고 싶어도 참아야 한다. 힘들 때는 가족끼리 서로 참고 서로 뜻을 모아야 그게 다 같이 살아가는 방식이 아니겠느냐? 외할머니 말 잘 듣고 혹 불편한 것이 있어도 참아야 한다. 아빠 문제가 해결되는 대로 데리러 올게. 너무 초조하게 기다리지 말고 꾹 참고 견뎌, 엄마 찾는 것을 아주 잊어버리고 있어."

탕, 탕, 엄마가 주먹으로 대문을 두드린다. 진동을 받은 대문에서 뿌연 먼지가 스모그 현상처럼 쏟아져 내린다. 대낮인데도 무거운 어둠이 무겁게 덮여있다. 반복해서 대문을 두드려서야 외할머니가 나왔다. 작년 여름에 엄마와 잠시 다녀갔을 때보다도 할머니의 주름살은 더 늘어난 듯싶다. 한때는 안방마님 소리도 듣고 사모님 소리도 듣던 할머니가 누가 돌봐 주는 사람이 없어서 그렇겠지만 건강이 많이 안 좋아 보였다. 혼자 조석을 끓여 먹다 보니 그럴 수밖에 없다지만 폐가와 다름없는 커다란 빈집에서 혼자 생활하자니 더욱 그럴 수밖에 없을 것이다. 집 안 구석구석을 들여다 보아도 낙이란 어디에도 찾아볼 수 없이 적막감뿐이어서 할머니의 건강은 더욱 나빠질 수밖에 없었을 것이다.

"연락도 없이 갑자기 웬일이야?"

외로움에 지친 탓일 것이다. 생기마저 잃은 할머니의 표정은 감정까지 잃은 사람 같았다. 할머니는 멍하니 엄마를 건너다보며 대답을 기다리는 식이다.

"이렇게 왔어요."

엄마의 표정 또한 밝을 턱이 없었고 할머니 역시 그런 엄마의 눈치를 감지 못 할 리가 없었을 것이다. 잠시 머뭇하고 있을 때

"할머니 안녕하세요?"

건수가 허리를 꾸벅한다.

"으응 그랬냐!"

할머니는 그때서야 건수에게 반색을 한다.

할머니는 들어오라는 말 대신 옆으로 길을 비켜준다. 엄마는 건수의 손을 잡고 할머니 앞을 지나 안으로 들어간다. 대문을 걸어 잠그고 할머니도 뒤따라 들어온다.

이렇게 건수는 낙향했다. 외할머니댁은 학교 바로 옆 마을에 있으면서 양지바른 산자락 밑에 자리 잡고 있었다.

건물은 기역형으로 된 안채와 일자형으로 사랑채가 있다. 일꾼 가족들이 살림을 하면서 기거하는 별채도 있다. 옛날에 엄마의 할아버지가 진사 벼슬아치로 살아오셨던 가풍이 있는 집안이었다. 건수 엄마가 어릴

때 이 집에서 자라고 뛰놀던 때만 해도 밤색 대청마루가 반들반들 윤이 났고, 이중창 미닫이 창문엔 새하얀 창호지가 유리알처럼 맑게 햇살을 받아들이고 있었다.

위풍당당했던 높다란 솟을대문에 대가 집답게 수많은 사람들이 드나들던 곳이었거늘 지금은 먼지가 겹겹으로 쌓였을 뿐만이 아니라, 고색창연한 기와지붕엔 파란 이끼가 끼고 잡초까지 듬성듬성 나 있어, 사람들의 돌봄을 잊은 지 오래되었음을 짐작게 한다.

엄마도 없는 시골에서 건수는 외할머니와 불편한 생활을 시작했지만, 건수에겐 정말 낯설기만 했다. 고양이도 무서워하지 않는 족제비만큼이나 큰 쥐들이 때와 장소를 가리지 않고 극성을 부리는 꼴이라니 보기에 소름 끼쳤다. 앞마당을 비롯 대청마루 천정까지 기어 다닌다. 사람이 있어도 슬슬 눈치를 보다가 막대기를 들고서야 쏜살같이 도망하는 놈들이다. 더구나 밤이면 안방 천장 반자위에서 까지 후당탕 찍찍, 패로 몰려다니고 있으니 바로 쥐들의 천국이 되었다. 낮보다는 밤이 더 심하다지만 쥐들은 잠도 안 자고 밤이 새도록 극성을 부린다. 또 시골 밤은 칠흑 바다다. 새까만 어둠이 깔리기 시작하면 사람들의 발길은 뚝 끊어진다. 그때부터는 고양이와 개들과 들짐승들의 세상이다.

이런 시골 생활이 건수에겐 당장 숨이 막힐 지경이었다. 무엇보다도 건수에겐 화장실이 불편했다. 시멘트 롯깡으로 생긴 재래식 화장실은 현기증이 날 정도로 깊으면서 누런 오물이 그득하게 내려다 보일 정도다. 징검다리 같은 발판에 양다리를 걸치고 변을 봐야 한다. 발을 헛디뎌 빠져 죽을 것만 같은 공포감에 아랫배가 무겁게 땡겨도 현기증이 나서 항문이 옴찔옴찔하니 나오려던 변도 막혀버리는 상태로 도로 창자 속으로 들어갈 지경이다. 뭐, 한 가지도 생활에 맞는 것이 없고 마음에 드는 것이 없었다.

까만 어둠 속 하늘에는 안개꽃을 뿌려놓은 듯한 별들의 세상이 뿌연 도시 하늘에서는 찾아볼 수 없을 만큼 맑고 아름답게 빤짝거린다. 그래도 건수는 별들을 마음 놓고 구경할 수도 없었다. 밤이면 세상이 온통 캄캄해서 밖에 나갈 수가 없다. 문화 혜택이 전혀 없던 시절의 이야기다.

이런 데서 할머니는 혼자 생활을 하신다. 독신생활을 하신 지 벌써 오래되셨다. 건수는 할머니와 안방에서 같이 생활을 하기 시작했다. 안채, 사랑채 머슴 내외가 살고 있던 행랑채까지 방이 일곱 개나 되고 머슴도 없으니 모두 빈 채 오로지 할머니가 사용하는 안방 하나뿐이다. 관리 부실로 폐가와 다름없다. 집이라도 작으면 오히려 좋을 성싶다. 엄마가 몇 차례 서울 집에 모시려고 했으나 할머니는 도시 생활이 적성에 맞지 않는다고 거절을 하셨다. 할아버지가 세상을 떠나고 외삼촌이 한분 있었으나 취업차 도시로 나가면서 어쩔 수 없이 할머니는 혼자 생활을 하게 되었다. 머슴 내외가 기거하던 별채도 비어있는지 오래되었다. 이승만 정부에서 토지개혁을 실시하므로 소작인에게 농사터를 모두 빼앗겼을 뿐만 아니라 머슴 내외도 한몫 챙겨가지고 나갔으니 집안에 남은 사람은 할머니뿐이었다. 할머니의 활동 무대는 텃밭이다. 거기에 채소를 기르는 것이 소일거리가 되었다.

엄마가 시골에 다녀오는 날에는 언제나 보따리가 컸다. 추수철 같은 때는 시뻘건 고추며, 참깨, 검정 밤콩 등 손수 가꾸고 거두어서 수확한 잡곡들을 올망졸망하게 포장을 해서 엄마에게 들려 보내곤 했었다. 그런 생활이 할머니에겐 언젠가부터 몸에 뱄다. 할머니는 천정 반자에서 밤새도록 쥐들이 설쳐 대도 무감각했다. 건수가 무서워서 할머니 품에 파고들면 기다렸다는 듯이 건수를 포옥 가슴에 껴안고 잠을 청하고는 했다. 그렇게 해야 건수는 잠이 들곤 했다.

엄마도 그랬지만 하나밖에 없는 외삼촌도 할머니를 자주 찾아오는 편은 아닌가 보다. 성격 탓이겠지만 외삼촌은 직장을 자주 옮기는 편이다. 한 직장에서 오래 견디지 못한다. 언제나 상사에게 항명을 하다가 쫓겨나곤 했다.

상사들에게 고분고분하지를 못한다. 언제나 상사의 지시가 부당하다고 대들다간 불신을 받고 쫓겨나곤 했다. 그것이 한두 차례가 아니었다. 그럴 때마다 외삼촌의 선배가 자리를 알아 봐주고 마련도 해주고 했으나 요즈음은 그도 아니었다. 그 선배도 이젠 지쳤다.

대학은 합격했는데 돈이 없어서 등록을 못 하고 있을 때 외할아버지가 그 선배의 등록금을 마련해 주었다. 어려운 여건에서도 그 선배는 잘 참고 견디며 열심히 노력한 끝에 무사히 학업을 마치고 관료직 급수가 있는 자리에 오르면서 잘 지내는 편이다. 그는 등록금을 대준 마님의 덕이요, 은혜라고 그 고마움을 잊지 않고 있으면서 외삼촌에게 관심을 가져 주었지만 그 성의를 외삼촌이 받아들이지 못한 것이다. 최근에는 외삼촌이 아니라 외숙모가 생활 전선에 나섰다는 소문이고 겨우 밥이나 먹고 지낸다지만 나 살기 바쁜 세상에 가끔이나마 할머니를 찾아본다는 것도 어려운 일이 되고 말았다.

할머니도 자식들에게 의지하려는 생각보다 홀로 살아가려 하신다. 늘 엄마는 할머니 모시는 문제로 걱정을 했지만 아직은 때가 아니라고 차일피일 시기를 맞추던 중이다. 마음 놓고 할머니가 와서 있을 정도까지는 아니기에, 거기까지 마련하자면 조금만 더 때를 기다려야 한다고 최근에 걱정하던 중이었다. 무엇보다도 할머니가 생활하기에 불편이 없어야 한다. 그래야 할머니도 엄마도 서로 부담이 없을 때 허락을 할 것이란다.

그러다 보니 당장도 못 모실 이유는 없다지만 할머니 쪽에서 아직 때가 아니라는 것이다. 그렇게 차일피일 미루어 오다가 막상 때가 가까워졌다고 생갈할 때 이처럼 사고가 발생했으니 안타까운 엄마의 심정이다. 엄마의 계획이 어디까지 추락하고 언제까지 이런 생활이 계속될는지 모르지만 건수는 이렇게 낯선 생활을 시작했다.

"꼬끼오 꼬오, 꼬끼오 꼬오." 첫닭이 구성지게 선창을 하면 이어서 저마다 울려대는 닭들의 합창 소리가 무겁게 새벽을 연다. 주기적으로 몇 차례 닭들의 꼬끼오 소리가 끝날 무렵이면 살포시 창문에 빛이 들어온다. 이 마을의 하루는 이렇게 시작한다. 건수가 깰세라 할머니는 살며시 일어나 쓰레질을 한다. 앞뜰을 빗자루로 쓸고 마루도 걸레로 대충 훔친다. 나름대로 할머니는 집안을 거둔다지만 워낙 집안의 공간이 넓은 데다 사람들의 체온을 잃은지라 훈기도 없었고 빛도 잃어간 것이다. 아침밥을 다 지어놓은 다음 할머니는 건수를 깨운다. 생활 습관에 안정감을 잃고 무서워서 좀처럼 잠을 이루지 못하다가 새벽에야 곤히 잠들던 건수도 차츰 주위 환경에 익숙해지면서 생활에 적응이 되어갔다. 앞마당에 있는 샘물에서 두레박으로 물을 떠서 세수를 하고 아침밥을 먹고 학교를 갔다.

탕정초등학교로 전학을 와서 첫날 등굣길 교문 앞에서 헤어질 때 엄마의 간곡한 당부였다.

"건수야 할머니 앞에서 절대 투정도 하지 말고 울지도 말아야 한다. 약속할 수 있겠어?"

엄마는 건수와 새끼손가락을 걸고 엄지로는 약속의 도장을 찍었다. 건수는 엄마와의 약속을 분명하게 지키려고 했다.

탕정초등학교는 북덕산 줄기가 삼태기처럼 포근하게 뒤에서 감싸주고 있고 앞에서는 삼봉산이 언제나 수호신처럼 내려다보고 있는 양지바른 곳에 자리를 잡고 있지 않던가? 산수 좋고 기름진 옥토가 펼쳐져 있어 살기 좋은 부촌으로 이름이 나 있는 고장이다. 소문대로 많은 사람들이 모여 살다 보니 자연스럽게 중심지 마을로 발돋움했다.

잔솔들이 촘촘하게 맨살을 가린 저 삼봉산의 고고한 정기는 어린 새싹들에게 희망을 움터주는 표상이기도 했다.

붉게 타오르는 강렬한 태양의 빛을 저 먼 동쪽으로부터 힘차게 끌어당겨 주는 해돋이로, 삼봉산의 기상은 민형의 기풍을 일깨워 주는 역할로도 한몫을 했었다.

아침 동이 틀 무렵 산봉우리에 구름이 얹혀 있는 날에는 화산이 터져 오르는 분화구처럼 신비하고, 검붉게 타오르는 불길 속을 바람이 휘몰아칠 때마다 하늘을 진동시키는 형상이란 승천하는 용트림처럼 장대한 힘의 원천을 폭발시켜주면서 강렬하게 하루를 태동한다.

그런 웅장한 순간이 잠시 지나고 나면 붉은 태양을 머리 위에 애드벌룬처럼 해맑게 살짝 띄우고, 이때부터 밝고 맑은 하루아침을 시작한다. 이것은 그 오랜 옛날 저편에서 오늘 이 순간에 이르기까지 일, 월과 같은 세월로 이루어져 왔고, 또 우리들이 먹고 사는 태양의 에너지를 유구한 세월동안 그 모습 그 모형으로 지켜오면서 낙후된 이 지역 탕정의 특성을 아름답게 살려주는 원초가 되기도 했었다.

첫날, 반 아이들은 모두 건수에게 시선이 집중되었고 건수 또한 두리번거리며 반 아이들과 낯을 익혔다.

"여러분! 건수는 서울 북동쪽 있는 남양주와의 분계선 도봉구 D초등학교에서 우리 학교로 전학을 왔어요. 건수 아버지도 우리 학교 출신이고 여러분들의 선배이기도 합니다. 고향을 찾아온 건수에게 다정한 마음으로 사이좋게 지내주길 선생님은 바라겠어요."

건수를 아이들 앞 단상 앞에 세워놓고 선생님은 소개를 마친 다음 건수에게도 인사를 하라고 시킨다.

"내 이름은 김건수야. 학교 이웃 동내에서 외할머니하고 같이 살고 있어. 나는 아버지의 고향이라 하지만 이 고장을 잘 몰라. 많이 친절해줬으면 좋겠어."

멋쩍게 건수가 더듬거리며 인사말을 끝냈다.

"자 우리 다정하게 지내자는 건수와 함께 다 같이 박수, 짝 짝 짝……"

한옥현 담임선생님은 건수에게서 느끼는 다정한 마음같이 반 아이들에게 진심으로 사이좋게 지내기를 바라고 또한 학급 분위기를 그렇게 만들어 주려는 의지가 있었지만 그렇다고 선생님이 건수에겐 배려하는 만큼 아이들까지 의도대로 따라주는 것은 아니었다.

갑자기 낯선 아이가 드나드니 이웃 사람들이 수군댄다. 소문은 빠르게 번졌다. 누가 어디에서 말꼬리를 잡은 소문인지는 몰라도 마을 사람들의 귀와 입으로 연결되는 화제(話題)거리가 전염병처럼 번져 갔다.

"지연 네가 망했다는구면, 저 애가 지연이가 낳은 아이래."

마을 아줌마들이 저마다 수군대는 소리가 귓전으로 들려오기도 했다.

"제네 아버지가 환경파괴범으로 감옥에 갔다는구면. 처음엔 제네 아버지가 공장 차렸는데, 그래서 성공했다고 했는데 이젠 집안이 망해가지고 제만 이리로 왔다는 거야."

건수는 학교에서도 마음 붙일 곳이 없어서 늘 혼자였다. 아이들이 밖에서 놀면 건수는 교실에서 있었고, 아이들이 교실에 있으면 건수는 밖에 나가서 서성거렸다. 아버지와 엄마가 없다는 사실보다 정말 더 견디기 어려운 것은 곱지 않은 아이들의 눈초리였다. 이런 것들이 이중, 삼중으로 겹쳐오는 건수의 고통이기도 했다.

"건수 쟤는 나쁜 집 애야, 그러니 우리 같이 놀지 말자."

마을 애들뿐만이 아니다. 학교에서도 입소문은 삽시간에 번졌다. 그렇지 않아도 낙향했다는데 곱지 않은 눈초리로 건수를 건너다보는 아이들이 그 소문이 퍼지자 노골적으로 냉대까지 서슴지 않았다. 성적은 바닥이면서 짓궂은 장난에 언제나 앞장서는 성칠이 녀석이 몇 명의 아이들을 거느리고 산자락 오솔길 귀갓길에서 길목을 지키고 있다가 건수의 앞을 척 막아선다.

"야 너, 이리와 봐. 니네 아버지가 쇠고랑 찼다는 것 맞어?"

"아냐 우리 아버지 아냐."

어깨를 으쓱거리며 능글맞게 접근하는 성칠이에게 건수는 야무지게 쏘아붙였다.

"니네 아버지가 환경파괴범으로 감옥에 갔다는데 왜 너, 거짓말해 나쁜 놈아!"

"아니라니까."

건수는 또 펄쩍 뛰었다. 아버지를 욕하는 데는 건수도 참을 수가 없었다.

"이 새끼 순 거짓말쟁이네 니가 손 좀 봐 줘라."

성칠이 다음으로 쌈질을 잘하는 호철이가 썩 앞으로 나서며 건수 앞에 나선다.

누구하고 제대로 다퉈보지도 않았던 건수도 주먹을 불끈 쥐었다. 한치도 물러서려는 태도가 아니었다. 쩔쩔맬 줄 알았던 건수가 발끈하고 나서자 싸움은 불 보듯 뻔했다. 호철은 건수의 얼굴에 주먹을 날렸다. 건수도 죽기 살기로 대들었다. 치고받고 때리고 피하고 쓰러지고 뒹굴고

했다. 건수가 호철이 가슴 위에서 찍어 누르려고 하면 누가 다리를 비틀
어 뒤집어 놓고 건수가 주먹을 휘두르려고 하면 누가 재빨리 뻗어 나가
는 건수의 주먹을 막는다. '이겨라 이겨라' 왁자지껄한 아이들의 떠드는
소리가 희미하게 귓전을 울린다. 반 아이들 여러 명이 짜고 덤비는 바람
에 건수는 밑바닥에 깔려 축 늘어지도록 매를 맞았다. 정신이 혼몽하다.
얼굴이 찢어지고 울퉁불퉁 부어오르기도 했다. 코피도 터져 얼굴과 옷자
락에 핏자국으로 온통 얼룩졌다. 사실 건수는 처음하는 쌈질이지만 죽기
살기로 덤볐다. 아버지 험담에는 참을 수가 없었다. 이겼는지 졌는지 모
르지만 무척 맞았다.

건수를 가리켜 여러 소문이 그렇게 퍼지면서 마을이나 학교 아이들로
부터 따돌림을 받았다. 마을 아이들이 모여 노는 곳을 찾아가도 건수와
같이 놀아주질 않고 또 서울에서 왔다고 노골적으로 따돌리는 것이다.
시기심에서 그랬다. 그러자 건수 자신도 마을 아이들과 같이 어울리고
싶은 마음도 없다. 아버지를 더구나 환경파괴범으로 몰아세우는 데는 굴
욕감마저 들었다.

건수는 학교에서 돌아오면 갈 데도 없거니와 같이 놀아 줄 아이들도
없으니 늘 혼자 숙제를 하거나 채마밭에 있는 할머니를 따라서 때로는
잡풀도 뽑아주고 흙도 돋아주고 했다. 아니면 삼봉산이 바라다보이는 사
랑방 툇마루에 앉아 먼 하늘을 바라보며 엄마를 그리워했다. 뭉게뭉게
하얀 구름이 한가롭게 떠 있는 하늘을 우러러보는 그 사이를 솔개 한 마
리가 유유히 유회하지 않던가? 솔개가 떴다 하면 혼비백산 다른 새들은
자취를 감춘다. 그러나 백로는 아니다. 푸른 솔밭에 하얗게 무리 지어 서
식하는 백로들은 나가고 들어오고 계속해서 끼룩거리며 평화롭게 집단
을 이룬다.

어떤 때는 삼봉산 꼭대기에 먹구름이 몰아친다. 그땐 영락없이 소나기가 퍼붓는가 하면 요동치는 먹구름 속에서 때로는 아치형 무지개가 찬란하게 떠오르면서 백마를 타고 오는 영웅호걸들에게 길을 밝혀주는 듯도 싶다. 시시각각으로 자연의 조화를 이루어주는 저 삼봉산은 수천만 년 동안의 정기로 이 고장을 지켜왔고 지켜가야만 제몫을 다 할 것이라 여겨진다.

뿐만이랴. 또 학교 등 뒤 북덕산에는 쭉쭉 곧은 노송들이 울창하게 늘어 서 있다. 송진내음이 은은히 퍼지는 파란 솔잎들 위에는 해마다 수십만 백로 떼와 황새들이 모여들어 한해 여름을 보낸다.

둥지를 틀고, 알을 낳고, 부화를 시켜 새끼를 까고, 기르면서 여름을 보내다 보면 어느덧 새끼들도 어미가 된다. 그러다 보면 가을도 차츰 가기 시작한다. 백로들은 철 따라 따뜻한 강남땅을 찾아서 또 떠나기 시작한다. 명년에도 저들은 따뜻한 봄이 오면 그때 다시 찾아올 것이다.

서, 남쪽에는 큰 내(川)가 흐른다. 새하얀 모래사장 위에는 서쪽으로 맑은 물이 햇빛을 반사하며 잔잔하게 흐른다. 그 물속에는 피라미, 불거지, 모래무지들이 떼 지어 놀아나며 춤을 추듯 하는 비늘들이 물속으로 쏟아지는 햇빛과 부딪쳐 은빛으로 찬란하게 반짝거린다.

학교 정문 앞에는 천안시에서 현충사를 거쳐 온양온천으로 연결되는 2차선 아스팔트 도로가 기동성 있게 교통량을 확충시키고 있다. 산자락을 면도질하듯이 깔끔하게 단장시킨 도로가 바로 이 고장의 산업을 촉진시키는 역할을 담당하고 있으면서 끊임없는 차량들이 질주한다. 크고 작은 엔진소리와 함께 시도 때도 없이 울려대는 경적소리가 환경저해 사범이긴 할 테지만 한편 산촌에서 아름답게 울려 퍼지는 새들의 노랫소리는 이 고장의 풍경이면서 박동하는 만물과 함께 거역할 수 없는 자연의 신비라 할 것이다.

햇빛에 반사되는 하얀 물줄기가 서쪽으로 유유히 40킬로미터를 흘러가다 보면 개발의 상처에 피를 흘리며 귀신처럼 아우성치는 아산만 공업단지를 만나게 된다. 대자연의 심장에 흐르는 티 없이 맑디맑은 물줄기는 여기서부터 붉은 핏줄로 무참하게 파괴된 채 몸부림치는 참혹한 형상이 나타난다.

즐겁지 못한 학교생활에 적응하지 못하는 건수는 학교 정문 앞에서 손가락을 걸면서 엄마와 헤어질 때 다시 만나자고 약속하고 바쁘게 돌아서던 엄마의 그 모습이 그리워 끝내 터져 나오는 눈물을 억제하지 못한다. 엄마가 보고 싶다. 도망치듯 길모퉁이로 서둘러 뒷모습을 감춰버린 엄마의 쓸쓸한 뒷모습이 자꾸만 생각난다.

멀리 전학을 와서 낯설다는 이유보다도 건수 혼자 왔다는 것이 반 아이들에겐 궁금했다. 그런 식으로 관심을 갖는 마을 아이들에 의하여 드디어는 환경파괴범으로 건수 아버지가 감옥살이한다는 사실이 학교에까지 알려지면서 범죄 가족이라는데 적대감을 갖기도 했었다.

이런 생활이 3개월이 째 되던 어느 가을이었다. 한국교육연합회에서 주체하는 환경지킴이 글짓기 백일장에 예심을 거쳐 출전한 건수가 전국에서 작문 부문 '엄마의 깃발'로 영광스럽게도 금상의 영예를 얻었다.

"구석진 시골 우리 학교가 전국에서 금상을 했다는 것은 김건수 군뿐만이 아니라 우리 학교의 자랑이며 영광이 아니겠느냐? 그동안 수고가 많았던 김건수 군에게 위로와 격려하는 마음으로 다 같이 큰 박수 짝 짝짝……"

교장 선생님을 비롯 선생님들, 그리고 전교생 모두가 우리 학교를 빛낸 어린이라고 학교에서 건수에 대한 칭찬이 높이 붕 떴다. 그럼으로 건수의 주변 아이들까지도 인식이 달라졌다. 아버지에 대한 의혹이 풀린 것은 아니지만 건수의 모습이 자랑스럽게 떠오르면서 건수의 학교생활도 새롭게 달라졌다. 짧은 기간이지만 정말 견디기 어려운 시간들을 건수는 참고 잘 견뎌 왔다. 이게 엄마와 아버지를 돕는 일이라 생각하고 열심히 했다.

아버지는 절대 그럴 분이 아니라고 건수는 주먹을 불끈 쥐고 철석같이 믿는다. 아버지는 길을 걸어가면서도 볼썽사납게 길거리에 휴짓조각과 깨진 소주병 같은 것들이 버려져 있으면 주워서 쓰레기통에 버리는 성격이다.

우이동 계곡에 가족끼리 야유회 갔다가 있었던 일이다. 불량해 보이는 젊은이들 세 명이 술 한잔 걸치고 고성방가를 하며 빈 소주병을 바윗덩어리에 던져 유리 조각이 산산이 부서지는 섬뜩한 꼴을 보고 참견을 했다가 그들로부터 멱살까지 잡히는 시비가 벌어지기도 했었다. 그래도 아버지는 끝까지 그들과 맞서 실랑이까지 하면서 그들을 설득시켰던 일도 있었다.

"자네들의 생명을 소중하게 생각할 줄 안다면 먼저 자연부터 아낄 줄 아는 인간이 되어야지 젊은 사람들의 기본자세가 틀렸잖아. 자연이 파괴되면 사람도 죽는다는 것을 왜 몰라."

충고까지 해주었다지만 그들이 거세게 반항하는 바람에 즐겨야 했던 야유회를 망치기도 했었다. 그렇게 철저했던 아버지가 환경파괴범이라니 이건 말도 안 되는 일이었다. 건수는 아버지를 이해할 수가 없었다. 만약 검찰의 주장대로 아버지가 공장에서 폐수를 고의적으로 방출했다면 처벌을 받아 마땅했다. 이는 절대 용서할 수없는 범죄행위다.

얼마 전에 정부에서는 이 지역 탕정면 일대를 농공지역으로 선정 발표했다. 지역주민 지주들은 저들마다 가슴이 고무풍선처럼 부풀기도 했다. 개발이 된다니까 땅값이 오른다는 기대감 때문이다. 물론 땅값도 전에 없이 올랐다. S그룹에서는 S종합 전자타운을 당국과 유치하기로 합의 결정했다고 텔레비전에서는 물론 각 일간지에서도 일제히 톱뉴스로 보도했다. 뿐만이 아니라 이 고장으로 N라면 공장도 들어왔고, K보일라 공장도 들어오고 K에어컨 공장도 들어왔다. H자동차 부품공장도 들어와 모두 가동 중이다. S종합대학도 유치되었다. 완전 이 지역이 변모를 했다. 천안 고속전철 역세권에도 포함되면서 기존 도시들보다도 더 큰 신도시로 개발하겠다고 건설부에서도 발표했다. 이렇게 지역이 개발되어 가고 있으니 땅값의 변동이 있을 수밖에 없었을 것이다. 지역주민들의 욕심이 헛된 것은 아니었다.

지역주민들이 일부 반대도 했지만 정부방침에 따라 건설부에서 주관하고 지방자치단체들이 추진을 하다 보니 개발 붐은 계속되었다.

초창기 젊은 사람들은 이 고장 발전을 위해서도 지주들은 땅을 내놓아야만 한다는 주장이었지만 지주나 어른들은 절대 흔들리지 않았다.

"당장 눈앞에 떨어지는 이익에 눈멀지 말고, 자연이 인간에게 주는 오염으로 인하여 먼 장래의 피해를 생각해야 할 것이고 반드시 그때는 오고야 말 것이요."

그토록 인자했던 건수의 외할아버지도 그때는 눈을 시퍼렇게 뜨고 반대를 했었다. 할아버지는 탕정초등학교의 제10회 졸업생이기도 하고 운동장 가에 저토록 울창한 플라타너스 나무는 1회 졸업생들의 기념수란다. 그러하셨던 외할아버지가 돌아가신 후에는 선문종합대학이 설립 유치된다고 소문이 나고 지주들에게 대지 보상 협상이 시작되면서 지역주민들은 일제히 환영을 했다. 외할머니는 인가를 해주는 교육부나 학교당국을 상대로 지주로서 반대하기에 더 어려웠다. 이지역의 발전을 위해서는 반드시 대학교가 유치되어야 한다고, 또 이번에도 반대를 하여 먼저와 같이 무산시켜서는 안 될 거라고, 그러면 영원이 기회가 오지 않을 것이라고 찬성하며 권유하는 주민들의 압력을 견딜수가 없었다. 외할머니는 지역주민들에게서 밀려오는 여론을 더는 이겨낼 수는 없었다. 대신에 삼봉산의 원형은 살린 채 산기슭 밑자락 일부분만 내놓으면서 원래의 설계도면에서 위치를 대대적으로 바꿔 놓는 데는 성공을 하였고 모 유해물질 공장이 들어오겠다는 것은 절대적으로 반대하여 저지하는 데 성공했단다. 모두가 나 살기 위함보다는 나라를 사랑하는 억조창생의 일념이 아니던가?

인재양성의 전당이 될 대학을 품안에 안고 있을 삼봉산의 기상은 앞으로 어떤 모습으로 변하여 갈지 아무도 모르나 외할머니 세대에서는 일단 장마철에 흙탕물이 밀려오듯하는 무자비한 개발을 막는 데는 일부 성공을 했다지만, 원형 자연보존에는 어쩔 수 없이 밀려나고 말았으니 그 다음은 후손들의 몫이 되었다.

증언

엄마는 억울한 아버지 사건에 대한 진범 찾아내기에 심혈을 다했다. 그동안 노력했던 엄마는 아버지의 문제를 관계 당국에서 해결한다는 것은 도저히 불가능하다고 판단하고 방법을 달리했었다.

엄마의 모습은 요즘 제정신이 아니었다. 사건에 몰두하는 엄마는 혼이 나간 사람처럼 멍청할 정도였다. 거리를 쏘다닐 때도, 집에 들어와서도, 앉아있을 때도 모든 물체가 악귀로 어른거릴 뿐이었다. 가스 불에 올려놓은 라면 국물이 다 쪼그라들어 냄비가 타도, 그 냄새가 목구멍이 아프도록 풍겨도 엄마는 깜빡할 때가 있었다. 눈을 뜨고 소파에 쪼그리고 앉아있어도, 애국가가 끝나고 텔레비전이 '쏴아아' 하고 혼란스럽게 별이 반짝거려도 엄마는 화면을 끌 줄 몰랐다. 새벽녘에야 앉은 채로 깜박하고는 다시 눈을 뜬다.

사건에 몰두하다 보니 그 생각 외에는 다른 사념은 머릿속에 들어오질 못하는 듯했다. 엄마는 라면으로 대충 아침을 때우고 변함없이 거리로 나선다. 공장 주변 마을 사람들을 찾아다니며 우리는 정말 폐수오염

사건에 무관해서 행위자로 처벌받는다는 것은 부당하니 이건 분명 모함이라고 결백을 주장도 했다. 오늘도 온종일 쏘다녔지만 허탕을 하고 집으로 오던 길이다.

주변 인물들을 탐문하여 진범을 찾는 방향으로 계획을 구상했다. 예를 들어서 경찰들이 살인사건을 수사할 때의 초동수사는 죽은 자의 주변부터 차례로 수사를 펼쳐나가 원한 관계도 살핀다. 또 서로 간에 금전거래 관계부터 이익이 상반되는 관계도 조사를 한다. 엄마는 고심을 하다 보니 이런 방법도 터득을 하게 되었다.

그날도 하루 종일 거리를 쏘다니노라 온몸이 녹초가 되어 해 질 무렵 집을 향하여 비실비실 들어올 때 엄마 앞에 건수 또래의 계집애가 다가왔다. 엄마가 옆으로 지나가자 슬금슬금 뒤를 따라오며 머뭇거린다. 그러나 엄마는 천근만근 늘어지는 다리를 지탱하고 오면서 아무런 관심을 보이지 않았다.

"아줌마!"

계집아이가 먼저 엄마를 불렀다. 그리고는 엄마 앞으로 가까이 다가온다. 엄마는 따라오는 소녀 아이가 오히려 귀찮은 생각이 들었다. 대꾸도 하기 싫었다. 무아지경에서의 발걸음은 자동화 기계처럼 움직이고 있을 뿐 감각을 잃고 있었다. 짓눌리는 어떤 강박관념과 함께 몸뚱어리도 천근만근 늘어진다. 어린 애들과 공연한 잡담이나 나눌 한가한 처지가 아니질 않은가?

그렇다. 폐가와 다름없는 시골집 어두컴컴한 빈방에서 할머니와 밤을 보내며 엄마가 언제 오나 눈이 빠져라 기다리는 건수를 생각할 때마다 마음은 더욱 초조해진다. 꼬록소리 나는 고픈 배를 움켜쥐고 엄마를 부르며 엎드려 우는 모습을 생각할 때 하루가 급해지지만, 엄마 역시 늘어지는 몸뚱어리를 지탱하는 발길을 한 발자국 옮기기 어려울 지경이나 그래도 움직이며 버틸 수 있는 힘은 억울하게 감옥생활하며 절망과 함께 잘 해결되기만을 꼬박이 기다리고 있을 남편 때문이다. 또한 반드시 이 문제는 자신이 해결해야 할 숙제라고 굳은 의지를 다져오고 있기 때문이다. 이 시련을 꼭 넘어야 한다고, 맑게 정화된 파란 독이 가슴속에서 요동칠 때마다 꽉 주먹을 쥔다. 그날도 기계소리가 멎은 영제화학 공장을 둘러보고 지친 몸으로 집에 들어오는 엄마에게 동네 소녀 아이가 접근해 오지 않던가?

"아줌마!"

엄마 옆으로 따라오며 부르는 소녀 아이의 목소리가 희미하게 귓전으로 또 다가온다. 엄마는 지친 몸뚱어리를 추스르며 귀찮은 듯이 돌아보았다. 건수 또래의 소녀 애는 어서 본 듯 낯도 익었다.

"니가 아줌마를 불렀니?"

"네, 저는 건수하고 한 반입니다."

조금 전 머뭇거릴 때 보다는 선뜻 용기가 났던 모양이다.

"건수하고 한 반이었다구 반갑구나, 그런데 왜?"

엄마는 우선 건수를 기억해 주는게 고맙고 반가웠다.

"내가 봤는데!"

수줍었던지 손가락을 입에 물고 약간 몸을 꼰다.

"뭘, 말이냐? 아줌마한테 무슨 할 말이 있는 거야?"

건수하고 한 반이라니 불현듯 건수의 얼굴이 떠오르며 반가운 마음이 들었다. 한순간에 이렇게 무참하게 가정이 몰락한 처지가 아니라면 건수를 봐서라도 밝은 표정으로 맞이해 줬을지도 모른다. 소녀에게 조금 미안한 감도 없지 않았다. 아주 예쁘고 똑똑하게 생겼다.

"저기다 뭘 갖다 버리는걸!"

오른손으로 영재화학 공장 쪽을 가리키며 계집애가 말을 하지 않던가?

"버리다니 뭘……?"

엉뚱한 말에 엄마는 귀가 번쩍 띄었다. 머뭇하던 소녀 애는 엄마가 관심을 가져주니까 용기를 얻은 듯 한발 다가서며

"있잖아요, 아줌마! 석유통에다 무슨 기름 같은 것을 아줌마네 공장 앞 도랑에다 여러 개 쏟아붓는 것을 제가 봤어요."

소녀 애는 또박또박 말을 했다. 어둠침침한 산길에서 길을 찾고자 허둥대는 와중에서 한 줄기 빛이 반짝 지나가는 기분이었다.

"누가 뭘 어떻게 버렸는데?"

엄마는 바짝 소녀 애에게 다가서며 되물었다.

"어떤 두 아저씨들이 석유통 여러 개를 자동차에 싣고 와서는 건수네 공장 밑 도랑에다 잽싸게 버리고 가는 것을 봤어요."

엄마는 소녀 애에게 바짝 다가서며

"어떻게 봤어?"

"밤이 시작될 무렵 학교에서 돌아오는 길이었는데요, 어떤 아저씨들이 차를 타고 와서는 건수네 공장 근처 길가에 세워놓고 석유통에 들어 있는 물을 도랑에다 버리고 갔어요."

"어디, 저쪽에 있는 우리 공장을 얘기하는 거니?"

엄마는 정신이 번쩍 났다.

"그 아저씨들이 물을 버렸다는 곳이 너 어디쯤인지 확실하게 알겠어?"

"네, 저기예요."

"그럼 거기가 어딘가 아줌마랑 같이 가볼래?"

"네, 그러세요."

계집애가 가리킨 곳은 건수네 영제화학공장 앞 하수구가 연결된 작은 도랑이었다. 도랑이 작기도 하려니와 우거진 잡풀까지 수북이 쌓여 있어서 밑바닥은 잘 보이질 않았다. 영제화학공장 정화조에서 흘러내리는 정화수도 그 개천으로 흐른다. 그 작은 물줄기가 기영화학공장에서 흘러내리는 개천과도 합치고 그 개천들이 또 합쳐 Y천으로 흐르고 결국은 한강으로 흘러 들어간다.

"그 아저씨들이 여기에다 물을 버리고 저쪽 공장이 있는 곳으로 갔어요."

저 공장이라고 소녀 애가 손짓하는 곳은 기영화학이다.

"이게 너 정말이냐?"

엄마는 순간적으로 소녀의 어깨를 양손으로 끌어당기며 소녀 애의 얼굴과 더 가까이 마주했다.

"그럼 그 아저씨들 얼굴을 보면 알 수 있겠어?"

"……"

소녀 애는 고개를 끄덕거렸다.

"또 차 번호도 기억할 수 있겠어?"

"……"

소녀 아이는 고개를 가로젓는다. 차 번호는 기억하지 못하는 모양이다.

"차 모양은 어떻게 생겼는데?"

"쪼그만 화물트럭이었어요."

엄마 쪽에서 너무 흥분하고 적극적으로 서두니까 조금은 당황하는 표정이나 침착하게 설명한다.

엄마의 깃발

    엄마는 목격자 진술을 검찰에 신청했다. 검찰에서는 기꺼이 받아주었다. 엄마는 목격자 미연의 집에 찾아가 본대로 사실대로 검찰에 가서 증인 좀 서 달라고 미연엄마에게 간청을 했다. 당사자인 미연은 고개를 끄덕거렸지만 검찰에 불려나가 진술을 한다는 것이 얼마나 어려운 건지 미연은 몰라서 선뜻 대답했을 것이다. 허나 사건을 대충 짐작하고 있는 미연 엄마는 반대를 한다.

    저 어린 것을 어떻게 검찰에까지 출두시켜 진술케 하겠느냐고 또 미연의 부모들은 어린 동심을 어쩌면 멍들게 할 수도 있다고 반대하는 입장이다.

    남의 모함에 빠져 억울하게 옥살이하는 사람에 누명을 벗겨주는 일이요, 어떻게 보면 한 가정이 파멸하는 일인데 그것이 왜 미연의 정서를 해치는 경우가 되느냐고 당사자는 물론 우리 한 가정을 살려주는 일인데 이것이 얼마나 은혜로운 일이냐고, 이 고마움은 평생 잊지 않고 보답하겠노라고 설득 사정을 해도 미연이 엄마는 곤란하다는 뜻으로 입장을 밝혔다. 건수와 미연은 동 학년 같은 반이다. 가까운 사이는 아니라고 하지만 다른 아이들보다는 친하게 지내는 사이였다. 엄마와 미연이 엄마와도 정식으로 인사는 안 했다지만 충분히 안면은 있었다. 학교에서 몇 차례 학부형 모임을 같이 했으니 당연했다.

건수네 가정이 이처럼 몰락하는데도 미연의 엄마는 선뜻 승낙을 하지 않았다. 아버지가 누명을 쓰고 벌써 3년 구형을 받고 지금 수감생활을 하고 있다. 억울하다고 항변을 한다고 사건 해결이 되는 것은 아니었다. 누구의 모함이라면 그자가 누구인가 밝혀내든지 아니면 검거할 수 있도록 정보를 제공하던지 양단간에 증거 입증이 성립되어야 피고의 주장을 받아들이지 타당한 증거도 없이 어떻게 사건을 해결할 수 있겠느냐는 것이 검찰의 태도다.

곤란하다는 미연이 엄마의 태도는 아주 통념적이었다. 인권이 송두리째 유린되고 평온했던 한 가정이 순간에 몰락하는데 곤란하다는 이유만으로 소극적인 태도를 취한다는 것은 온당치 않다는 엄마는 그냥 쉽게 포기할 수는 없었다. 삼고초려 3차례나 찾아가 사정하던 어느 날 미연이 아빠가 이 사실을 알게 되었다.

"당신 무슨 말을 하는 거야. 우리 미연의 증인으로 누명을 벗을 수 있다면 당연히 해주어야지. 진범을 잡는다는데 뭘 망설여?"

미연이 엄마에게 사정하는 내용을 알게 된 미연이 아빠는 쾌히 승낙했다.

"이 어린 것이 목격자 증인을 한다고 검찰에서 인정을 해줄까요. 진범이 또한 미연이의 증언에 호락호락하게 자백을 해준다는 것도 장담할 수 없고요?"

'이 아저씨들이에요' 하고 미연이가 그 공장을 찾아가서 대담하게 범인을 찍어 내야만 확실한 증거로 입증된다는 것이다.

　범인들은 목격자의 눈을 피하기 위하여 당분간 출근을 기피할 수도 있다. 또 미연이가 찍어 낸다고 그자들이 선뜻 자백할 사람들도 아니다. '쪼그만 계집애가 싸가지가 없네. 이 계집애가 누구를 잡으려고 무슨 소리를 하는 거야.' 윽박지르며 생떼를 부릴 것이 뻔할 텐데 그 우격다짐을 어떻게 미연이가 감당할 수 있을까 염려도 되었다. 이는 어른들도 어려운 일인데 하물며 열세 살 꼬마가 어떻게 해낼 수 있을까? 쉬운 일은 아니었다. 먹느냐, 먹히느냐, 가정이 파산되느냐, 기로에 서 있는 입장에서 거짓말하는 그자들 앞에서 어떻게 버틸 수 있을까 한 번쯤 생각해 볼 일이었다. 목격했다는 것도 중요하지만 목격한 사람을 찾아내는 것도 보통 일이 아니었다. 그자들은 미연을 어리다고 깔볼 것이 뻔했다.

　'너 언제 나를 봤어?' 눈을 부릅뜨고 위협적으로 박박 우겨댈 것이다. 엄마에겐 갈수록 태산이었다. 확신을 할 일은 아니었다. 세상에 쉬운 일이 어디 있겠느냐 했다지만 법정 다툼이야말로 정말 힘든 일이었다. 이미 공장도 가정도 파산할 지경에서 여기서 더 포기할 것도 없고 포기해서도 안 된다는 것을 엄마는 다짐을 하고 또 다짐을 했었다. 그럴수록 중압감은 커져만 갔다. 어쨌든 가는 데까지 가보자고 엄마는 주먹을 불끈 쥔다.

　너무 어리다는 이유로 처음 검찰도 망설였지만 형사 면책권(형사처벌권에서 면제된 대상)에 해당하는 미연을 검찰은 목격자로 채택 조사에 착수했다.

　"니가 봤니?"

　"네에."

　"그 사람들을 보면 알 수 있겠어?"

미연은 고개를 끄덕이며 대답했다.

"네에."

"어떻게 생겼는지 설명할 수 있겠어?"

"……"

미연은 얼굴을 찡그리며 대답을 못 한다.

"몇 사람이었지?"

"두 사람요."

"몇 살 정도로 보이더냐?"

"우리 작은아버지 같았어요."

"그럼 키는?"

"한 사람은 작은아버지보다 조금 큰 키였고 한 사람은 작은아버지와 비슷했어요."

"옷은 무슨 색깔이었지?"

잠시 망설이던 미연이 대답했다.

"한 사람은 청바지에 체크무늬 T샤쓰를 입었고, 한 사람은 곤색 바지에 베이지색 잠바를 입었던 같아요."

"체격이 뚱뚱했냐? 아니면 홀쭉했냐?"

"한 사람은 약간 체격이 좋은 편이었고, 키 큰 사람은 호리호리한 편이었어요."

미연이는 답변할 때마다 기억을 되찾노라 한참씩 망설이기도 하였고 얼굴을 찡그리기도 했다지만 의연하고 확고한 미연의 태도에 수사관은 오히려 신뢰감을 갖게 되었다. 그래서 그랬던지 수사관들은 잔뜩 긴장한 미연을 안심시키노라 때로는 미소를 띠며 대화를 했다.

"얼굴이 어떻게 생겼는지 기억이 나니?"

"……"

좀 생각하는 것 같더니 두어 번 고개를 가로 젓는다.

"머리는?"

"키가 작은 아저씨는 머리가 유난이 긴 편이었어요."

"알았다. 수고했어. 미연아."

수사관은 다소 긍정하는 편이었다.

"미연아 너 아저씨들하고 그 공장에 같이 가보자, 갈 수 있겠어?"

"……"

미연은 고개를 끄덕거렸다. 꼭 진실은 밝혀져야 한다는 의지가 굳었다.

수사관들은 미연을 데리고 기영화학으로 들어갔다.

기영화화은 큰길 쪽에 있었고 건수네 공장하고는 800미터 정도 거리가 떨어져 있었다. 공장의 위치, 시설 규모, 종업원들 수까지 모든 면에서 영제화학 보다는 비교가 안 될 만큼 몇 배가 더 큰 공장이었다. 영제화학이야 신설 공장으로서 소규모 영세 자본으로 종업원도 몇십 명 정도이고 생산품도 단일 품목이지만 기영화학은 염산 국내 최대의 생산업체이기도 했다. 당사에서 생산하는 폴리염화규산과 폴리염화 알미늄을 자체생산, 염산을 공급하는 높은 경쟁력까지 보유하고 있다. 또 식품 첨가물, 화학공업용, 야금용, 제청용, 의약품들까지 국내 소요물량 등을 각 공장에 납품할뿐더러 거래처도 많았다. 외국에 수출까지 하는 사업체이다.

고체가성소다, 염화가리 중조 마그네사이트를 최고의 품질과 물류비 절감을 통한 저렴한 가격으로 고객 편의에 앞장선 영제화학도 H화학으로부터 원료를 공급받아 생산하는 업체이나 이미 기영화학 자체에서도 활발하게 생산을 하는 상품으로 생산의 수요를 못 따라 가는 형편이기에 영제화학대표 김민형이 이점을 착안 공장을 설립하게된 것이다. 기영화학에서 수요가 공급을 따라가지 못하는 과정에서 생산시스템을 확장해야 된다고 계획을 세우던 때였다.

필요한 원료를 같은 입장에서 H화학으로부터 공급을 받는 경쟁 과정에서 기영화학과 원활하지 못해 문제점이 발생하자 담당자들끼리 업무관계로 과실과 실책을 놓고 곧잘 다툼이 되기도 했다. 급기야는 거래를 중단하는 사태까지 야기되었다. 처음은 담당자들끼리의 다툼에서 공장 대 공장까지도 극한 감정으로 번져 나가게 되었다.

조건상으로 전혀 가당치도 않았지만 건수 아버지가 영제화학공장을 창업하게 된 동기도 거기에 있었다. 우선은 대학에 다닐 때 아버지의 전공과목이 화학이었다. 졸업 후 아버지가 공채로 첫 입사한 회사는 H화학 연구실이었다. 전공을 살린다는 이점으로 연구실에서 토양분석을 통한 시비처방으로 토양과 작물에 꼭 맞도록 정밀시비와 더불어 환경농업이 가능한 청정비료를 국내 최초로 공급하는데 결정적인 역할도 하였다. 또한 첨단 농업기술의 보급에 따른 농민의 수요 충족을 위하여 저렴한 양질의 액상 비료를 개발 공급하는 데 성공을 한 바도 있었다. 그렇게 계도에 올랐던 아버지가 기영화학으로 오게 된 경로는 경력사원의 우대 조건이었다. 민형은 용꼬리 보다 뱀 대가리가 났다는 속담과 함께 전문직 선발 형식에서 파격적인 대우로 화려하게 기영화학에 입사하면서 자리를 옮겼다. 그 당시 기영화학은 창업 과정에서 자금도, 시설도, 아주 빈약했던 기업이었다.

"이 연구실을 내줄 터이니 또 한 번 H화학에서처럼 실력을 발휘해 달라는 요청과 함께 국내 일인자로 부각될 수 있는 기회가 마련된다면 그게 영광이 아니겠소?"

사장님이 직접 연구실장 자리를 내주며 민형에게 권고를 했다. 이 분야에 그동안 전문 실력을 가진 사람이 마땅치 않았다는 것이다.

"우리 회사 조건이 다소 미흡할지라도 불편이 없도록 최선을 다하여 지원을 해줄 터이니 곧 입장 정리를 해주셨으면 좋겠소."

사장은 많은 기대감으로 민형에게 간청을 했었다. 그때 H그룹은 민형이 없어도 그 분야에서는 국내에서 독점할 정도이었으니 운영에 지장 없을뿐더러 충분히 지탱하여 나갈 수 있었다. 하지만 저토록 사정하는 기영화학에서는 민형과 같은 전문 인재가 꼭 필요했기에 백지 수표를 내놓을 정도로 권고를 하기에 민형은 화려하게 입성을 하게 되었다. 생산 현장 그 분야에서의 아버지 민형은 이렇게 실력자가 된 셈이다. 그 분야 생산라인에서는 어느덧 국내에서 독보적인 존재로 성장했다. 민형은 또한 그 부서에서는 어떤 사명처럼 젊음과 이상을 불태웠다.

첫 번째 착안 사항이 무절제한 농약 살포와 독성을 유발시킬 수 있는 비료 때문에 유공해 식품들이 점점 갈수록 소비자들에게 불신을 받아 외면을 당하고 있는 시대적인 차원에 편승하여 무공해 비료를 생산하는데 중심적인 역할은 물론 개발을 획기적으로 성공함으로 소비자들에게 큰 호응을 받았다. 한때 침체 일로에서 허덕이던 기영화학은 민형으로 하여금 새로운 활로를 찾기 시작했다. 곡물이나, 채소류, 과일 등을 안심하고 먹을 수 있는 청정비료를 개발했으니 소비자들에게 큰 호응을 받게 됨은 물론 영세성을 면치 못하던 기영화학이 새롭게 활기를 찾게 되었다. 그 인기만큼 성장하기 시작하더니 중소기업체 규모로서는 국내 굴지로 성장하는데 발판이 되기도 했었다.

아버지의 기발한 아이템과 피나는 노력의 대가라 할 수 있다. 생각보다 이렇게 빠른 기간 내에 교두보를 마련하게 되자 기영화학은 아버지에 대한 예우보다는 오히려 경계의 대상이 되었다. 민형으로 하여금 H그룹의 산업정보를 필요한 만큼 다 얻었으니 이젠 이용의 가치에서 기영화학도 아쉬울 게 없게 되었고 제품생산 운영에 아무런 지장이 없을 정도로 급성장했으니 이젠 민형의 존재가 아니더라도 능히 운영해 나갈 수 있다는 것이다. 민형으로부터 기술을 제휴 받은 셈이다.

이래서 민형은 십여 년이 넘도록 열심히 봉직한 기영화학을 사직하게 된 이유다. 갈등의 시작은 상무이사에서부터 빚어졌다. 아버지가 맡았던 부서는 연구실장 자리였다. 상무이사와의 갈등이 발단된 원인은 아버지 바로 밑에 있는 생산라인에서 부장과의 다툼에서 비롯된 것이다. 부장이 아버지의 자리를 치고 올라오려는 야심에서 시작되었다. 어쩌면 보직 다툼이기도 했다. 아버지는 자리를 지키기 위하여 버티는 데까지 버텼지만 공장에서는 후진 양성에 관심을 두고 인사가 진행 되었다. 처음엔 민형은 많은 업무량에 일손을 덜어주는 회사의 배려라고 가벼운 생각으로 후진들을 가르치고 키워왔다. 민형이 잠시 자리를 비워도 생산에 아무런 지장이 없을 만큼 세심하게 후진을 양성하는데도 게을리하지 않았다. 그러나 공장에서의 운영방침은 아버지 의도와는 전혀 달랐다. 언제든지 자리매김을 할 수 있도록 인재양성해왔던 것이다. 당연한 업무라고는 하지만 공장 현장에서 부장의 발언권이 차츰 강해지기 시작했다. 실장의 지시 명령이나 지적사항에 때때로 반대 의견을 제시하여 왔고 그럴 때마다 의견 충돌도 가시지 않았다. 상무이사의 추천으로 기영화학에 입사한 부장도 경력사원이면서 전문학문 출신이기도 했다.

생산 현장에서의 업무수행 능력은 짧은 기간이지만 전공 분야에서 실무를 경험한 바도 있었으니 이 분야에서는 손색이 없는 유능한 사원임이

틀림이 없었다. 이젠 아버지가 그 자리를 지키지 않아도 충분히 부장의 능력으로 대행이 가능했다. 사장도 상무도 부장의 능력에 대하여 인정할 정도다. 독보적인 아버지의 시대는 이렇게 끝이 났다. 기영화학에서의 아버지는 기우는 해의 존재로 본인 스스로가 가끔 느끼곤 했다. 정상의 자리는 영원할 수 없다고 아버지 자신이 실감하는 처지가 되었다. 공장에서의 예우도 많이 달라졌다. 다시 말해서 이젠 독보적인 존재가 아니었다.

똥차가 앞에서 껄쩍거린다는 소리 듣기 전에 후진에게 자리를 물려준다는 명분도 모양새가 좋지 않겠느냐고 마음을 다지고 다졌다. 어떻게 마무리를 해야 할까, 사직 후의 계획을 수십 번 짜고 헐고 하던 중에 심사숙고 결단을 내렸다.

아버지의 구상은 뻔했다. 전공으로 배우고 익히고 습득하여 알게 된 것이 이 분야요, 아버지에게 가진 것이 있다면 바로 이것이었다. 또한 이것이 힘이요, 재산이 아니겠는가. 그러면서도 조심은 했다. 모체인 기영화학과 라이벌 업체가 되면서 나눠 먹기요, 밥 싸움으로 비화되어서는 아니 된다고 아버지는 늘 염려도 했었다. 영제화학은 기영화학과의 경쟁업체가 될 정도의 수준도 아니다. 어딜 보나 그 규모가 작고도 초라했다. 선의적인 차원에서 서로협력업체로 발전하기를 민형은 진심으로 바랬다.

공장 크기도 그렇고 생산 품목도 기영화학은 종합업체인 반면에 영제화학은 단일 품목이요 거래처 또한 시장이 넓으니 비교가 안 될 뿐만이 아니라 기영화학에서는 생산품 50%정도를 수출까지 한다지만 거기에 비하여 영제화학은 가내공업에 불과했다.

부득이 따지자면 기영화학은 얼마든지 생산을 늘려나갈 수도 있고 거래처는 물론 수출량도 마음먹기 따라 얼마든지 개척해 나갈 수 있는 능력을 갖춘 기업이지만 영제화학은 규모가 열악하다보니 모든 면에서 한계가 있었다. 당장 주문량도 척척 해내지 못하는 실정이다. 기영화학을 성장시키는데 공로자로서 민형이 독립을 했다지만 그저 기초단계일 뿐이다. 기영화학에서 쫓겨난 입장에서 그정도 양보도 못해주랴 믿기도 했었다. 이렇게 신의를 앞세우던 아버지는 착각했다지만 막상 닥치고 보니 전혀 달랐다.

한 분야에서 공존하는 경쟁업체는 서로 경쟁자가 될 뿐 동반자가 될 수는 없었다. 동업자와의 관계에서 쉽게 이해하고 넘어갈 성격이 아니었다. 기영화학에서는 민형이 공장을 차릴 거고 전혀 생각지를 못하다가 막상 민형이 공장을 창업하고 나니 날 선 경쟁업체가 되었다는 것이다. 지금은 비록 작고 영세성을 면치 못할 공장으로 경쟁이 될 수 없지만 민형을 과소평가하는 것은 앞으로 큰 경쟁업체로서 위협을 느낄 만큼 위험 존재가 될 거라는 것이다. 설마 민형이 독립할 거라는 생각은 단 한 차례 해보지 않았다. 독립할 만큼 민형의 주위 여건이 가능치 않다고 여겼던 것이다. 그래서 홀대를 했더니 이게 화근이 되었다는 것이다. 영제화학이 뿌리가 더 크기 전에 잘라야 한다는 기영화학의 경쟁심리였다.

기영화학과 사전에 타협이 있었다면 모를까. 또, 내가 살기 위하여 가는 길인데 기영화학과 의논할 이유가 있을까, 기영화학과 의논한다고 선뜻 응해줄 것인가, 망설였던 민형은 단독으로 공장을 창업하기로 결정하였고 그렇게 시작한 사업체다.

건수 아버지가 영제화학을 설립하는 과정에서 사사건건 기영화학으로부터 제동이 걸려오기 시작할 때는 이미 진행이 많이 된 상태였다. 투자한 예산이 있었으므로 도중에 포기할 단계도 아니었다. 아직은 직접적으로 충돌하는 일은 없었지만 당구 게임에서 쿠션 맞고 회전하여 들어오는 공격은 정확했고 강했다. 그럴 때마다 아버지에겐 어려움이 너무 많았다. 아버지는 몇 번이나 쓰러질 뻔했다. 늦은 밤에야 들어오는 민형은 진땀에 흠뻑 젖어 있었고 심신 또한 몹시 괴로워도 했었다.

"우리 포기하고 말까?"

"그동안 투자한 것은 어떻게 하구?"

"너무 힘들어!"

"인제 그만둔다는 것도 우습잖아?"

"그렇다고 꼭 이렇게 해야 산다는 것은 아니잖아."

"여보 그러지 말고 힘내, 당신 힘든 것 내가 알아."

"나는 기능보유자로서 재취업하는 데는 걱정 안 해도 돼! 어떻게 하면 밥이야 굶겠어?"

"당신이 처음부터 밥걱정이나 했던 사람이야?"

"이렇게 어렵게 살아서 뭐하냐구!"

생산 공장을 창업하는데 첫째가 자금 동원이고 둘째가 공장의 허가 조건이고 셋째가 기능인 확보다. 화학공장은 공해가 유발할 수 있는 여건 때문에 허가조건부터 까다롭다. 넷째가 위치선정이다. 특히 민원사항이 그랬다. 현지 주민들과의 마찰을 피하기가 어려웠다. 이런 일들이 하루아침에 이루어지는 것은 아니었다.

민형은 짜증과 싫증에 파묻혀 헤어나질 못하는 듯도 했었다. 그렇다고 중도 포기까지는 아니었다. 지금까지 들어간 예산도 있지만 패자의 모습이 더욱 두렵고 무서웠다. 이러다 보니 이건 완전히 자신과의 전쟁이었다. 전쟁터에서의 병사는 적을 죽이지 않으면 적의 총탄에 내 목숨을 바쳐야 한다는 원리를 월남전에서 정글을 누비고 다닐 때 절실하게 터득했던 경험이다. 작전에 나가서 사십여 명의 소대원들을 거느리고 선두에서 진두지휘하며 베트콩들과 맞서 싸울 때 며칠씩 잠을 못 자고 날을 새워도 졸린 것도 몰랐고, 보급로가 끊어져 며칠씩 밥을 굶어도 배고픈 줄 모르고 전투를 했었다. 사람이 죽기를 각오한다면 두려운 것이 어디 있으며 무서운 것이 어디 있으랴, 좌절감이 들 때마다 민형은 다짐을 했었다. 생산 공장을 창업하는 일인데 그게 어디 구멍가게 차리는 거와 같겠는가?

수사관들은 미연을 데리고 기영화학을 찾았으나 사장은 외출 중이었다. 김 상무라고 자기소개를 하는 사람에게 검찰에서 나왔다고 수사관들은 자기 신분을 밝힌다.

"사람을 찾으려고 나왔습니다."

"무슨 사람을 찾으러 왔습니까?"

"대질할 사람이 있어서요."

수사관들은 예상보다도 더 당당했다. 당당한 수사관들에 비하여 김 상무는 예감이 안 좋았던지 불안한 느낌을 감추지 못했다. 김 상무는 수사관들과 미연을 번갈아 보며 아주 못마땅한 표정을 짓기도 했다. 더구나 검찰이라는데 왜 안 그렇겠는가. 수사관들은 기영화학 임직원 및 종업원 임명 대장을 제시해 달라고 요청한다.

상무는 인터폰으로 총무부장을 부르더니 종업원 임명 대장을 가져오라고 지시한다. 아주 못마땅한 표정이다. 잠시 후 총무부장이 조심스럽게 사장실로 들어온다. 오른손엔 서류철이 들려져 있다. 약간 허리 굽혀 인사하더니 김 상무 앞에 서류철을 두 손으로 내민다. 한 손으로 서류철을 받아든 상무는 수사관들 앞에 내려놓는다.

김 상무는 총무부장에게 옆에 앉으라고 권하고 총무부장은 수사관들 앞에서 조심스럽게 앉는다.

"이게 다입니까?"

수사관들은 서류철을 들춰 보면서 총무부장을 향하여 극히 사무적인 태도로 묻는다.

"예 그렇습니다."

총무부장도 몹시 긴장하는 태도이다.

서류철 첫 장 첫 줄에 사장님의 이름이 있었고 이어서 상무이사, 관리이사, 관리직원들 그리고 사원 및 종업원들은 부서별로 경비원까지 차례로 명단이 되어있었다.

"이거 복사 좀 부탁할까요?"

"전부해야 됩니까?"

상무의 눈치를 약간 살피더니 대답을 한다. 한쪽에 이십 명씩 스물여섯 장이었으니 이 공장에서만도 사원이 오백이십 명이나 되었다.

복사 분 서류를 받아든 수사관들은 우선 당, 비번 근무자를 확인하고 과별, 부서별로 나눈 다음 미연을 데리고 다니며 일일이 명단과 종업원의 얼굴을 확인하며 체크해 나갔다. 우선 임원진과 사무실 직원들을 대조했으나 없었다. 또 종업원이 오백 명이라 해도 여자 직원들을 빼고 나니 많은 숫자는 아닌 듯하다. 명단에 수록된 남자들만 일백오십 명 정도되었다. 미연이 목격한 사람이 삼촌 또래라고 했으니 사십 대 초반이다. 확인할 사람들 중 오십 대가 넘고 아주 젊은 층을 빼면 확실하게 확인할 사람들은 이삼십 명에 불과했다. 다음은 생산나인에서 일하는 종업원들을 상대로 확인했다. 생각보다 미연은 침착했지만 수십 명의 얼굴을 가리다 보니, 헷갈리는 모양이다.

한 사람 한 사람 대질할 때마다 도리질만 계속하던 미연은 지쳐 보였고 짜증스러워 보이기도 했다. 당, 비번 근무자들을 이틀 동안 출근했던 사람들 모두 확인했으나 찾아내지 못했다. 경비실까지 확인했으나 생산직에서 2명만 확인이 안 되었다. 출근부와도 대조를 했다. 그런데 첫날 출장을 갔다고 해서 대질을 못 한 직원 2명이다. 수사관들은 그 사람들의 인적사항을 땄다. 내일 검찰청으로 방문해 달라고 총무부장에게 요구한 다음 인원 점검은 끝을 냈다.

초조하게 지켜보면서 혹시나 기다리던 엄마는 절망하는 표정이 역력했다. 마지막 기대마저 무너지는 판이고 여기에서 찾아내지 못하면 더 이상은 방법이 없을 것만 같았다. 아버지는 억울해도 일심 언도대로 삼년의 실형 만기 동안 꼼짝없이 형무소에서 살아야 하고, 그렇게 된다면 이젠 공장에 희망을 버려야 한다. 하늘이 무너져 내리는 것만 같다. 이처럼 허무하게 남의 모략에 무너지다니 엄마는 통탄을 금치 못했다. 무엇보다도 공장 기계들이 녹슬면 사용이 불가능하다.

검찰에 출두요청을 받은 그들은 이튿날도 그 이튿날도 출두하지 않았다. 몇 차례 출두하라는 검찰의 출두지시 명령에도 그들은 불응하고 있었다. 검찰은 일단 혐의점을 놓고 즉각적으로 검거에 나섰다.

거주지 탐문 및 친인척 탐문 수사까지 기동성을 발동한다. 며칠간을 빗발치듯 하더니 수사관들은 그들 중 한 사람을 검거하는 데 성공했다. 숙박업소를 전전하는 그들을 찾아냈다. 그리고는 미연을 데려다 확인했다. 핸드폰 위치선정에 걸려든 것이다. 위치선정이라는 수사가 처음으로 등장할 무렵이다.

그들을 본 순간 미연은 눈이 반짝 빛난다. 그리고는 다시 한번 뚫어지게 바라보던 미연은 말없이 고개를 끄덕인다. 지칠대로 지쳤던 미연은 갑자기 표정에 생기가 난다.

"니가 나를 언제 봤냐? 얘가 생사람 잡네."

그들은 애매하다고 펄펄 뛰며 우격다짐으로 부정했지만 입을 다문 미연은 고개를 숙여 버린다. 수사관은 즉각적으로 놈들에게 쇠고랑을 채운다. 아버지에게 채웠던 그 육중한 쇠 그것이었다. 범인을 찾은 은빛 쇠고랑은 유난히도 반짝거린다. 엄마는 미칠 듯이 흥분했다. 엄마의 가슴은 아버지가 검찰에 처음 끌려가던 날보다도 더 뛰었다. 복받쳐 오르는 뜨거운 감정이 솟구친다.

엄마의 상봉

앞에서 끌어주고 뒤에서 밀며
우리나라 짊어지고 나갈 우리들
냇물이 바다에서 서로 만나듯
우리들도 이다음에 다시 만나세

구성진 풍금 소리와 함께 졸업식의 노래가 끝나면서 행사는 모두 끝이 났다. 기관장, 내빈, 관내 유지들이 식장 밖으로 쭈욱 열 지어 나간다. 학부형들도 같이 따라 나간다. 선생님들도 식장을 나갔다. 제62회 졸업식 플랭카드도 내린다. 화려하게 빛나던 졸업식장이 텅 비었다. 맨 갓 줄에서 초라하게 앉아계시던 외할머니는 여전히 학교 정문 밖 도로변 버스 정류장에서 버스가 멈출 때마다 사람들이 내리고 타는 모습들을 뚫어지게 바라보신다. 말씀은 없어도 엄마를 기다리는 모양새다.

"선생님 안녕히 계세요!"

저마다 꾸벅꾸벅 작별인사를 하고는 졸업생들 모두 선생님 곁을 떠나간다.

"그래 잘들 가거라!"

선생님도 떠나가는 졸업생들에게 밝은 미소로 일일이 인사를 나누며 살래살래 손을 흔들어 준다. 이제 모두들 떠난다. 졸업생들 저마다 엄마 아빠의 손을 잡고 운동장 교문 밖으로 뿔뿔이 빠져나간다. 운동장에는 공치기하는 몇 명의 머슴애들과 줄넘기하는 계집애들이 군데군데 남아서 뛰놀고 있을 뿐이다.

"건수야, 오늘도 엄마는 오질 못하는 모양이구나?"

마지막까지 할머니 곁에 있으면서 머뭇거리던 건수의 처지를 모를 리 없는 담임 한옥현 선생님이 돌아서는 건수를 챙긴다.

"건수야 너는 어디로 가지?"

선생님의 왼손이 건수의 오른손을 잡아주고 오른손이 건수의 머리를 쓰다듬어 준다. 건수는 대답을 못 하고 고개를 푹 숙인다. 엄마가 다녀간 지도 이미 오래되었다. 졸업식 날까지는 꼭 오도록 하겠다고 엄마는 약속을 했었다.

웬일일까? 엄마는 안 오셨다. 건수의 진학도 엄마가 결정해야 할 문제다. 무엇보다도 엄마는 아버지 문제가 해결되어야 할 것이다. 졸업식이 끝났는데도 소식이 없는 것은 아버지 문제가 아직도 끝나지 않았다는 증거다.

엄마는 처음 6개월만 외할머니댁에 맡기면 될 거라고 건수를 데리고 시골로 왔었다.

"건수야 할머니와 함께 잘 있어야 한다. 아버지는 절대로 환경을 파괴할 분이 아냐. 어떤 나쁜 사람의 모략으로 아버지가 감옥에서 고생하시는 거란다. 아버지는 엄마가 돕지 않으면 아무도 도와줄 사람이 없어. 그러니 아버지 문제가 해결되는 날 엄마가 꼭 너를 데리러 올께. 그동안 공부 잘하고 할머니 말도 잘 듣구, 알겠어!"

엄마는 와락 건수를 껴안았다. 건수는 엄마와 헤어질 때 분명 손가락을 걸며 약속하였고 엄지손가락으로 도장까지 찍었다지만 그 약속은 지켜지지 않았다. 졸업식장에서도 연상 엄마가 오기를 기다리며 창밖을 내다보았지만, 그렇게 떠나간 엄마는 일 년이 지나 졸업식이 끝나가는 데도 얼굴 모습도 그림자도 보이지 않는다.

개발의 상처

"쫘당 쾅쾅 쫘르르 쫘당 쾅쾅……"

삼봉산 기슭에서 폭음소리와 함께 흙먼지가 뽀얗게 풀썩 피어오른다. 마치 폭탄 투하 장면을 텔레비전에서 보여주는 것처럼 무자비하고 무시무시하다. 다이너마이트 터지는 소리가 진동한다. 그토록 푸르고 맑던 삼봉산이 맨살을 드러내며 붉은 살점이 뚝뚝 떨어져 나간다. 아픔을 못견디는 삼봉산의 울음소리가 '우르릉 우르릉' 구슬프게 들린다. 생살을 찢기는 아픔, 고통, 분노, 원망, 비탄 모두가 얽히고설킨 생명의 울음소리 그것일 것이다. 우리 고장 사람들이 지키지 못하는 이 고을에 내려준 자연의 섭리는 이렇게 무참하게 깨지고 부서지고 있는 것이다. 그동안 온다, 온다 무성하게도 들려오는 개발의 무법자인 괴물 같은 도자, 포크레인, 페루다 등이 드디어 굉음을 요란하게 내지르며 쳐들어오고 있다. 선문대학교 부지로 삼봉산을 밀어내기 시작하는 것이다. '부릉부릉 쫘당 쾅쾅' 갑자기 땅덩어리가 진동하는 폭음과 함께 금방이라도 파멸 할 것만 같고, 날벼락 치는 소리가 평화로웠던 이 고장을 온통 깨버린다.

폭음소리에 놀란 백로들이 일제히 하늘 높이 날은다. '끼룩끼룩 끼리룩, 끼룩 끼룩 끼리룩' 하얗게 하늘을 뒤덮으며 아우성들이다. 떼를 지어 멀리 날아가는 놈들도 있는가 하면, 북덕산과 삼봉산 봉우리 일대 허공을 빙빙 돌며 계속 비명을 지르는 놈도 있다. 둥지에서 공포에 질린 새끼들도 끼룩거리며 날갯짓을 한다. 날아서 도망을 하고 싶어도 날지를 못한다. 어미들은 새끼들 주변에서 멀리 떠나지 않는다. 때로는 침략자들과 맞서 최후 일전까지 대항을 불사하겠다는 뜻이고, 또 떠나지 않고 저렇게 울부짖는 모습들은 아마 삶의 터전을 잃은 슬픔일 것이다. 아무튼 난리를 겪고 있는 것만은 틀림없으며 개발의 상처는 백로의 둥지들 속에도 예외가 아닌 듯싶다.

"선생님 안녕히 계세요."

꾸벅 건수도 선생님께 인사를 하고 돌아섰다. 선생님 곁에서 마냥 있을 수만은 없었다. 선생님도 잡았던 건수의 손을 힘없이 풀어준다. 떠들썩했던 졸업식 분위기도 사라졌다. 갑자기 학교 전체가 조용해지니 적막해진다.

"그래 건수야 잘 가."

어쩔 수 없었던지 건수의 손을 놓고 교무실로 들어갔던 선생님은 그래도 안심찮았던지 정문 쪽으로 시름없이 걸어가는 건수의 뒷모습을 바라보고 있을 때다.

'까각 까까각, 까각 각각각' 정문 양쪽에 웅장하게 가지만을 드러낸 플라타너스에 앉은 한 쌍의 까치가 요란하게 울어댄다. 건수도 외할머니도 선생님도 갑자기 울어대는 까치를 올려다보고 있을 즈음 '빠아앙' 경적을 울리며 검정색 승용차 한 대가 빠른 속도로 운동장으로 들이닥치며 건수 앞에서 척 멈춘다.

반짝 건수의 눈에서 빛이 난다.

"엄마 다아!"

건수는 큰소리로 외친다.

차에서 황급하게 뛰어내리는 엄마는 와락 건수를 껴안으며 어쩔 줄 모르고 몸부림치듯 한다. 아버지도 차에서 함께 내린다. 정문 밖 도로에서 기다리던 할머니도 허둥지둥 뛰다시피 걸어오신다. 그 광경을 교무실에서 바라보시던 선생님도 건수 쪽으로 빠른 걸음으로 오신다.

"다행스럽게도 마침 잘 오셨어요."

선생님이 먼저 말문을 열고 인사를 하신다.

"선생님 고맙습니다."

엄마는 연신 허리를 굽혀 선생님께 인사를 한다.

"교통까지 막혀서 좀 늦었어요. 죄송합니다."

할머니는 뒷전에서 물끄러미 바라보고 있다. 아버지도 선생님께 허리 굽혀 인사하고 할머니 손목을 꼬옥 잡는다. 그리고는 조금 한숨을 돌렸던지 학교 전경을 휘둘러본다. 그래도 기초적 지식 한글을 깨우쳐준 모교가 아니던가? 남달리 감회가 깊으신 모양으로 고개를 끄덕거리며 북덕산과 삼봉산을 번갈아 휘둘러보는 순간이다. '꽝 꽈광, 꽝, 꽝, 꽈광, 꽝……' 동시에 돌덩어리와 함께 흙더미가 풀썩 공중으로 날은다. 깊은 상처와 함께 속살을 드러낸 삼봉산의 붉은 살점이 뚝뚝 떨어져 나가는 광경이다. 벼락치는 소리와 다름없다. 다이너마이트 터지는 소리에 아버지는 깜짝 놀란다. 산을 깎아서 S대학을 건설하겠단다.

어디를 가나 몸살을 앓고 있는 온 국토가 거세게 불어오는 개발의 붐에 따라 상처가 아물 날이 없으니 이러다간 언젠가 인간도 자연의 심판을 받을 날이 반드시 오고야 말 거야. 자연을 무서워하지 않는 사람은 반드시 자연에 의하여 생명을 잃어가듯이 말이야. 그렇다고 산업개발에 박차를 가하는 시대적 상황에서 자연에 발 묶여 멈출 수는 없지 않은가? 어차피 동반해야 할 길이기에 아버지 민형도 더는 나무랄 수는 없었을 것이다.

'어쨌든 산을 좋아하는 사람은 산을 오르면 언제나 겸손하고 자연을 아끼며 사랑하는 이유가 그 때문일 거다. 자연과 인간이 서로 공존하지 않으면 공멸한다는 철칙이 있다는 것을 인간이 망각해서는 아니 될 것이다. 당장 눈앞의 이익만을 챙기는 무지를 어서 일깨워 주도록 우리는 다 함께 지킴이 운동에 동참해야 할 것이다.'

오늘 하루만도 코로나 팬데믹 확진자가 125,756명이라고 중대 본에서 발표하지 않았던가. 또 오미크론과 원숭이 두창은 뭐란 말인가? 자연은 어떤 존재든 생명을 가진 존재들에게는 무차별적으로 보복을 한다. 인간들도 파괴되는 자연환경으로 그 피해가 막중하다는 사실을 반드시 깨달아야 한다.

한숨과 함께 아버지의 독백은 긴 여운을 남긴다. 살랑살랑 손을 흔드는 선생님을 학교 운동장에 남겨두고 승용차는 외할머니와 함께 교문 밖으로 가볍게 흘러간다. 뒤 창문으로 밖을 내다보며 건수도 선생님을 향하여 그동안 살펴주신 은혜에 고마운 마음으로 두 손을 흔든다.

다시 창업하는 기분으로 영제화학의 기계 소리는 우렁차게 우렁차게 하늘 높이 퍼져나갈 것이다.

에필로그

중국의 고비 사막으로부터 날아오는 황사를 비롯한 모든 공해는 고도로 발달하는 과학 문명에 그 원인이 있다. 지금 지구가 몸살을 앓고 있는 탄소 배출이 그렇고, 또 우리 인간 문명이 파괴하는 자연이 그러하다. 심지어는 기후까지도 과학 문명의 영향을 받아 북극의 빙산이 녹아내리고 있다 한다. 그렇다고 인간 생활에서 과학 문명을 외면할 수도 없는 일이 잖은가?

자연과 인간과 과학 문명은 어차피 같이 가야 할 존재이다. 그래서 탄소 중립을 억제하기 위하여 벌써부터 골머리를 앓고 있지 않던가? 코로나에서 보듯이 과학 문명에 질세라 인간의 생명을 노리는 악성 바이러스도 빠르게 진화를 하고 있으니 낙관도 비관도 금물이라 할 것이다. 지금 인류의 과학 문명은 인공비를 개발해서 영위할 정도이다. 그렇다면 중국에서 날아오는 황사와 탄소 중립도 간단하게 해결될 것이라 믿지만 항상 인류의 생활과 접한 악성 세균의 진화가 과학 문명으로 진압되리라고 낙관해서는 아니 될 것이다. 악성 세균은 언제나 인류 생활 주변에서 싹을

트고 있으니 말이다.

코로나는 중국 우한의 한 연구소에서 유출된 동물의 사체가 진원지라 하지만, 실인즉 중국이 미국과의 신무기 경쟁에서 개발한 악성 세균이 아니던가? 우크라이나 전쟁이 그러하듯이 공산주의가 이 땅에 존재하는 한 통일도 없고 평화도 없을 것이다. 나 살자고 너를 죽이는 인류의 고도 과학 문명이 어쩜 지구의 멸망을 가져올지도 모른단다. 인류가 멸망하고 지구가 멸망할 때까지 인류의 과학 문명과 악성 바이러스도 같은 방향으로 진화할 것이다.

천문학에서 나온 자료다. 태양계의 오리온자리 베테하우스는 태양보다 3만 배의 크기로 50억 내지 80억 년을 유지해 왔단다. 지구보다는 330만 배의 크기로, 지구의 종말은 50억 년 후란 과학적 근거가 나왔지만 오리온자리 베테하우스는 무한의 존재라 한다. 예측 불가능 상상을 초월한다.

태양의 열과 빛은 헬륨의 수소와 탄소가 서로 엉키고 엉키는 마찰에 의한 융합으로 형성되었다는 것이란다. 태양의 열은 1억 온도까지 높고 빛의 밝기는 238조 와트며 지구가 받는 그 태양열은 2백억분의 1에 해당 된단다.

속도는 1초당 지구의 한 바퀴 4만5천km보다 7.5배가 되는 337,500km 가 되고, 태양의 빛이 지구까지 오기는 8분 걸린단다. 그렇다면 지구와 의 거리는 162,000,000억Km가 된다는 계산이다. 신기한 것은 그런 먼 거리에서 지구까지 오는데 태양의 열은 조금도 뜨겁지가 않다는 것이다. 이유는 그 빛을 받아줄 물체가 없기 때문이란다. 즉 받아주는 물체가 있어야 열을 발산할 수 있다는 것이다.

따라서 그 빛을 받아주는 지구가 있어서 바로 열의 효과를 나타내는 것이고, 그처럼의 자연계도에서의 작용으로 생명을 탄생시키고 키우기도 하며 따라서 죽이기도 한다.

밤하늘에 떠 있는 별은 헤아릴 수 없이 많다. 우주에서 보는 지구도 그중에 하나 별의 존재가 아니겠는가? 우주에서 지구가 존재한 나이는 45억 년이고 앞으로 50억 년을 더 존재할 수 있단다. 그렇다면 수명을 다하는 순간에 지구는 어떤 모양으로 어떻게 사라지는 것인지 현재 누구도 알 수 없는 일이란다. 설령 지구가 어떤 횡성과 충돌해 산산이 부서지는 것인지, 아니면 태양열에 불타 버리는 것인지, 아니면 어떤 횡성에 흡수되는 것인지, 지구의 종말은 누구도 모른단다.

악성 바이러스 코로나처럼 인류는 어쩜 과학 문명에 의하여 멸망할지 예측 불가능한 일이기에 미래세대를 이끌어갈 청소년들에게 천문학의 일부를 재미로 소개하는 바이다.

끝으로 출판을 맡아주신 도화출판사 임직원들에게 감사를 드리고, 이 기회에 우리 가족에게도 고마움을 전한다.